为了人与书的相遇

阿斯塔菲耶夫作品

树号

Затеси

Виктор Петрович Астафьев

[俄] 维克托 · 阿斯塔菲耶夫 著

陈淑贤 张大本 译

广西师范大学出版社

· 桂林 ·

目 录

序言

我从来没有写日记的习惯，所以我没有培养出坐得住的工夫。基于这样原因我有时候记杂记，只是信手写上一些，并不经常写。从这一方面说，这固然很好，可以锻炼记忆力，让它不消闲。但岁月不饶人，天长日久，任何“最好的”甚至是习以为常的“锻炼”都无济于事了：记忆已经开始疲倦，变得难以驾驭。

然而任何一种类型的人，尤其是从事创作的人，都渴望记住一些事情，并愿意在小范围内推心置腹地讲述赏心悦目的见闻、生活中的谐趣、大自然的奇景和历史上的轶事，讲述旅途的印象、邂逅时的交谈。或者仅仅是想与别人交流一点在头脑中闪现出来的思想和沉积在头脑里有趣的思想，这些想法也许只对作者一个人来说是有意义的，这个时候作者希望即使不被别人理解，起码应当有人认真倾听他讲述。

应当说，所有思维健康的人都需要有人与之对话，否则孤独会使他窒息；而如果找不到知音，人们则倾向于和自己独白，去追寻生活中不可探测的深度，去猜解难以企及的种种问题和不易解释的事物，如像世界观这样的在人类生存中看上去易逝而又简单的事物。一言以蔽之，这样的时候，对生活意义的经常性思考将会占据一个人的心灵。人的心灵和理智的这种最为复杂的活动就是一种自我认知。但是由于完全不理解他人遭受灾难时的痛苦心情，根本不了解生活的真谛，所以总是对生活、对自己不满意。这样的时候，人的秘而不宣的思考、隐秘的公开表露会遇到不信任的态度，或者是遇到高傲的嘲讽，表现出对“粗鲁无知和傻气”的蔑视。在这一方面，我们小地方（这里不是指地理上的概念）的批评界可谓捷足先登，成就辉煌。它们自己昏昏然，毫无生命力，竟把前面提到的思考统统称之为“自我反省”，这样说大胆有余却又不负责任。判决已经做出，看来批评已经不再需要，应当把“自我反省者”看作是一种反社会现象，一种与英雄主义的现实和威武雄壮的现实格格不入的现象。这时候他们忘记了真正的诗歌，尤其是忘记了杜甫、欧玛尔·海亚姆[1]、莎士比亚、彼特拉克[2]、普希金、莱蒙托夫和勃洛克[3]、阿赫玛托娃和波德莱尔、叶赛宁和帕斯捷尔纳克，以及其他许多人的强有力的、悲壮的、享誉世界的诗歌。如果没有“自我反省”这些诗歌是不可思议的，也是不可能的，就

[1] 欧玛尔·海亚姆（约 1048—约 1123），波斯诗人、天文学家和哲学家。——译者注，下同。

[2] 彼特拉克（1304—1374），意大利诗人。

[3] 勃洛克（1880—1921），苏联诗人。

如同缺乏对生活真谛的理解也是不可想象的一样。因为每个人都是一个个别的世界，不论他的世界是好是坏，是罪恶的世界，还是病态的世界，总之这是一个世界，而自我反省的过程就是“经过自己”感知生活意义的过程。在这种情况下，感知世界的过程相当复杂，相当痛苦。比如，因内在矛盾而受到损害的思想巨子列夫·托尔斯泰的认知世界过程，他所达到的超凡的哲学深度和一个不开化的农民提出“我和土地是什么”时所表现出来的心灵紧张，都是复杂而痛苦的。

失去了思想的生活，失去了“思考和痛苦”的生活，这是空虚的生活、卑微的生活；有的时候，尽管已是成年，在痛苦之中发现了似乎是身边平常的真理，这真理充满了伟大的意义：“我们热爱的一切事物和一切人都是我们的痛苦……”

不幸的是诗歌本身，特别是小地方的诗歌，过去曾经歌颂火车头、茶炊、三八妇女节和巴黎公社纪念日，现在又在讴歌白桦树、大轮船和生离死别。这种诗歌实在是过分简单，没有伟大的话题，没有“自我反省”。批评界则又时常在纯粹字面意义上理解伟大诗人具有挖苦意味的预言。这位诗人说过：“你们终有一天将会了解，诗是从什么样的垃圾里生长出来的，它根本不知道羞耻之为何物……”这里指的是物质面貌方面，即所谓垃圾的“形象”，而在这种情况下，诗的“圆木”这时却沿着现代生活的沸腾河流自行流放掉了，流落到木材加工联合企业里被加工成木材了。

“这不是‘聪明误’吗？”说准确些，这是由于教育水平低下、缺少文化和完全脱离日常生活的缘故，否则，批评家们应当知道，只能从沙里淘金，从不被注意的小石头里或者不起眼的小河沟里采出金刚石。可是愚笨的母鸡浑头浑脑地在有伤大雅的粪土中寻找宝石粉。

有的时候我觉得，这些外省的批评家们大概就学于一些专门学校，求教于我完全不知晓的教师爷，这些人头朝下读书，所以他们全是一些色盲症患者，只能分出黑与白，而彩虹和童话般的斑斓色彩他们的视力根本就难以辨明。

更令人悲哀的是在文学、艺术、音乐、绘画中，尤其是在电影中，人人都无所不知无所不晓，谈论起所有问题都是咄咄逼人、自命不凡，使得你不免觉得自己太贫乏、太落后，没有能够掌握“新事物”，难以企及“高峰”；也时常冒出来一个导演，推出的电影或者剧作竟是新经济政策时期“代表作”的水平，抛到银幕上的货色竟是矫揉造作得令人肉麻的东方杂耍表演，挂起来的美术作品竟仍然是“早晨”主题的翻版，画框里硬塞进某一个“伟大”人物，又一个“布加乔夫性格”闯入生活当中，于是乎成群结队、蜂拥而至的读者、观众和听众领会艺术的水平，“积累”文化素质的水平便裸露无遗了。

但历朝历代人总是人，人们渴望倾心交谈的需求从来不会消失得无影无踪，而且我希望永远也不会消失。就算作家自己是“牧师和教士”，可是自白的渴念，特别是尖锐地感到孤独的老年作家具有的自由的渴念，在我们这个忙碌的世界里熬煎着这些老人们，迫使他们寻找与对话者交谈的种种新的途径。最近一个时期，各种不同的作家开始通过短篇札记——短文——来同读者交流，这并非偶然，这样可以更快地接触到为生活所迫而整日工作、疲于奔命的当代读者。产生了邦达列夫的《瞬间》、克鲁平的《种子》、别洛夫的《和谐》、索洛乌欣的《掌上珠玑》、扬吉·布雷利的《玻璃画》、科茹霍娃的《零陵香》，更多的还有一般的“微型散文”或者“抒情散文”，风格更为大胆泼辣和技艺更为高超的伊凡·谢尔盖耶维奇·屠格涅夫把它们称作“散文诗”。事实上屠格涅夫并没有表现出大胆的性格，倒是他的出版人更大胆些，是出版人给这位经典作家的短小精品冠以如此美妙的名字，作家也只能同意他，就如同我们这些可怜的人经常不假思索地同意“给我们提示并且教训我们”的人一样。

在会见时和通信中经常有人问我：什么是树号？这个名字从哪儿来的？为了避免作出解释，《树号》的第一版印发行时我曾经加了一个副标题：“微型短篇小说”。这其实并不准确。真正的短篇小说在书中极少，其他作品——短文——并不能称作短篇小说，应当说它们不属于任何体裁，不受已有的文学形式的束缚。

树号其实是一种古老的东西，人人知晓。这是用斧子或其他利器在树上砍出的记号。开发者或者原始森林里的人砍下一个个树号，为的是从远处就可以看见树干上的记号，在泰加林里行走时，循着一个树号走向另一个树号，常常会走出小径，走出大路。有的地方，在树号的尽头会出现冬营地、居民点，随后会发展成为村落、城镇。

在俄罗斯的不同地方，在树上作记号的叫法也各不相同。在西伯利亚叫树号。在有人烟的森林里和至今仍未采伐的森林里现在也还使用这种树号，这指的是森林经营者、猎手、地质学家以及在森林里游荡的人们、探险者、沉郁的偷猎者和喜欢恶作剧的不安分的旅游者。

泰加林各处的这种称呼深深地嵌入我的记忆之中，久久难以忘怀。现在，当我回忆起循着“树号”远征的过程时，心律仍然失常。我的心抽搐着，跳到了发干的喉咙眼里；我曾经用被蚊虻叮肿了的嘴唇呼吸空气，而嘴里全是蚊蚋和蠓虫的碎末。它们搅成一团，让人既喘不过气来，又从口里吐不出去，笼罩着一种对命运的驯顺，迟钝的、像死亡一样的驯顺，甚至连猛兽也没有力量反抗这种汹涌澎湃的力量，这种看来渺小却又十分可怕的力量。

我们以劳动组合的形式在离伊加尔卡河五十俄里处捕鱼，这条河离卡拉希诺村不远，这个小村现在已经从叶尼塞河岸上消失了。仲夏时节叶尼塞河上很少能够捕到鱼，我的那位坐不住的爸爸、时常想入非非的爸爸和他的副手商定要到人迹罕至的湖泊里去捕鱼，以便完成甚至超额完成计划。

叶尼赛河附近的大小湖泊里渔产丰富，但正如人们所知道的那样，“小牛犊纵然要价便宜，运输可要花大价钱”，爸爸以为自己头脑灵活，聪明过人：“看，周围全是渔民，谁也没有想到要到湖里去捕鱼，正是我想出了这个主意！”

离河岸不远确实有那么一个湖。大概有五俄里远。湖水很深，湖心有个小岛，湖呈楔形，一面岸上生长着茂密的红松林，另一面岸边便是冻土带、苔藓和遍地的野果、浆果。

晴朗明丽的日子里这条湖显得格外亲切，它友好地敞开心扉，似乎已经一生一世地恭候我们这些未曾谋面的贵客，今天它终于等到了我们，让数不尽的白鲑鱼进入我们的试验用渔网，以至于捕鱼者的狂热迷惑住了劳动组合所有人的理智。

我们造了一架木筏，修了一个简陋的小窝棚，棚顶是用红松枝和一层薄薄的苔草搭成的。

总是有人或有什么事情使我们耽搁下来，迟迟不能去叶尼塞河边捕鱼。只是到了七月底，我们劳动组合的四个人——两个成年人和两个半大孩子——才启程奔向这个朝思暮想的小湖。

仲夏时永久冻木带开始“解冻”，飞蚊遍地，湖水里浓重的湿气和树木腐烂的气息弥漫，空气显得黏稠，肉眼看上去只有五公里的路，走起来显得比以往要漫长得多。

放在湖水中的小木筏由于浸湿而下沉，修理了很长时间，匆匆忙忙地砍了一些树条，马马虎虎地在木筏上垫了一层。这全是因为蚊蚋太凶，它们像密密压压的云层包围住了我们。几个人久久地织补渔网，渔网线总是挂在树枝上、圆木杆子上和斧子砍过的切口上；返回宿营地时我们一个个情绪急躁，懊丧地泼掉了为我们热的茶，因为它已经不复是茶了，变成了汤——里面有数不尽的蚊虫。

但我们还不知道夜里会遇到什么事情；夜色皎洁，如同“白夜”一样，诗作者充满诗情画意，用温柔甜腻的语气如此描绘这里的夜景。这多半是一些城市里的诗作者，是一些凭窗眺望自然景色的人。

不知从哪里飞来了数不清的蚊蚋，于是夜、湖、远方尚未落山的太阳、白色的光亮以及这个世界上的一切一切全都变成了灰暗的物体，好似涮洗了桌子上用过的餐具，倒掉了脏水，而这些脏水没有流到地上，却在泰加林里和空中四处流淌，散发出令人作呕的气味。

蚊虫组成稠密的混合体就在周围不停地喧闹，声音单调乏味，有节奏，响动也不大，却震人耳鼓；喝了过量人血的蚊蚋，常常给这种喧闹配上一根根血织的线，就像是弓弦被放松了一阵，愈到夜里，这弦声愈是在耳边作响。受过内伤的人常常就是头脑里嗡嗡地鸣叫，十分恼人，一到坏天气，神经受到刺激，刺耳的声响不时地打断头脑里的鸣叫，开始时这种叫声时有时无，好像是在长得很高的草丛里，螽斯声嘶力竭地叫喊。随后，声音益发密集，脑袋如同是被割光了的草场，被喊叫声震动得颤抖不已。螽斯的鸣叫使得健康的人心神安定，想打瞌睡，而有内伤的人则会精神紧张激动，焦躁不安，想要呕吐……

渔网总共在湖里放了一两个小时，我们便坚持不住了。从网里挑出了白鲑鱼，把其他各种各样的鱼：梭鱼、河鲈、斜齿鳊、江鳕，连同渔网一起都扔到岸上，希望能再有机会来到这盛产鱼类的湖里捕鱼，后来证明我们白白这样做了。

抓起斧头、茶壶、锅子，背起背囊，急急忙忙地开始撤退，撤向河边，奔向光明，去追求自由，去呼吸空气。

大约走了十分钟，我就感觉到装鱼的背囊十分沉重，背囊弄湿了我的帆布上衣、衬衫，水顺着脊柱往下流，裤子也完全湿透了——总之全身上下从外湿到里，再从里面往外面一点点变干。我们所有的人都不住地咳嗽，这时钻进防蚊罩里的蚊子又钻进了鼻子里，飞进神经质地张开的嘴里。

没有小路可走，苔藓高得没过膝盖，在脚下吧嗒吧嗒地响。我们先前走过的脚印窝里已经灌满了浑浊的水，水面上漂浮着薄薄的一层石油膜或者是在冻土地带地下深处的煤结成的膜，也许是其他的什么矿物。负重在这样的地方行走，连条小路都没有，甚至不希望我们的任何敌人遭受这样的罪。

大约走了一俄里，我们第一次休息；又走了五百公尺，第二次休息。起初我们还寻找一块可以瞭望的地方，解下背囊，从防蚊帽里把蚊子抖出来，到后来，进入了枯萎了的湖边阔叶林，这里些许干燥些，这时候我们便跑了起来。到了精力耗尽时，我们就仰面倒下，把背囊靠在树干上或者其他别的地方，狼狈不堪地喘着粗气，这也算是休息。

还在湖边时，爸爸就用一块布系在我的脖子上，把防蚊帽紧紧扎住，为了不让蚊子钻进防蚊帽里，可防蚊帽的纱布由于在篝火旁烧出了洞，纱布又紧紧贴到脖子上，蚊子叮咬起来更显得方便。蚊子把我脖子上的好地方全都咬烂了，脖子成了肉饼馅。防蚊帽的纱布是由马鬃做的，正面用家纺的粗线绗了一下，针脚很大，戴的时间长了以后，帽子的前半部便出现了小洞。尽管很不容易发现，蚊子却能够蜂拥而来，就像是不懂事理而又调皮的小孩子们钻进了别人家的菜园一样。我用巴掌拍打着喝得过饱的蚊子，拍打自己防蚊帽的前部，所以整个防蚊帽都染上了蚊子血。很快我就不再碾死蚊子了，仅仅偶尔气急败坏时用拳头往自己的脸上重重打上几下，打得眼睛直冒金花，流出了眼泪。一群群死蚊子好似熟透了的越橘果，掉进了帆布上衣领子里，它们被碾碎，汗水和污血把衣领弄硬了，粘到了发烫的脖颈上。

“快点走！快点！”长者在催促，两位老人，一面挥手打蚊子，喘着粗气，一面驱赶着我们这两个刚刚十二岁的小孩子快些赶路，接下去，他们便越走离我们越远了。

我生平第一次感到呼吸困难，简直要活不成了。我的小伙伴不时地停下脚步，以一种气恼的心情等着我。我向他挥了挥手，示意让他先走，当时我已经说不出话来了。他显得很高兴，心甘情愿地去追赶大人们了。

只剩下了我一个人。

我已经不再反抗蚊蚋，对世界上的一切全然冷漠，感觉不到疼痛，只觉得从头顶到膝盖全都像被烤一样灼热（蚊子咬不到脚:鞋里装了不少草），我连渗出鱼的黏液的背囊也不拿下来，就那样躺在了地上。然后艰难地爬起来，继续向前走去。我孤独一人。只有在这时我才明白了，如果没有树号，我这个被蚊蚋咬得分不清东南西北的人肯定会迷路。这些蚊子会把耗尽了体力和精力的人或者野兽顷刻之间置于死地。正是那些白色的、椭圆形的树号引导我脱离了险境。雪松、云杉、冷杉（这里不生长红松）深色的树干上，树号像蜂蜜的斑点一样闪着光亮。那些像萤火虫一样闪烁的斑点，在我的面前是那样生动、友善。这些白色斑点、标记在引导我、吸引我、召唤我，有如在荒凉的冬夜，温暖的灯光呼唤孤独而又疲惫的行路人，援救他，给他温暖的住所。

前面，在褐色的苔藓上好像有什么白色的东西。我走到跟前，许久也不能理解发生了什么事情。后来我终于明白了：原来是鱼。两个大人，还有我的小伙伴，把鱼从背囊里掏了出来扔到了地上，然后轻装跑掉了。他们甚至没有用苔草盖盖这些鱼，没有把鱼藏到树下或树桩附近，也没有藏到冻土里。我好像也应当把鱼倒掉一半，或者全部都扔掉，可是我没有力量解下背囊、打开它……我动不了，双脚像是自己在走动，引导我向前走去。一只眼睛被蚊子叮肿了,被脏东西盖住了,睁不开了。另一眼睛只能眯缝着，捕捉着前面像萤火虫一样闪烁着的树号。

泰加林更茂密了，出现了灌木欧洲越橘，能够更多地看到草把地衣刺穿的情况。能够看到歪着头颈的雪松和枯瘦的枞树之间伫立着的纤细的桦树，它们苍白得很，刚一生长就变成了残废。接下去还有山杨、河柳、柳树、赤杨。这说明近处有一条河。

我扯掉了头上的防蚊罩，痛痛快快地咳嗽了一阵，吐出了许多异物，不再注意蚊子叮咬了；我还吃了些越橘果，让燃烧的内脏冷却了一下，随后便大步奔向了叶尼塞河。

两位年长的人还有我的小伙伴都坐在招风高地的大石头

上。他们转过脸去不看我。爸爸斥骂我，说我总是落在后面，要人等待。当他把粘在我身上的背囊扯下来，把揉得不像样子的鱼抖落在石头上时，他又找到了更有分量的理由为自己辩解："我问你干吗背着这些鱼？干吗？！你是不是总仰着头走路，没有看见我们已经把鱼都抛掉了吗？你也可以这样做吗！还是因为你这个木头疙瘩脑袋根本没想过这些事情？……"

我走向叶尼塞河，捧起了清新凉爽北方的河水，把水撩到脸上、脖颈上、头上。水在我的上衣、裤子、靴子里流淌。爸爸在喊叫，让我脱下上衣。我没有听从他——流出了气恼的泪水、可怜的泪水、不原谅别人的泪水。泪水从我眯缝着眼睛里夺眶而出。我在冲洗眼睛，用冷水冲洗。当我闭上充血的眼睛时，白色的树号依旧在闪亮，仿佛是在召唤我。

这就是我在这些微型作品之前先想到的书名。"垃圾"中间不仅可能"产生"诗歌，也可能产生书名，这是又一证明或例证。这里只需要再补充一句，收进《树号》这本书里的东西是我在将近四分之一世纪里写就的。

树号

故乡的小白桦

有一次我病倒了，发给了我一张去南方疗养院的疗养证，而我这个人从来没有到过南方。大家对我说，在南方的海滨什么病都会很快痊愈。但病人的日子不好过，不论在哪里都难熬，甚至是在南国阳光照耀下的海滨。这一点我很快就确信无疑了。

最初一段时间里我好似一个发现者，欣喜若狂地在滨海大道上游逛，漫步在滨海公园里，置身于无所事事的人群中，人们脸上故意装出愉快的样子，无目的地拥向什么地方。那时没有什么事情会惹我烦恼。许许多多的人共同表现出来的那种无为状态，大海索然寡味的浪花声，精心侍弄过的一个个花坛，被剪得过于短的一束束玫瑰花。还有从远处海洋作业飞来此地度假的人们，他们要把假期过得红红火火、不惜花掉大把金钱的女士和穿肥腿裤的男士们。这一切都没有搅扰我的神经。

过了一周后，我在这里便开始感觉到好像缺少些什么。我孤独、寂寞。于是在城里和公园里四处寻找。在追寻什么，自己也不知道。

一连几个小时我观赏大海，试图获得宁静、心灵充实、理性和美好。艺术家、流浪汉、水手们总会在大海的寥廓中觅得这些东西。

海在喧嚣，不停顿地、匀整地喧嚣着，它搅得我更加忧愁。从疲惫不堪的大海粗声呼吸中听到了老者的伤悲。泛着白色泡沫的海浪一个接着一个冲击岸上的石块，仿佛是在历数逝去的岁月。大海见过世面，大海仿佛银白眉毛的老者阅历很深，所以它才忧伤多于快乐。

不过有人说，每个人看到大海都会喜欢它，只不过各自喜爱的方式不同。也许确实如此。

滨海公园里生长着从各地收集来的树木和小灌木。这里有非洲运来的树，宽大的叶子闪着热带的光泽。榕树在这里是观赏树，而过去我以为它们只被莳养在俄罗斯农家的大木桶里。法国梧桐树和山毛榉，这些在东方颂诗中被赞美过的树木，把悬垂着的有刚毛的种子球掉落在干净的小路上。刺山柑，神秘而又深沉，不论白日黑夜总是不声不响，沉默得令人费解。木兰开着贞洁的花朵，看上去像是舞台上摆放的假花。

还有棕榈树。许许多多的棕榈树。

有的棕榈树躯干矮小，有的高大伟岸，羽状的叶子向四面伸展，酷似当代青年的新奇发式。棕榈树杈里栖息着一群麻雀，它们唧唧喳喳地吵闹不休，活脱脱是公用住宅里的住户，总是对一切都不满意，即使是在合作住宅里或者在天国的棕榈树上营造一个安乐窝也仍然如此。低处，有灌木丛，密密层层地生长着，它们隐藏在树丛中间，剪刀修剪过的灌木已经失去了生机，不再能够繁衍后代。灌木丛中夹杂着一些弯弯曲曲的矮生小树，它们的叶子细长而且松软，像丝绒一样。它们妩媚柔顺，喁喁低语，使人联想到恰似神奇的阿拉伯土地上的娴静美女。

各种灌木、树木，这些外来的植物，我说不清它们的名称，它们只能令我惊异，却不能带给我愉悦。倘若在梦游遥远世界，渴望走遍他乡的年龄发现和看到这些植物该有多么美好！然而在那时，我们的梦境、我们的理想全然不是这一切，不是遍游远方的国度，而是考虑如何在20世纪文明强盗的进犯之下捍卫自己的社稷江山。

在滨海公园里我毫无目的地漫游，东看西看，乐此而不倦。忽然，在这些异邦的树木中间我看到了三棵有儿童手腕粗细的小白桦树。我不敢相信自己的眼睛。这里白桦树不能成活。现在，它们就挺立在林边草地上，在茂密柔软的草丛之中，低垂着枝叶。在我们那里的森林中，白桦树如果单个儿生长，也像是一个个孤儿，而在这里小白桦根本不吸引人们的注意力，它的树皮不簌簌作响，它的树叶不轻声细语，但是我仍然目不转睛地注视着它们。桦树白色和杂色相间的树干绚丽而鲜明，好似一只只快乐的喜鹊，略带齿状的叶子一片片娇绿，令人喜爱，被外国来的植物耀眼的光亮刺激过之后，现在眼睛觉得清净舒服多了。

花工大度地给这几棵小白桦树一席之地；这个公园里地方很拥挤，总是会有什么植物被冷落，被挤到角落上去，被窒息。

花工经常给小白桦树洒水，害怕它们经受不住南方暴日的烤晒而枯死。

这些小白桦树是连同树根和周围的泥土一起装上轮船运来的，给它们浇透了水，精心侍弄它们，它们终于在这里成活了。可是白桦树叶依旧还是面向北方，树冠也是……

我凝视着这几株白桦树，看到了农村的街道。农舍大门上的挡板、窗子的雕花装饰，都淹没在白桦树叶的绿色海洋之中。甚至连小伙子的帽后面也插上了桦树枝。姑娘们去提水，他们尾随其后，把自己手中的桦树枝扔在姑娘的水桶里。姑娘们小心翼翼地不让水桶里的水溅出来：如果水洒出来，那将预示着幸福也随之流出！桶里的水很长时间散发出桦树叶的香味。门廊和门斗的地板上铺上了蕨类的新枝。原始针叶林的树叶充实而且饱满。家家户户都弥漫着它的气味。这一天是圣灵降临节，人们带着茶炊，拉着手风琴到村外去游乐。人们庆祝夏之将至。

不久，人们把一车车桦树枝卸到木板棚里。老奶奶坐在绿叶丛中捆着笤帚。只能看见老人的头。老奶奶面容安详，甚至还哼起了小曲。她的严厉、她的忧虑和惶惑似乎都沉没在桦树叶中不见了；这些树叶刚刚开始萎蔫，也许正因为如此它才更加清香宜人。

人们把桦树条送到阁楼上和板棚里，成双成对地悬挂在杆子上、横梁上——哪里能经得住，就挂在那里。整个冬天，阁楼上和板棚里香气飘溢，像是夏天一样。所以我们这些小孩子们都愿意在那里玩耍。麻雀出于同样的理由也飞到那里，它们钻进桦树笤帚里过夜，从来不吵吵闹闹。

桦树笤帚为人们效力一个冬天：洗蒸气浴时，用它们抽打皮肤，让人出透汗液，从严实的骨头缝里驱走伤痛和疾病。身体欠佳的男子汉和虚弱的老人们戴上帽子、手套，以防出来时受寒。他们一洗就是几个小时，有时竟然休克过去，没有福分和力气领略甜蜜的倦怠，经历心灵和肉体的青春复苏。农村的少妇把这些马马虎虎穿起衬衣裤的人拖出澡塘，急促地戳着公爹或者丈夫的后脖梗，借机出一出昔日的怨气。

太好了，白桦树的味道美极了。

麦田上霞光闪烁

暮色款步降临大地，溜进了森林和浅谷，驱走了弥漫在那里的闷热；那闷热里夹杂着苦涩的霉味。潮湿的热气浓重，静悄悄地向四处蔓延，施展自己的影响：宽谷里的牲畜群懒洋洋地打不起精神，割倒了的灌木叶子萎蔫；这影响一直波及缓坡，伸向卡马河的田地边缘和结了穗的麦田里。

田地后面是一片广阔的河面，波光粼粼，好似一块块补丁，点缀着水面。蜉蝣生物拥挤在水面上，密密麻麻。灰沙燕在这个美不胜收的夜晚穿梭般地飞到东来又飞到西，它们煞有介事，不再啾唧。牛虻和蚊蚋百无聊赖。暮色变得更加浓重了。

麦田地里一片生机，色彩纷呈。小麦刚刚泛出金黄色；黑麦麦穗沉甸甸地下垂着，已经蒙上了一层银霜；只有燕麦仍像春日里那样嫩绿，似乎是停滞在哔剥作响的那一绽裂时刻。燕麦穗和谐一致地转向由于空气蒸腾而变得浑浊了的宽谷，而从宽谷那边热气一浪接一浪地涌向麦穗。麦粒已经在灌浆，正在聚集全部的营养，促使自己成熟。

一切都已经陷入了岑寂。就连最爱唱歌的鸟儿也不再啼啭。牛群卧在靠近河岸的阴凉地方，那里可以较少地遭受牛虻的叮咬。只有一艘摩托艇在锐角形山岬后面突突地响着，声音是那样的单调。山岬的锐角部分深深扎进黑色的水里，恰似扎到了黑土地里；被河水冲刷的河岸显得低矮了许多，浪涛击岸的声音又是那样短促；一群灰沙燕摇摇晃晃地从棕褐色的宽谷里腾空而起，飞得时高时低，转眼之间就飞得平稳多了，也整齐多了。它们在水面上掠过，受了惊吓的鱼儿划破了好似浇铸一样的平滑水面。浪花刚才还堆聚在河岸，很快它们也被沙滩吮吸干净了，泡沫推着泡沫，连成一条带子，这条带子出现了断裂。

一连着很多天都是风和日暖，因此所有的人在所有的地方都从容而悠闲，处处都可以看到慵懒、困倦和辛勤劳动后的疲乏。村庄坐落在山坡上，房舍昏暗，四周的树木稀疏，风向标孤独而庄重的闪烁，在霞光中两个椋鸟笼轮廓分外清晰，就连霞光仿佛也因成熟和颜色血红而显得懈怠。

没有一丝惊恐。万籁俱寂。夜色缓慢降临大地，短暂而且凝重。忽然间，在遥远的山隘和森林后面，那一片天空变得像泼墨一样黑暗，刚刚还能看得见的一切，全被遮盖住了。黑暗向四面八方弥漫。就在几秒钟前还依稀可见周边微翘的浮云、被河水淹没过变得萎蔫的白柳，盘旋在这株白柳树上的苍鹰，它生气地叫着，呵斥由于寂静而变得胆怯了的鹰雏。

万物全都停滞了。黑暗吞没了一切。只有露出一抹晚霞的天空还钻出一道亮光。就连这道亮光也变得愈来愈窄了。

青山寂寂，迷云纷纷，尽管如此，云并不奔腾翻滚，它也并不让雷电轰鸣，它不去惊扰远峰近树，不去惊扰电杆和房舍；家家户户，老老少少，都关门闭户，躲避风雨。这黑暗滞留的时间过于久长，又像丝绒一样的温暖柔软，从它那里似乎散发出某种植物胎萌的气息和永远融化在黑暗里的一丝隐忧。

期待的时刻步入宇宙。一切都没有入睡，只不过在凝神屏息，连天空也仅仅是眯缝了一下眼睛。

期待骤然降临，经过紧张地、长时间企盼后，它总会意外地出现。霞光犹如微弱的火焰，像小蜥蜴似的飞快掠过，溜到了群山的后面，在朝霞扫过的这瞬间，麦田上漾起了轻微的战栗，而麦子却纹丝不动，驯顺地垂着头，仿佛渴望人们抚摸它们，就像抚摸傍晚时因为玩累了而撒娇的孩子竖起的头发那样。

晨光熹微，朝霞初现。此刻它更加妍丽、更加长久。曙色的闪光宛如黄灿灿的麦秆，散射在大地上，立刻照亮了大地和大地上的一切：云杉的尖顶、顽强地眨着红眼睛的花哨的风向标，还有两个不知什么原因从宅院里移出来的椋鸟笼。

霞光在苍穹里安地闪烁，霞光在麦田里嬉游，俄罗斯的农村把这种现象叫作麦田的闪光。

我仿佛觉得自己所走过的田野距离霞光遥远无比，光芒不会照到这块田野上，其实这只是感觉。

为什么还在拂晓前的朦胧中麦穗就已经把头转向霞光出现前暖烘烘的方向？为什么麦田又霎时间持重地幻化蒙蒙的一片？为什么棵棵灌木故意退避三舍？难道是为了给麦田以广阔

的空间，不去妨碍麦田完成某种尽人皆知的礼仪吗？

究竟是什么原因人们造出来的海完全隐没在黑暗中？它胆怯地展示自己那黯然失色的光辉，而村庄更是静谧无声，畏葸不前，好似蜷缩在山坡里，因为自己的一切杂乱无章和琐屑平淡而羞于抛头露面。码头附近有一棵折断了的白桦树，有失神落魄、永世缄默的小教堂，有被淹没了的菜园，菜园栅栏的小木杆散落在泥水里，还有刺破溟蒙的宁静的一声嘶哑的呼喊——为什么在当今时代对未来的生活满怀忧虑呢？为什么会有如此多的奔波和烦躁不安呢？

霞光闪烁。霞光闪烁。霞光闪烁。

大地谛听着它。麦田谛听着它。我们觉得是岑寂，对于它们，这也许正是最迷人的音乐，是对粮麦献给人类的难以思议的艰巨远征的伟大颂歌——歌颂年轻的母亲——大地心中激情似火，敞开胸怀接纳一个个麦粒；从这里开始，直到人们用双手耕耘出大片大片田地，可以说是征途漫漫路遥遥。

生活的每一分钟里都有音乐，一切有生命的东西都有自己深藏的秘密，隐秘只属于大自然赋予的生命。因此，也许当辽远的苍穹熹微初露的时候，野兽便停止了互相追杀，母驼鹿和幼驼鹿一动不动，屏住了呼吸，吃了一半的树叶还挂在唇边；鸟儿也不再鸣叫。那么人呢？如果他是教徒，他就用颤抖的手指画着十字，为自己、为土地、为天空祈祷。如果他不是教徒，但是也很虔诚，就如同我此刻这样，会伫立在田野中间，心情激越，沉浸在恬适和幸福之中。

我在麦田中间肃立了多久？一小时、两小时，还是永久、永久？我的周围充溢着静谧与和谐。不尽的夜，无边无涯的夜，当地球上还没有我，没有这些麦穗，没有任何人的时候，夜就已经成了主宰，地球本身也在火焰中翻腾，在隆隆巨响中震颤，依然为了未来的生命而克制自己。

或许这全然不是闪光，而是亿万斯年尚未凝固的声音把黑暗扯成碎片而奋力冲向我们呢？或许它们艰难地穿过洪荒世界的厚层，不声不响，但却带来了闪亮的问候。这问候表面上冷峻可怖，实际却是生机勃发，因为一切都曾经是在野蛮的火焰中，经过了痛苦和抽搐才诞生的：草茎和树木、野兽和小鸟、鲜花和人类、鱼虾和蚊蚋，绝无例外。

夏夜溶溶，远处霞光闪烁，向我们发出某种信号，在百万年漫漫长途中它已经失去了震耳欲聋的轰鸣，麦子的籽粒饱满充实，庄严肃穆的大地沐浴在熠熠光华中，是不是正因为如此我们心里才萌生出一种对如今尚未知晓奥秘的忧虑？这时有某些模糊的回忆困扰着人们，而在这样的时刻天空却有如呱呱坠地的报信者，它送来暴风雨的余波；我们正是在这样的暴风雨中诞生的。

我俯身向着这古老的田野，它正吮吸无声的闪光所散发出来的热情。我觉得我听到了麦穗正在和大地悄声细语，我觉得自己甚至还听到了麦粒成熟的过程。天空，它虽然忧愁、痛苦，却一直念念不忘人间和田园。

多么寂静啊！

霞光闪闪。霞光闪闪。霞光闪闪。

死而不已

在纤细的山杨树密林里，我看到了一棵有两抱粗的灰色树墩，它的近旁有许多蜜环菌生长，菌伞光滑，伞面有麻点，它们像是在守卫树墩。树墩断裂的地方又长出了深颜色的苔藓，好似一顶顶柔软的帽子。树墩上面还点缀着三四串越橘。还有几株柔弱幼小的云杉在这里栖身。每株云杉幼树只有二三枝桠和一些尖利细小的针叶。枝梢顶端已经隐隐约约地显露出点点滴滴晶莹透明的树脂，还可以看得见鼓溜溜的小包，那是即将破绽的子房。子房非常之小，云杉又如此孱弱，它们要想生存下去并且不断成长，该是何等的困难啊！

不是生存，就是死亡！这是生命的规律。这些小小的云杉刚刚出生，就濒临死亡，它们可以在这里发芽，却注定不能成活。

我在树墩旁边坐下来吸烟。突然发现有一株小云杉明显地与众不同，它神气活现地在树墩的正中间挺立着。它的针叶呈深绿色，细嫩的树干中贮存着树脂，小小的树冠坚挺有力——这一切都显示出某种信心，甚至像是一种挑战。

我把手指伸到潮乎乎的苔藓的帽子下面，拨弄开来看了看，不禁笑了起来："噢！原来是这样！"

这株小云杉巧妙地把根扎在了树墩里。附着力很强的根须呈扇形伸展，而主根白色尖削的根须则钻入到树墩的木芯里了。一些小小的根须从苔藓那里吮吸水分——也难怪苔藓的色泽如此暗淡。小云杉主根已经钻进树墩中间，从内部摄取营养。

这株小云杉在大树墩的木芯里还得长时间地向下钻孔，工程还很艰难，要扎到土壤里才算完成使命。树墩犹如木制的衣衫，小云杉还需要在这里面生活很多年，然后从木芯的心脏里成长起来。木芯也许就是它的生身父母。这木芯甚至在自己死后也还会保护和喂养孩子。

终有一天，这个树墩会腐烂，变成枯干的碎末，最后连碎末也会从大地上消失。到了那时，在地下深处，像父母一样养育小云杉的树墩还将在土里霉烂许久，它还将不停地为这棵幼树挤出最后汁液，为幼树蓄存青草上和草莓叶茎上落下来的滴滴水珠，用它那一息尚存的余热在寒冷的季节温暖幼树。

当我回首往事时，难以忍受的痛苦就会占据我的心头。而往事又是忘不掉的，恐怕永远也不可能忘却。那些经历过战争的人们，那些血染沙场没有生还的战友一一浮现在我的眼前。他们当中有一些小伙子还没有来得及见识真正的生活、真正的爱情，还没有领略过人世间的欢愉，甚至没有来得及吃饱肚子——他们过早地牺牲了。每当我追忆往昔痛不欲生的时候，我就会想起树墩里生长的那棵小云杉。

不屈的黑麦穗

夏日里淫雨连绵。雨水过量，野草和庄稼的长势都不好。庄稼徒长，不能很快成熟。野草则开着五颜六色的花朵，层层密密，它们排挤庄稼，侵占庄稼的地盘。庄稼窒息了，不再生长。

唯有麦穗扁平、麦茎细高的黑麦昂首挺立。清风徐来，黑麦婉转地歌唱，无忧无虑地沙沙作响，飘洒出青春的活力。但忽然有一天暴风雨骤然袭来，瓢泼大雨夹着冰雹铺天盖地。小山坡上的黑麦茎还很脆嫩，还不够挺实，它被打得遍体鳞伤，倒伏在地。

“这些黑麦算完了，全毁了！”庄稼汉伤心地说。他们痛苦地摇晃着脑袋，叹息着，好似丢失了自己最宝贵的东西那样惋惜。古往今来谢天谢地，只有农民们还一直保持着对受灾被毁庄稼的那种深切的怜悯之心。庄稼，这是人赖以生存的基础的基础。

暴风雨过后，大自然好像要赎回自己的罪恶，赐给了大地连续晴朗的日子。沟谷里和低洼地上生长的黑麦很快就变干了，逐渐给籽粒灌饱了浆汁，在热气蒸腾中生长。可是小山坡上的黑麦却仍旧把脸贴在大地上，仿佛是在向大地祈祷，请求宽恕。在长着又高又密黑麦的大片田地里可以见到成片成片倒伏的黑麦，看上去像是累累伤痕。日复一日，它们益发悲戚，阴郁，在无声的隐痛中忍受着暴晒。

烈日炎炎，炙烤着一切。麦田里的土地已经晒干，倒伏的黑麦下面的泥土也变得干爽了。阳光晒在麦茎上，麦茎开始硬朗起来，伸直了腰杆，摇动着柔韧下垂的灰色麦穗。

和风吹拂，麦穗摇曳，被吹干了的麦穗起伏荡漾；有些麦穗已经长出了胡须，麦芒上阳光闪烁。

田野里的伤痕已经愈合。这是沵迤的原野，一望无际。

微微泛白的麦浪酷似浪尖上的泡沫滚滚翻腾，而那些刚刚从地面上站起来的黑麦却像小湖里滞留的水，躲在一旁怯懦地颤动。不过，大约一两个星期后，麦田里的绿色将会被吞没，麦田融成一片，麦穗全都抽了出来，庄稼成熟了，它们威风凛凛地高声呼啸，饱满的麦粒发出响亮的簌簌声。此景此时，农民们对庄稼的长势欣喜若狂，像夸奖挚友一样夸奖黑麦。他们说：“麦穗的生命力太强了！倒下了，却又顽强地站了起来！”

月影

夜。一艘内燃机船在平静的河面上航行。就在船头的水面，月亮的反光嬉戏飞舞。月影，忽而飞射出白银一样的闪光，忽而像磷火一样泛出绿色的火亮。它一会儿宽阔起来，一会儿又弯又窄，似银蛇蜿蜒而行，又像小蝌蚪蹦跳，抑或机灵的小蜥蜴逃逸。

看上去内燃机船马上就会追赶上活灵活现的月影，把它压碎，船头会像犁铧一样把月影切割成两半。

几分钟过去了，一个小时、两小时过去了。迢迢月影，依然在船的前方水面上奔跑、奔跑，毫不费力地超越过紧张工作的机器。

这样的夜景中有与生活相似的某种道理，似乎马上就会捕捉到、领悟到生活的意义，破译和理解生活的永恒之谜。然而这只不过是感觉罢了。

清脆的铃声

清晨我登上河岸，河上传出一种声音，它是那样轻柔、那样低弱，勉强能够听得到。

我没有立刻弄清是怎么回事，后来才明白：秋末冬初时节，河水上涨，沿岸的灌木淹没在水中，夜里出现了霜冻，河水变“瘦”了，于是在河柳树枝和桠杈上面，在被水淹没的苔草上面结出了许多小冰块，它们像小铃铛一样，悬挂在河上，河柳摇曳，冰铃铛像是涓涓细流，连成一串，发出清脆的丁零声。风声飒飒，铃声阵阵。这条河忧郁、激昂，整个夏天愤愤不平地怒吼，此时此刻却展露出慈母的面孔，光洁如镜。

在轻微而疏阔的响声里，在寂寥冷落的河流闪出的微光中似乎可以感觉到一种疚悔的歉意——整整一个夏天，这条河面目狰狞、浑浊、冷漠无情，吞没了无数鸟窝，没有让渔夫们捕到鱼，没有让游泳者痛痛快快地游泳，吓跑了孩子们和度假的人们，他们远远地离开了河岸……

现在已是深秋时节，迟迟升起的太阳尽管还有些暖意，但还能指望它散发出多少光和热呢！隐约听到了四周有清脆丁零声，河岸上闪闪发亮的小铃铛奏出稀疏的乐曲——这是初冬降临人间的凄婉音符。

柔荑花序

献主节[1]的酷寒过后，冬天便被折成了两段，太阳的脸转向了春天。如果我是住在乡下，这时候就会去折几枝长出柔荑花序的赤杨树枝，插在水罐里面莳养，并惊奇地观察这些暗黑色的，好像是紧贴着太阳而被烤焦了的树枝，看它们吸足了水分，开始恢复生机，悄悄地躁动起来；其实，只是好像而已，太阳与这些花序相距穹远，而且严冬的太阳冷峭凄清。

只消少许温暖、少许净水，像漆一样黑的柔荑花序便会战栗，会因感到和煦而变得红润，树枝呈现出褐色，闪闪发亮，鼓胀的幼芽宛如一只只苍白的蜡烛布满枝头。

花蕾一个个地绽开，裸露出挤缩在自己体内的新绿，然后便停歇下来，等待即将到来的时刻，它谦让着，让花期短暂的花先于它纵情盛开，而它自己生长的时间长着哩，叶子在整个

---

[1] 基督教节日，亦称献圣婴日、圣母行洁净礼日，每年 2 月 2 日守此节；东正教称此节为主进殿节。

夏天都会生机盎然，因此它能够也应当等待。

柔荑花序弯曲的地方忽然被折断了，好像活生生的鸟爪子散落下来，断枝有如砍伐木的断面一样露出褐黄色。柔荑花序由于完成结籽的圣礼而感到茫然若失，它疲软地垂下头，发出最后一次无声的叹息，把花粉——不结果实的花粉吹散。写字台、纸张、墨水瓶，窗台上到处都散落着花粉，于是柔荑花序把自己奉献给了即将来临的春天，黯然神伤地低垂着、萎蔫着，最后脱落到地上，像点燃过的香烟纸。

一月末的某一天，我在一条行人罕至的林间小道上行走，看见路上横着一棵赤杨树，树根已从雪地拔出，树墩已经泛黄，边缘还残留着红色。可能是什么人磨完斧子之后想试验一下是否锋利，顺手一挥，把树砍断了。也许这个人要砍一只手杖或是一副车辕，或是做什么家什，随便砍了一棵赤杨树，仔细看了看又不适用，便扔下再去砍别的树了。我们这里什么怪事都能发生。为了选择一棵可心的装饰用的新年枞树，一些好挑剔的人甚至一连串砍掉二十多棵枞树也在所不惜呢！

我脚上穿着皮鞋，一副城里人打扮，钻树林子总是往下陷。于是就利用起了这些送上门的礼物——从别人砍过的赤杨树梢上折断几枝树枝，寻思了一下之后，又从那棵树墩上折了三四枝树枝。

室内温暖，在这样的条件下，树枝很快复苏。不过，不是所有的树枝，我从没有枯死的树墩上折下的树枝复活了，开了花，开始孕育籽实，而那些从树干上折下来的柔荑花序却枯干僵硬，死呆呆地挂在树枝上，仿佛夏天的喜鹊粪粘在了细枝条上，它们不可能恢复生机了。从树墩的砍伐痕迹可以看出，树枝脱离根系的时间至少已有一个星期了。有一串病弱的柔荑花序，历尽艰辛终于开始萌动，紧接着又有一串。每一串砍断的树枝上的花序都缓慢地，克服重重障碍想要绽开，结果还是半途而废了，萎缩了，干枯了，没有开出花朵，从孤苦伶仃的心灵中吐出了勉强能看得见的花粉，一曲花之歌只唱了一半便戛然而止了。

在同一个水罐里滋润，有同样的阳光照耀，树墩上折下的树枝的柔荑花序却吐艳喷芳，旺盛的生命力融合到春天万物复苏的狂潮之中，充满诞生生命的伟力，挣脱掉外壳的束缚，裸露出肉体。

我可爱的农村、可亲的故乡，你在新的农业城、综合城里感觉如何？脱离开根，只带着被砍断的树干的农村，你能行吗？我亲爱的乡亲们，俄罗斯的人们啊！他们又如何呢？在新地方已经播下了自己的种子吗？是不是播在了钢铁、砖石、水泥上了呢？他们能够享受到开花结果的喜悦吗？而如果没有这种喜悦，生活本身就已经不再是生活，而仅仅是忙于饲养牲畜，填饱肚皮和睡觉而已。

小阵雨

雨丝风片骤然袭来。它们放肆、它们逞能。雨，滴落在地上，打得地面点点斑斑；风，掀起了母鸡的尾巴，惊得母鸡满院奔逃。风雨打在窗前的苹果树上，树干摇晃，枝叶纷乱。可是转瞬之间风雨又仓皇地溜走了，逃得无影无踪。

周围的一切静止不动、惊魂未定、疲惫不堪。阵雨裹挟着狂风来去匆匆，喧嚣片刻，既没有带来欢乐，也没有浸透土壤。

依然是酷热难耐，依然是过着懒洋洋、慢吞吞的生活。只有苹果树叶还在继续颤抖，而这种树干弯曲、枝叶纷披的苹果树活像是一个被哄骗、被抛弃的婴儿。

秋之将至

八月末。

贝科夫卡河浅得可以见到河底，更加清澈晶莹。它好像有一点羞怯，微微发出汩汩的响声，似乎害怕惊扰秋日萌生的哀愁，害怕震落河岸上灌木披挂的初霜。

落叶日复一日地在河面上漂游，在浅滩的石块处积聚，蜘蛛网从大翅蓟和柳叶菜草上脱落下来，也在河上浮动着。大翅蓟这类植物在这里很多，大都生长在耕地里，尤其是燕麦地里，而柳叶菜草生长在采伐迹地。夜间，贝科夫卡河上依稀可见光亮闪烁，好像是电焊枪切割着河的坚硬表面——这究竟是八月的星辰陨落，还是北极光反射到了乌拉尔？也许这还是南极洲的光华反照到了默默无闻的贝科夫卡河呢？！八月的夜，大地悄然无声；真希望和大地一起肃静一会儿，我怜悯自己，不知为什么也怜悯大地，渴望同温暖相依相偎，因为曾经是生机勃勃的广漠空间已经散发出步步进逼的清寒和昏暗。

雾，来得过于早了。雾帘低垂，一动也不动，它浓淡错落地笼罩在绿色的再生草地上和贝科夫卡河上。透过薄雾和沙滩上未被冲刷掉的似绒、似膜的东西，小河看上去冷若冰霜。

薄暮时分，螽斯蠷蠷地叫个不停，很像是许多割草机发出的簌簌声。螽斯长时间地、卖劲地叫着，唯恐停歇下来，似乎是想急于吃掉田地里和草场上还没有收割干净的饲料。

没有收割干净的是一望无际的荒原上的草，是林间空地上的草。

和许多年以前一样，现在人们也把割草季节推迟到九月初，而且割割停停，并不一气呵成把草割完。这样割下来的草已经熟过了，质量不好，而且是趁湿切碎的。用这样的草作饲料很不中用。但不管怎么说它毕竟还是饲料。

秋天临近了。啊，秋天！

鸟儿一直啄食，胃口极好。黄鹀黎明前飞来，落在田地里，晚霞初照时才到灌木丛中营巢，用嘴叼去羽毛上面粘贴的蜘蛛网。鸟儿已经不再歌唱，只有数不尽的忙碌，只有踏上漫长航程之前的无声操劳。疲惫和担忧笼罩着自然界，接踵而来的是全然融入秋色，是依依不舍地与温暖告别，是准备进入难熬的冬天，尽管冬天对于自然界的复苏也是不可缺少的。还有，白雪会厚厚地覆盖大地的表层，暖乎乎的。白雪给大地装扮上一顶小白帽。这时候即将步入岁末，一切也将银装素裹。

小岛的春天

轮船驶过了柳河滩，叶尼塞河转眼之间就变得宽广辽阔了。陡岸已经隐没不见。叶尼塞河愈是宽阔，河岸的坡度就愈加平缓。水流由湍急转为潺湲，河面驯顺而且平静，河水并不咆哮，那里是鳞波微荡。

我独自站在船头，幸福而怡然地望着家乡的叶尼塞河，深深地吮吸着静谧明亮的白夜送来的凉爽。船头时而陷入水中，搅起浪花，打在我的脸上。我从唇上舔去水珠，暗自愧悔为什么我离开家乡如此长久，我四处奔忙，不停地工作、生病，在异地他乡游荡。这究竟是为了什么呢?

轮船继续在叶尼塞河上行驶，它仿佛像切割肉冻一样劈开河水，劈开明亮的月色和夜的幽静。

船上的人都已经沉入梦乡。船没有入睡。舵手没有入睡。还有我，也没有入睡。值班水手本来想催促我离开甲板，但他看了看我，在我身边站了一会儿便走开了。

我在等待太阳。大约一个小时前，太阳向森林方向滚动，然后就悬挂在森林上方了。雾在河上腾起，沿着宽谷和狭谷铺展，两岸雾霭溟濛。不过夏天的雾并不长久，而且怯声怯气，它也并不妨碍轮船航行。太阳在打了一阵瞌睡后又从树尖上一跃而起，高悬在蔚蓝色的山脊上，惊扰了迷雾。一团团的雾沿着两岸的荫蔽处缓缓地逸去，它们爬进森林密菁，变成露水珠，滴洒在青草和树叶上，滴洒在沙丘和沿岸的碎石上面。

夜，极圈附近的夜，还没有开始就这样结束了。

清晨，就在太阳升腾的那一刻，我看见了船的前方有一个岛。岛上的转运小码头还一眨一眨地闪着红色的火花。岛的中间有岩礁堆积，岩礁之间出现一片黑压压的红松林，个别地方有火烧后的痕迹，岛的平坦地带林木葳蕤。

两岸色彩鲜艳，草木翠绿欲滴——春末夏初这里一向如此！这里杂草丛生，草浪汹涌，西伯利亚野花姹紫嫣红，花的海洋翻腾。而到了仲夏时节，临近割草期，野花开始凋落，树叶也萎蔫了。

但是小岛的低处却是一条生机盎然的绿色彩带！这是刚刚展叶的扁竹和低矮的木贼，紧接着还有一条蓝色彩带，上面溅满玫瑰色和火红色的斑斑点点，这是一些盛开的花朵，它们是风铃草、菟丝子、杜鹃泪、野罂粟花。在西伯利亚各地，这些花已经开过并且结了籽，而在这座小岛上却完全是另一番景象……

岛上的春天！春天……

我急忙跑向船尾，跑得是那样急切。可小岛已经离我远去，愈来愈远。我是多么希望好好地观赏一下这不期而遇的春天啊！

小岛仿佛是人字形的鸟群，在阳光反照之下，水面上碧波粼粼。小岛的倒影在河面上轻轻摇晃，然后便一头跌进了水中，被淹没了。

我仍旧站立在甲板上，站得很久很久，目不转睛地寻觅着类似的小岛。有许多岛屿，单个的，连成串的小群岛，迎面掠过，不过我再也无缘见到这样春光明媚的小岛了。

原来这个小岛很长时间处于水下，当它终于露出水面时，已是“落花流水春去也”的时刻，人间处处都是夏。但是，小岛不能没有春天。于是岛上芳草萋萋，鲜花怒放，在河的中间像是筑构起了色彩斑斓的长虹。任何东西都不能阻止大自然获得胜利和喜悦。大自然，它欢呼雀跃，它恣意炫耀，全然不愿遵循什么季节。

回忆起小岛上姗姗来迟的春天，我想到了我们、想到了人们。要知道，每个人或迟或早都有自己的春天！至于它是什么样的面貌，什么样的色调，这无关紧要。重要的是春天一定会到来。

芍药

有一次我有幸在北乌拉尔山区小住一段时间。我来到克瓦尔库什山巅，坐在它的一个支脉的沙砾山坡上。可以清晰地看到沃古里斯基山冈后面一轮太阳冉冉升起。在这样的时刻，忽而山冈的东方光彩熠熠，忽而由于云层舒展爬上山坡，一切重又变得幽暗朣朦。

突然，太阳滚动着逼近山脊，霞光四射，刺破了云层和浓雾。山峰上白雪皑皑，银光璀璨，云朵黯淡阴沉，很不情愿地隐退到峡谷中去。于是世界划分成截然不同的两半。上半部，山脊上披着银装，一切都沐浴在阳光照耀之下，光彩夺目；而下半部分的一切全都被淹没、被遮蔽。这种景象发生在一种奇妙的时刻：变幻无常的雾霭缠绕住了山冈和坡地，四周是空蒙和昏暗，但山冈并不因此而遑遽，它以变化莫测的神秘显示着自己的诱惑力。

山冈下面彤云密布，浓雾四沉，一泓泓溪水沿峡谷无目的地流淌，越过石块和土坎，从克瓦尔库什山，从沃古里斯基山冈，从三大岩（传说那是鹿角经常跌断的三块神秘的岩石）永不停息地流淌着。

这里有乌拉尔山的最高山峰——那是许多河流的生命之源。云端下终年覆盖着积雪，吝啬的雪水化作了凛冽的山泉，后来才有一条条大河诞生。这些江河忽而水势腾激，忽而又潋滟微起，都向里海奔去。

河流的诞生怡然恬适，宁静安详。河流的诞生不能容忍慌乱，它需要从容。太阳悭吝地收敛起炎炎炽热，却大度地施舍着煜煜光华。它一如往昔地溶化着那些被压得结结实实的、沉重得有如铅块一样的雪丘，这样，机灵敏捷的涓涓溪水才可能向四面八方飞奔。溪流缕缕，纤弱潺湲，淙淙轻鸣，很快互为比邻的水流便汇聚在一起，它们奔跑着、溶合着、嬉戏着、翻腾着，沿着石块和沙砾向下奔泻。一直向下！向下！水流里伴着欢笑，铿然有声！流水之势不可阻挡，始终不懈，河流酷似人的命运，纵然千回百折，但却没有退路。

我坐在沙砾坡地上，这里是因岩石风化而形成的。周围的巨砾石有房子一样大小。山冈上也有积雪，积雪紧紧地贴在地上，把自己的白爪子伸进石块与石块之间，牢牢地攫住石块。这积雪让我感到后背发冷。太阳已不火热，却还发出刺眼的光芒。山冈下面，在雪堆上侥幸没有被大风刮走的种子开出了雪花莲。这种花在这里叶子长得厚厚实实，样子有些粗糙，每片叶都好像满满一个掌心，紧包着五朵小白花。这里几乎整个夏日雪花莲都开花。与此同时，阳光照耀下积雪逐渐改变着颜色。

雪花莲每一株开五朵白花。我在任何地方都未曾见到过如此顽强的雪花莲。

在碎石堆上，在年轮虽少但形状已经酷似佝偻老者的冷杉林旁，我却看到了大朵大朵的玫瑰红色的鲜花。

在乌拉尔山的山坡上，这种花一丛一丛地生长，每丛足有三十多株，枝头向着枝头，叶子挨着叶子，花蕊呈黄色，格外俏丽。

这些花是怎么传播到这里来的呢？是命运之风把饱满的花子吹向这无人怜悯的坡地和冷酷云端的吗？要么是飞鸟把花子衔到这里来的？也许是驼鹿的蹄子上粘着花子传播到这儿的呢！

花一共有三丛。花茎纤细，叶面好像是铁皮。由于天气寒冷的缘故，叶儿裂开的地方颜色泛红。

花的命运如何？

看，生命多么富于灵性！花冠掩蔽着黄色的花蕊，活脱脱是头戴小红帽的孩子把耳朵盖得严严实实，生怕寒气会冻坏种子。有些长着白绒毛的花瓣看上去肥厚而茁壮。这种花的全部生命力都集中于保护籽种，它们不尽情开放，不向四周舒展，不因太阳的殷切照料而忘乎所以。它们不信任这个太阳。在这些光秃秃、冷冰冰的石头中间，它们早已经历过了无数的磨难和艰辛！

岁月流逝，终于在沙砾坡地上闪出几朵艳丽的红花。它们寥若晨星，眼下只有三株。但它们刚毅、果敢，是未来花海的源头。

我深信，这些花肯定会成活，并结出饱满的种子，落入小溪，河水带着种子在石块间流淌，在石罅中为种子找到栖身之处。石罅中发出温馨的泥土气息，虽然它还不够浓烈。我深信这一点。因为在八十年以前，在克瓦尔库什山和北极圈附近的其他山峰、山冈上连一棵树都不生长，而如今这些童山秃岭已经装点上了密密实实的树林。这里的林木与众不同，低矮而细弱，树皮有些剥落，连在克瓦尔库什山西坡高山草场周围，它们也是数株或单株散散落落地生长着，别看矮小，几乎是光秃的树，它们却强劲茁实，结籽很多，树根能把石块压碎，树干能把砍斧反弹回来。这些树木坚持不懈地发起一个个艰苦卓绝的进攻，在搏斗中、在亘古不息的征途中锤炼自己。一些倒下了，在行进中、在进攻中死去。但无论如何树木是在成长前进，不断成长，一直向前！

泰加林的第一批勇士，它们身躯佝偻，但不屈不挠，饥饿和山岩的冰冷气息折磨得它们筋疲力尽，形容枯槁，可它们依然挺起胸膛抵挡着北国惨烈的冰霜雪雨，为的是让接踵而起的森林安然无恙。作为一个谙知先行者种种艰辛的俄罗斯老兵，我向树木先行者致以深情的敬礼！

林木森然之后，便是百鸟啾唧，走兽奔突，处处生机勃发，随之而来的还有这三株根须茁壮、籽实生命力极强的红花也在一展风姿。山下林中旷地上有许许多多的奇葩异草在争奇斗艳：开白花的睡莲，黄色的毛茛，碎花有如蚊蚋小得罕见的勿忘草，甚至还有奇迹般地潜入到这里来的天蓝色的花——极端自信的雪花莲。它们都赞叹不已地望着这几株“外来户”，这三株“打头阵”的红花，这几株花仿佛浸透着鲜红的热血。

我祝愿这三株芍药花纤细血管中的殷红鲜血永不冷凝！

雪地上的天竺葵

在简陋的农家小屋里一个酗酒成性的庄稼汉在大吵大闹。他妻子好言相劝，想让他安静下来。他老拳一挥把妻子打到过道上里，吓得孩子们四散跑开了。醉汉开始寻找能打碎的东西，可是，屋子里的家什都已被打破砸烂了。

庄稼汉怒气难平。

忽然他看到窗台上摆放着天竺葵。天竺葵栽种在一个破铁锅里。由于常常忘记浇水,天竺葵靠根部的叶子已经发黑、萎蔫、脱落了。尽管这样，天竺葵却还是使出浑身气力活下来，而且还开了花。是一花独放，开在叶子的根茎部分。夜里，挨近窗户的叶子冻在玻璃上了，炉火烧旺后，它们又渐渐暖和过来。

庄稼汉蹿到窗台跟前，抓起破铁锅向窗外扔出去，天竺葵连同培育它的土壤一起散落在雪地上。庄稼汉终于安静下来，昏昏沉沉地睡着了。

整整一夜，天竺葵快活地活着，它没有被冻死。拂晓时分纷纷扬扬飘落起雪花，可怜的天竺葵被白雪覆盖。

白天，庄稼汉找了一块胶合板，想把他昨天砸坏的玻璃遮挡上，这时他看见了那株天竺葵，它在雪地上黯然神伤。庄稼汉觉得花儿酷似一滴鲜血，他停下了手里活，呆立窗外。

雪花随着寒风飘舞，不住地摧残着天竺葵，它渐渐消失了。庄稼汉认为天竺葵在白雪覆盖之下也许会更好些、更安静些、更温暖些，不会像在小屋里那委屈、憋闷。

不久春回大地。窗外的积雪融化了，雪水汇成一条条小溪流向四面八方。奔流的雪水把天竺葵根茎和湿漉漉、黑乎乎的小花送到了狭谷。天竺葵的根部并没有枯死，根须扎进了土壤中，天竺葵重又复活、开始生长了。在峡谷里，天竺葵长出两片新叶，正在崭露头角，不幸的是，山羊正巧在那里觅食，两片鲜嫩的叶子被山羊一口吃掉了。

天竺葵的根须还残留在土里，它再次蓄足了全部力气，又萌发出嫩芽。不巧那里开始破土动工，进行工程建设。庞大的推土机开来了，推土铲把天竺葵的根连同新生的嫩芽一起铲了起来，装上了卡车，运到河畔深谷，把土和天竺葵一起卸掉了。

天竺葵在疏松的土堆时不住地晃动、挣扎，渴望着在新地方获得新生。怎奈倾倒在它上面的土愈倒愈多，它被埋得愈来愈深。它再也无力展叶、开花了。根须也在土里被压得实实在在的，失去了活力和生机。天竺葵，还有木屑、垃圾、铲起的杂草都混合在土堆当中，逐渐发霉腐烂。

农家小屋主妇把那只破铁锅捡了回来，栽种上西红柿秧苗。庄稼汉如同以往那酗酒，每次拿到工钱后都会喝得酩酊大醉，啰唣不休。仍旧是东寻西找，找到可以砸碎的东西便向窗外扔出去。不过，他再也没有碰那只栽种着西红柿的破铁锅。

黄鼠狼尾巴

一个男孩乐了。先是嘿嘿地笑，随后是朗声大笑……

曾几何时，奥夫扬斯基岛的形状酷似人头——一个后脑勺宽大，前额窄小，留着额发的人头。年年月月，这颗头上都套着色彩缤纷的花环——淡雅的冬季，这颗光秃的头顶上覆盖着绺绺黑发；春天里，岛的秃顶上披着无心打扮、乱蓬蓬的再生草，再生草盘缠在紫色发亮的杞柳周围。春天的杞柳树生机旺盛，眨眼之间就融进大片大片开着白花的稠李丛之中。当稠李沿着岛的四周翩翩起舞、白花飞扬的时节，岛的边缘上的青草也在生机勃发，它们抖掉散落在它们身上的花瓣儿，小心翼翼地生存了下来。杞柳、赤杨、白柳、稠李的树叶停止了喧闹，不怕火烧的穗醋栗灌木丛筑起了一条防火林带……

到了秋天，灌木树叶渐渐变成青铜色，岛上绿油油的再生草割得干干净净，高高的干草垛上示威似的竖起了一根长杆。整个冬天，畏寒的光秃秃的土地戴上了一顶毛茸茸的干草帽，仿佛是罩在岛的额头上的花环，不时地发出悦耳的响声。黄鸟在干草垛上方盘旋着，盘旋着。叶尼塞河上晚风习习，风儿驱赶着鸟群去迎接风暴。薄暮时分，高高飞翔的鸟群扇动着翅膀，好似迎风招展的旗子，在晚霞的瀚海里遨游。

水电站调节了水位，河水退了下去，于是奥夫扬斯基岛变成了半岛，没有割倒的草、灌木都已经枯干。光秃的河岔上和平缓的河岸上铺盖着一层绿苔，那是河水滞留过的痕迹。稠李树停止生长，花也凋谢了，树枝和树干的颜色变深、变黑了。万紫千红的野花不再开放，它们或是被践踏，或是连根被掘起。唯独生机旺盛的毛茛，在仲夏时节把细碎的黄花稀稀拉拉地洒在岛上，还有生命力顽强的带尖刺野蒿。

从前在河的彼岸还曾经有过割草场和耕地，而今已经找不到它们的踪迹了。现在这里修起了木码头。持家有方的别墅主人蜂拥而来，为的是在各自的菜园和暖房里培育和种植稀有蔬菜、鲜花、浆果。每逢星期六和星期天，轮船、小艇、“火箭号”水翼船接连不断地在木码头靠岸停泊。一群又一群精力充沛的人们从船上走下来。

人们唱着雄壮的歌曲《将来还会有吗……》在这挤满人群不太大的土地上缓缓而行，他们注视着脚下褊狭的地块，再次确信：无论是禽类、无论是兽类，在制造垃圾和废弃物方面都不能与人类这个高等动物攀比……整个堤岸和旷地上扔着玻璃瓶、铁罐子、废纸、塑料——游人们在这里点燃篝火，开怀狂饮，大吃大嚼，打架斗殴，毁坏和弄脏公物。任何人，谁都不随手收拾干净，甚至脑子里从来就没有过这种想法。因为人们是在劳动后到这里来休息的呀，不是这样吗？！

大地在衰朽，处处狼藉，这是人们恶劣习惯的见证……如果还有某些植物生长，那也只能在隐蔽的地方偷偷长，长得七扭八歪，遍体鳞伤——它们残缺不堪，被折毁、抽打、火烧……

站在岸上的小男孩捧腹大笑。他看见的东西不仅可笑，还很滑稽，所以他才笑得前仰后合的。

我走到近前想看个究竟，原来是这么回事：昨天是星期日，这里燃过篝火，在一堆垃圾和碎瓶子中间放着一个长条形的罐头盒，盒里露出一根黄鼠狼尾巴和两只蜷曲的后腿，而且贴有“肉罐头”字样的标签。另外，罐头盒还不是随便扔着的，而是端正地立在一张报纸上面，那报纸也不是普通的报纸，上面有通栏的大字标题，艺术家标出的黑体字：“保护大自然……”在黑体字下面画上了加重的波浪线，不知是用红铅笔头还是用口红涂出来的红线。贯通整个报纸版面有几个颤颤巍巍、洇湿了的红字，意思是“反响”。

“孩子，你到底笑什么呢？”

“我笑那个尾……尾……尾巴！”

是的，黄鼠狼的尾巴确实可笑，它好像被风吹掉了麦粒的黑麦穗，针毛稀少，可怜巴巴的。如今河对岸已经不种庄稼了，黄鼠狼吃别墅里的浆果是填不饱肚子的，它们只好到河边来觅食，用丢在地上的面包渣充饥。不幸，被玩得痛快的游人逮住了，塞到空罐头盒里面。从盒子上划出痕迹判断，人们是把活活的黄鼠狼硬给塞进去的。我猜想，报纸上写的“反响”两个字不是用红铅笔写的，是用这个小动物的鲜血写出来的。

夜色

夕阳已经沉落到远山后面。天空没有一丝浮云。只是在山巅和云端间有轻纱似的浅淡蜃气徐徐缭绕，它在蔚蓝苍穹里涂抹上一道金黄色，为高高的天际染上一层虚幻的光华。轻盈的、并不使人感到单调乏味的反光投射到宽阔河面上，此时此刻，河面由于自身的美丽而变得呆滞麻木了。

水面光滑如镜，鱼儿毫无顾忌地从水中跃出，时而此处、时而彼处，漾出一圈圈懒洋洋的波纹。一对水鸭低低地掠过，白色肚皮几乎贴到了水面。水鸭发现了我们的小船后，忽地向上飞腾，身子向右倾斜，绕过我们后，重又落到河上。

远处在沼泽地里一群仙鹤在鸣叫。河岸附近，忙忙碌碌的鹡鸰东奔西飞，其中有一只落在我们的船头上，我行我素地整理着自己的羽毛，抖动着尾巴。

万籁俱寂！四周如此宁静，爽适，只希望正襟危坐，一动不动地谛听，谛听！

不过我们毕竟是来钓鱼的，于是我们虔诚地、甚至过于充满激情地沿河岸走着，深水段的水面纹丝不动，我们抛下了带钩的鱼形金属诱饵。可鱼不咬钩。我的同伴显得焦躁不安。他说：

“这么好的深水段！这样静的夜晚，却钓不到鱼！这是怎么回事儿？好像有点不对劲儿！”

我自己也感到非常奇怪，急不可耐的心情也不亚于他。我选择深水段入口狭窄的地方下钩，那里水流湍急。

鱼竿抖动了，猛烈的抖动。咬钩了！我开始快速地绞动钓鱼线，一条鱼拼命挣扎，刚刚露出水面便挣脱了，搅起了一阵浪花？鱼，它……溜走了。

真遗憾，不过没关系。现在我们知道了，在这个平静的深水段里有大鱼。

我乘着小船逆流而上，回到我们的露营地，然后又开始由右向左，再从左向右不停地在深水段里下钩。

已经到了点起篝火，煮上鲜鱼汤的时候了。可是做鱼汤的鱼儿还不知道在河里什么角落自在逍遥，对带钩的鱼形诱饵不屑一顾。

在露出水面的树丛旁，有什么东西扑通一声，倏地从那里跳出一只小鸟，紧接着水面上漾起了弧形波纹。

“哈哈！原来是你这个刁婆娘！袭击鱼群，干着海盗的勾当！”我边说边抑制住双手的颤抖，把带诱饵的鱼钩朝那个方向掷去。看，有浪花泛起，水声汩汩！我绕动了线盘。鱼儿，它给钓上来了，亲爱的，你逍遥够了吧？！玩腻了吧？！

“喂，我钓到鱼了！”

“好啊，是什么鱼？”

我把一条狗鱼拖到小船边，挑起了鱼竿，把鱼扔到了船上，对同伴大声说：.

“可以做鱼汤了！”

“我还是两手空空呢！”

“伙计，没关系，别犯愁，你也一定能够钓到大鱼！”

我驾起小船上岸去做饭，一面用竿子用力撑着小船，一面唱了起来：

渔夫真快活，
他在岸上坐……

“你别吼叫了……”我的同伴气恼地大声申斥我。他已经沿着急流划到河汊的那一边去了。

我把篝火烧得很旺，等着同伴，等啊，等啊，他还是没回来，没人影！我砍了一些树枝作铺垫，从干草垛里挑了一些去年割下的干草放在铺垫旁边。我伸直了身子，躺在干草上，盼望同伴归来。

薄暮渐渐融入夜色。

在垂尽的晚霞余光的背景上，云杉的尖头树冠隐约地显露出来。这里林木变得似乎更加繁茂、更加稠密。鸟儿哑然无声。只有不甘寂寞的小鹬对这静谧的夏夜欣喜逾常，唱起了活泼轻松的歌曲，它们一面飞翔、一面加快音乐节奏。

我喜欢鹬。这种鸟双腿细长，嗓音洪亮。这种候鸟的飞返也带来了狩猎的春天。它们用自己的歌声催促着小溪快速涌流；它们陪伴晚霞，一直把晚霞送到悠远的山峦深处；每天早晨它们在羽类水禽王国吹响起床令。

晚霞已经燃尽，黑暗笼罩篝火。篝火周围影影绰绰地闪现出野花。这种黄色的花在乌拉尔和莫斯科郊区叫萍蓬，而在西伯利亚则叫火睡莲，因为在西伯利亚这种睡莲的花呈火红色，在草丛中像火炭似的闪闪发光。

啊，西伯利亚！我的故乡！辽远而又永远使人依恋的、近在咫尺的童年。篝火旁的无数夜晚；散发着夏日气息的火睡莲花；鹬的啼啭和蠡斯的嘶鸣；还有，还有如同此刻一样，对未来心醉神驰的向往。噢，这颗渔夫的心灵啊！你，永不安生、永远年轻！你吸收了多少不同的气味，你领略过多少欢乐；你和这些美好的夜晚，和这些从无限遥远的天际向你亲切眨眼的繁星一起，尝试过多少他人难以企及的美！

啊，美好的夜，

你，漆黑的夜……

我忘却了自己的同伴，忘却了应当放到锅里去的鱼，忘却了尘世间的一切。鹬儿渐渐安静了下来。四周一片沉寂，只有漆黑的夜在谛听我唱给它的赞歌。

草丛簌簌作响，我同伴回来了。他朝锅里瞥了一眼，一声不响，从船桨上把我切好的鱼块放进锅里，然后坐到干草上，和我一起唱了起来：

只有我才拥有，
一个长得很帅的小伙子……

远处响起了摩托车的突突声，声音愈来愈大，愈来愈近了。

“起立！”我同伴像对水手一样下达命令。我从草地上站了起来，关节咯吱吱地响。

骑摩托车的人雄壮地吹着口哨，向我们走来。他就是去林区作业场时顺路把我们送到这里来的人。他充满信心地走来，熟知一切：熟知每一条小径、这里的一草一木。他站在高处，衣着肮脏，爽朗快活，精力充沛。他们都是这样一些人，都喜欢交际、结友，是一些毫不自私自利的人。

他无拘无束地在火堆旁坐下，用搪瓷杯同我们碰杯。他提议说：

“为我们的相识干杯！”

“为我们的相识，也为这美好的夜色干杯！”我用手指着四周说。

“说得对！”朋友们赞同我的提议。

我们大家都是天生的诗人。

大地刚刚苏醒

早晨时候，城里人经常是被某种声音惊醒，诸如闹钟铃声、汽笛声、车轮轰鸣、汽车喇叭声，还有厨娘在厨房里打碎了器皿发出的丁零当啷的响声。

很少有人是由于寂静而从睡梦中醒来的。

是的，是的，我是说寂静使人惊醒！

那是发生在一个早晨的事。

睡意迟疑而徐缓地离开我。肌体已经习惯有什么声音前来惊扰，好立刻驱走睡梦。而这个清晨，四周阒然无声，宁静而凉爽。

我等得腻烦了，犹豫不决地睁开了眼睛。我看见晨露未消，柳色依依，青翠欲滴。夜里青草和花朵吸足了水分，它们的头、茎都沉甸甸的，低垂着。它们酣睡够了，盼望着日出。

我欠起身子坐了起来。河上晨雾空濛，一团团地飘浮着，好似低飞的雪花。雾霭四沉，缠绕在树木上，它厚重、致密，有如缕缕浓烟弥漫在绿树丛中。

鸟儿沉默。鸶斯沉默。连鱼也入睡了,不再在水中跳跃嬉戏。睡林和雾霭笼罩了周围的一切。

然而如果渔夫在这样的早晨睡大觉，那将是不可饶恕的罪过。我刚想推醒同伴，但他也正在睁大眼睛张望着、谛听着。

我踏着草地向河边跑去，把黑暗的雾幕远远地抛在后面。我靴子上面的露珠亮晶晶的，我踏进了水里。睡意蒙眬的河鲈鱼缠在水草里，惊慌失措地挣扎着，终于跳到了塔头墩子上，劈开了塔头墩子上面的草，准备保住自己小小的生命。但没有谁去袭击它，于是它又侧身蹿了出来，跃入水中，沿水面快速游去，平滑如镜的河面被挑衅似的掀起了层层涟漪。

我们又来到了深水段，由于刚刚睡醒，还有些懒洋洋的，甩下了第一批钓钩。小船顺水缓缓漂悠着。我提起带钩的金属鱼饵，鱼钩被水草缠绕着，已经不好用了。我摘下了水草，甩起钓竿，再次下钩，隐约地听到了刷的一声。

我同伴向我递了个眼神，让我观察低垂在河上的稠李树丛，那里平稳匀整的鳞波向四周层层散开。

我凝眸谛视，看见了一对水鸭，这也许就是夜间从我们头顶上飞掠过去的那对。已经失去了春天时的美貌，变得相当清瘦的公鸭，不时地把头钻进水里，放心大胆地觅食，而母鸭只把头钻进水里一小会儿，吧嗒几下嘴巴，马上又警觉地环顾四周，嘎嘎地叫着。甚至可以猜测到它正在对自己轻佻的丈夫诉说些什么。它说：你们这些男人啊，永远是这个样子。不操心，不犯愁。吃饱，喝足，睡个够——这就是你们关心的全部事情。

可我们呢，我们像上了发条似的，不停地转来转去，产卵，孵化出小鸭子，为它们担心，操劳，这还不够，还得给你这个游手好闲的丈夫到处找食吃，守护在你身旁。

公鸭的头从水里钻了出来，气恼地叫着，继续吃它的零食。我们理解它说话的意思是："够了，别唠叨了，你这个专爱挑毛病的婆娘！狩猎期快过去了，你还一个劲地担惊受怕！"深明事理、毫不轻信的母鸭反驳说："你还是管一管自己吧！大概你很快就会落到锅里成为偷猎者的美味了。那些偷猎的家伙，他们天不怕地不怕，他们才不管狩猎期的限制呢！"

它们公母俩你一句我一句争吵不休，我们的小船漂得离灌木丛愈来愈近。

我仔细观察着勤劳的母鸭，它的担子真不轻哩！它丈夫确实是个蹩脚的帮手、极端的个人主义者，不仅穿戴像个花花公子，性情也很轻狂。一旦娶了妻子，它就要求妻子付出全部的、不能与其他同类分享的爱情，给它以关怀和照顾。如果它发现妻子又另搭巢，它就会立刻将巢捣毁，而且狠狠地殴打妻子。而母鸭对公鸭则是百般抚慰，在觅食的地方给它站岗放哨，然后还给它安排睡觉的地方，用自己的喙梳理丈夫的羽毛，理净它身上叮咬的蚊蚋，涂上油脂。丈夫舒舒服服地沉入梦乡之后，它悄悄溜到灌木丛里，快些再快些筑起巢来。愿上帝保佑，丈夫一经发现妻子产卵，或者是发现了小鸭雏，它会叼破所有的鸭蛋，连自己的孩子也毫不怜惜。

其实真的有公理存在：狩猎法中规定春天只允许猎取公鸭，

而不允许杀害母鸭。这样的公鸭——“奇装异服”的公子哥儿也只能配作没有味道的鸭汤了。

小船靠近了灌木丛。母鸭发现了从浓雾中分离开来的小船的黑色轮廓，它大声地嘎嘎叫了起来，同时在苔草地带的水面上奔跑。公鸭茫然地四下张望，它显然根本没有弄清发生了什么事情，也仓皇地尾随母鸭跑了起来。

一对水鸭在稠李树上腾空而起，从这条河飞向森林中的湖泊。

夏天的雷雨

我们太过于迷恋垂钓，竟然没有发现下雨。雨踏着碎步从森林方向向我们这里悄悄走来。雨点愈下愈密，变成了瓢泼大雨。顷刻间，河汊里白花花的水泡飞溅，拥挤不堪；有些水泡还没有生成就破裂了，在水面上舒卷起一个个圆形波纹。豪雨淋漓，连狂风也难以穿透它，只能望而却步，难为情地躲进了森林里。

我们急匆匆地把船向小岛划去，岛上有针叶林，林子周围有许多割草场。我们抓起背囊跑向冷杉林。树下面堆放着蓬松的干草,雨浇不到这里。不过我们浑身已经淋透,冷得直打哆嗦。不想动弹了。但终究还得燃起篝火，费了九牛二虎之力，总算把篝火点起来了。

现在已是骤雨倾盆了。乌云密布并朝河的方向压了过来，俯仰之间四周变得漆黑。雨，忽然停住了。迅雨过后马上又刮起了疾风，在河面上吹起了水波，掀起了浪花。容易冲动的闪电也匆忙出场，划破黑暗，雷声轰鸣，而风却又销声匿迹了。

一切都已平息。

冷杉树干湿淋淋。树脂很多的枝头滚动着大颗大颗的水珠，水珠滴落在藜芦纹理突起的宽叶上面，滴答滴答作响；藜芦已经长出第四个嫩叶了。河的彼岸传来在森林里吃草山羊发出恐慌的咩咩声。

闪电愈来愈频密，它们用无数亮铮铮的针穿透黝黑的密云，刺入重峦叠嶂之中，群山时而清晰可见，时而又隐匿在昏暗里。雷声隆隆，连绵不断。

我们等待一场狂风暴雨。

然而等来的却全然是另一番奇异景象：蕴蓄着雷雨的乌云，在电闪雷鸣的伴奏之下，拖着蓬松、分叉的尾巴飘向了远方，这条尾巴扫净了前进路途上的一切。重又出现了清澄的碧空和经过冲刷之后变得格外晶莹明亮的太阳。

霎时间一切又都活跃起来：鸟儿歌唱，螽斯鸣叫，一只机灵的小老鼠从我们面前跑过去。乌云已经相距迢迢。它缓慢地爬过山隘，仍在不停地投射出耀眼的闪电。但雷声已经传不到我们这里了。

绿色的星星

我和朋友漫步在丘索瓦河支流科伊瓦河畔。森林仍然是郁郁葱葱；两岸仍然覆盖着苔草；岸边湖泊里睡莲的绿色卵形叶子仍然没有遮满湖面；昨天蜘蛛网的细丝仍然悬挂在空中。转眼间下起了雪。

透过无声的雪幕，世界显得那么畏怯，绿色的反光不停地闪烁、闪烁。而在前方，在伫立不动的白色王国里有众多的火光在眨着眼睛。我们走近一看，原来是一棵披上红装的花楸树。花楸树生来怯声怯气，它比其他的树木更早地预感到即将降雪，便急忙把自己染成了秋天的色调。深红色的羽状叶从树上凋落，沙沙作响，声音哀婉凄凉，它们落在洁白但不耀眼的雪地上，感到孤独,充满忧伤。还不到寒冷的季节,白雪还没有泛出银光。

此刻，雪花下得稀稀落落，愈来愈多的绿色呈现在我们眼前。我们终于看到了森林和天宇。那是彤云贯空的阴霾的天幕，在乌云间有些缝隙，露出了几块淡素的蓝天。河两岸是一片圣洁的雪地，因此河水显得暗淡、阴森可怖。岩石也不像夏天那样在河面上映出倒影。

水鸭踏上了远飞的航程，它们一大群一大群地在河面上超低空飞行，落在光秃秃的鹅卵石上，把头藏在翅膀底下。

雪在融化。山丘裸露出本来的颜色。白桦树的绿叶上、冷杉树柔软的枝梢上有大颗大颗的水珠频频滴下。森林里风声簌簌，树枝折断发出阵阵咔嚓声。

这是什么？我们眼前出现许多大颗大颗的绿色星星！只有在森林里，只有在降下初雪后，才有可能看到这样的星星。这样的星星，像神话传说中的蕨类植物的星状花朵，在酷寒季节的玻璃窗上也能够看得到。只不过窗上的星星形体很小，而且是白颜色的。

而在这里，却是硕大的绿色星星。

蕨一束束、一团团地蔓生、匍匐，沉甸甸的雪片压在蕨类植物的叶子上，叶子线条清晰，贴到地面。蕨的巨大齿状星星神秘地、童话般地舒展、蔓延。在童年时我曾经听别人说起过：如果谁找到了蕨的花，并摘了下来拿在手上，谁就会变成隐身人。现在，我凝视着这具有魔力的星星，我相信这个传说。我相信与森林有关的一切传说。

叶飘零

我在林中漫步，林中道路和小径蜿蜒曲折。这是一片被践踏、被折毁、凌乱肮脏的森林，它好像不是被车轮压过，而是用犁多次耕过一样。又似乎是一伙野蛮窃贼在深更半夜闯入别人住宅，把屋子里所有东西翻了个底儿朝天。尽管如此，森林依然活了下来，它正倾尽一切努力，铺展开绿茵，贴上厚厚一层苔藓，洒下薄薄一层散发出腐烂气味的褐黄色霉斑，布满许许多多的浆果，像毛毛细雨一样不可悉数，它拼命想用蘑菇的伞形菌盖遮掩住创伤和疮痍。可是即使像西伯利亚这样强悍有力的自然界，要让创伤自行愈合也是难上加难了。

鸟儿不再上下翻飞啁啾；草菇鸟没精打采地喊叫；燕隼懒洋洋地、漫无目的地在天空盘旋。两个酩酊大醉的小伙子驾着摩托车，开足马力从我身旁呼啸而过，他们在比较滑的下坡路段上摔下了车，一直跌到峡谷中。两个人摔得鼻青脸肿，摩托车也撞坏了，可他们竟然纵声大笑，像是遇到了值得欣喜欲狂的开心事。林中到处点燃起了篝火，烟雾缭绕。从城里到森林来休息的劳动者们横躺竖卧在篝火旁边。这是星期日的中午，城里人为了克服肌力减退的毛病，砍树、锯树、折树枝、放火烧树。现在他们折腾得疲乏了，便躺下来晒太阳。而太阳清早起就躲藏到一片乌云后面了，云幕低垂，郁闷，好像太阳经过一个月、一年后不再钻得出来似的。然而太阳却轻松地嬉闹着从天幕里露出脸来，没多久天上除了这颗怡然自得的、甚至可以说颐指气使的恒星之外，其他的一切都已经荡然无存了。

前面路旁，生长着一棵小白桦树，树皮黑斑点点，树干微微弯曲，它沐浴在阳光里，温煦、慵倦，拂来习习清风，这一切使得小白桦树轻轻颤抖，这也许就是树冠在呼吸吧！于是我嗅到了一股令人怆恨伤怀的苦涩气息——只有渐渐凋零的树木才会溢出这样的气息。我不是凭听觉、视觉，而是凭着在我身上还没有泯灭的对大自然的某种感应，我捕捉到了一种悄无声息的运动，发觉随风飘舞的一片白桦树叶，它像火花一样在空中闪亮。

这片白桦树叶向下飘落着，徐徐地、不情愿地，同时又庄严地飘落，它不时地攀住树枝，攀住被风吹得干枯的树皮和折断的树杈和迎面而来的树叶紧紧地偎依在一起——仿佛是原始森林刚一触及这片过早凋零的树叶就会浑身战栗，大森林以所有尚未枯萎的树木的声音簌簌絮语："再见吧！……别了！……我们很快也会随你而去……我们就要来了……不会很久……很快会再见……"

树叶愈是向下飘，它愈是哀伤，与几乎已经冷却了的广袤大地接触，使它战战兢兢，因此它极力拖延落地的那一瞬间，时间仿佛被阻隔在经过亿万斯年冲刷的断崖峭壁上，终止了运行。但树叶终将在大地上安身、枯槁、腐烂、化为泥土。坟墓般漆黑的大地将无情地吞没树叶那黄色的微光。

我向树叶伸出手掌，它似乎感觉到了温暖，在我手上飞舞，然后像一只疑虑重重的蝴蝶落到了我掌心。树叶边缘的小齿略微上翘，叶柄支棱着，轻盈得简直没有分量的叶体冷却了我的皮肤。树叶依然在为自己的生存而奋斗，它还要使空气清新宜人，所以散发出稍能闻到的淡淡苦味和从自己体内溶解出的最后一滴汁液。

树叶的坚挺勉强维持了半分钟，仅此而已。粗粗细细的叶脉颓败了，叶心下凹，桦树叶终于好似一小片焦黄的卷烟纸贴在了我的手掌上。我久久地凝视着眼前的白桦，在微微颤抖着的、好似偶然出现在这里纤细的线条中，我看到不是树的侧影，不是泻出的皎洁，而是一股略显疲倦的翠绿色波浪的涌动。在白桦树的绿叶家庭里，这片只有十戈比大小的叶子就曾经在树上生存过。它最瘦小、最孱弱，承受不了自己的重量，它内在的精力不足以维持到夏日的终结，注定由它来第一个报道秋天即将来临的消息，第一个踏上生平唯一一次向无限广阔空间的遨游……

这片树叶是怎样复苏的？在森林中它是怎样才占有了一席之地的？它怎么没有在春寒料峭时冻僵？怎么没有在酷热的七月干枯？为了使这一小片树叶从默默包紧的芽苞里破绽而出，

能够同数不胜数的碧叶一起欢笑嬉戏，能够成为世界中微小的一员，白桦树究竟耗费了多少精力？而在这个世界里一切善良而有益的事物要想生存和发展是何等的艰难，可邪恶却仿佛轻而易举，天经地义，它有恃无恐，嚣张猖狂。

地球对待一切都是公正无私的，它把哪怕是微不足道的欢乐赐给所有生存着的人、所有的植物、所有有生命的东西，而这最为珍贵的无私赐予的欢乐就是生命本身！但是有生命之物，首先是指所谓理性的动物却没有从大地母亲那里学会名正言顺的感激大地所赐予的生命的幸福。人总是不满足平庸的生活、等闲的欢乐，总是要在甘甜里增添些苦涩作为作料，甚至添加的是血腥和狂热。人们对自己施以私刑：使用武器、相互残杀，但使用最多的杀人手段是用言语，用上帝崇拜和偶像崇拜，而这上帝和偶像正是人们自己树立的，他们跪倒在地上亲吻上帝和偶像的皮靴，生怕上帝和偶像突然下令砍下他们的头颅，或者上帝从他们手里夺走面包，撕下一块大度地扔到路旁尘埃里。

有成千上万、成千上万这样一类人，这是些蠢猪、疯子、骄横的欺世盗名者。他们这些人当中还有宗教裁判者托尔克马达[1]，他挥舞棍棒，砸碎愚昧者的头颅，为的是把笃信上帝的思想灌输到人们头脑中去。这些人中间还有征服者、传教士和形形色色关心人类“自由”和“灵魂纯洁”的善男信女们，直至

[1] 托尔克马达（1420—1498），西班牙首任宗教总裁判官。

歇斯底里的元首和顶天立地的领袖人物——他们都顽固地企图根除“人类的迷误”。按宇宙时计算，比利牛斯半岛的上帝奴仆与现代不文明的超领袖人物不过只有一瞬间之差，但他们已经在代替上帝鞭挞自己，所使用的不是棍棒，而是最新式的武器，以及看来好像陈腐却又亘古至今永远适用的道德规范：恃强凌弱，统治和掠夺近邻。

“善人们”反复地说教，新道德学说的意义和精神也变成了老生常谈，无论前者还是后者都散发出古代兵营和临时搭成戏台的那种令人作呕的气味。而这片树叶却始终是一片树叶，任何时候对任何事情都绝不重弹老调。白桦树奉献给大地、原始森林，奉献给自己的是永远更新的欢乐，同时它用自身的繁茂和化作泥土的方式在自然中延续生命，终古不息。叶的飘零不是死亡、不是化为乌有，而仅仅是永恒生命的折光。这片小树叶的一部分躯体、热量、汁液，仍旧蕴蓄在黏性的芽苞之中，而那芽苞在一层外壳的遮掩下正眯缝着眼睛，企盼着下一个春天，企盼着大自然新的复苏。

叶飘零。叶轻巧，柔弱。又一个秋季即将降临。而秋天总是唤起自然净化的要求。再过一两星期，路旁的这株白桦树在遭受各种打击后，远离森林、远离世界和人间。是的，它依旧伫立在原地，依旧令人心驰神往，但同时它又多么渴望与世隔绝，陷入遐想中。而覆盖着迤逦层叠群山的森林却岿然不动，披上前所未有的艳装，展示自己的全部力量、全部雄浑、全部无声的奥秘。

正在逝去的夏日令人黯然神伤，这使人联想起我们那些不知不觉中逸去的年华。某种古老的东西、尚未泯灭的东西从我们心底泛起涌动，血液流淌的速度在减慢，几乎就要冷却凝固，心脏跳动就要平静下来，到那时周围的一切也将会具有全然不同的含义和色彩。

我们渴望停下来，独处自省，审视自己的灵魂深处。可连这样一个胆怯的渴求也难以如愿，已经不可能停歇盘桓。我们在急驰、在奔跑、在撕扯、在挖掘、在焦急、在贪婪地追寻、在滔滔不绝地说空话，说了许多许多，非常非常之多的自欺欺人的话，这些话的意义丢失在穿梭奔走的嘈杂人群中间，就如同是丢失了一个只装了几个零钱的钱包一样。苏格兰的一条谚语说得千真万确:“教区里的坏事愈多，长舌妇愈不得消闲……”

啊，倘若能够稍许停歇，哪怕只有一分钟，让人用来思索，倾听自己，倾听自己的心声，谛听一下古老的、未被惊扰的寂静，体味一下这一小片弱不禁风的桦树叶的淡淡哀伤。一叶知秋。落叶是又一个秋天的报信者，对某个人来说，也是意义重大的生命循环的报信者。我们总是同我们的土地，同这些群山、森林一起完成这一循环。终有一天我们将永诀人世，不过，最有可能的死不是从容的仰天跌倒，也不是隆重地辞别人间，而是随随便便地、简简单单地死去，平常得使人感到委屈，简直就好像人群在行进中又一个同路人掉队了。人们继续赶路，甚至没有觉察到有什么损失。

大地岑寂，森林和山岳也一片岑寂，天空广漠而深邃，闪烁着耀眼的光辉，为的是这片树叶在天空中的映像长存不息；为的是让树叶在无际的宇宙里留下印记；为的是使地球获得树叶的形状，恰似人的心脏，在众多的行星和恒星中间轻盈而快活地旋转，在我们所不知晓的星体的急骤运动中继续生存。

我松开了手掌。这一小片树叶还活着，正在和交织的叶脉一起微弱地呼吸、喘息，但它已经没有气力吸收太阳的光和热，太阳再也辐射不到它深层中去了。树叶的全部力量都投入到浅黄和暗淡的颜色上了，投入到向树根飘落这一短暂而又永恒的瞬间。

于是，一个简单而又极其平常念头油然而生：在树叶飘落、掉到地上这一刹那，世界上有多少人降生？有多少人死亡？有多少欢乐、爱情？又发生了多少灾难和痛苦？抛洒了多少眼泪？流淌了多少鲜血？建树了多少丰功伟绩？出现了多少叛卖行径？这一切一切应该怎样理解呢？怎样才能够把生命意义的平凡与伟大同生活的可怕现实统一起来呢？

我把这片被风儿吹干的树叶小心翼翼地贴在唇边，向密林深处走去。我感到凄凉，非常凄凉，多么想要飞到什么地方去。我仿佛觉得自己的背上长出了一双羽翼，我渴望展开翅膀，腾空飞翔，俯临大地。然而我的翅膀干枯了、折断了、僵死了。什么地方也不能飞去。只能呼喊，呼喊一些更加古老的、撕裂心灵的、不可名状的东西。这呼喊没有语言，没有含义，只是一种本能，一种声音。也不知道向什么人、向什么地方呼喊，有如在抱怨生命中的一年已经又悄然逝去，就像这片默默飘零暗淡的孤叶一样。还剩下多少岁月？我们还将忍受多少难以理解的人间苦难折磨？还要为猛然感知到生活的奥秘而战栗多少次呢？我们尽管害怕了解这种奥秘，可却更执著地想去揭示它，然后再飞往他处。一定要飞往别处。也许是飞向这片树叶诞生的地方，这片新绿的树叶在飘游旅途中获得了人的心脏的形状，为的正是使笼罩在火焰中的星球铺满绿茵，使它生机盎然，花草茸茸，或者就在恣意燃烧的熊熊烈火中烧尽，把灰烬撒向哑然、茫无际涯的天宇之中。

有谁会为我们解开这个谜呢？我们这些人辗转不安，心惊肉跳，在尘世之风的吹拂之下，与所有人间的“原始森林”一起喧嚣一时，并且听凭命运的召唤，在一个特定的时辰，孤零零地、默默地倒在大地上。试问，有谁来宽慰我们，使我们心安理得地撒手而去呢？

旋律

斑驳的叶。绛红色的野蔷薇。灰蒙蒙的灌木丛中被鸟儿啄过的红莓果闪耀着火花点点。落叶松脱落的针叶枯萎苍黄。山麓下田野的土地光秃裸露，黑油油的，一望无际。时光如流，为什么？为什么？

梦中

冬天重又降临。寒气袭人。

温煦的夏夜里，我梦见了这一行字。

报春花

细长的花柄上开着细碎的小花，宛如星星，花瓣儿白色，略带一点浅粉色。小花飘溢出柔和的幽香。这是森林中第一个报信者——报春花。

它的根茎粗壮,比它的花朵强劲。根茎中有汁液,气味辛辣，甚至带有毒性。

报春花能够治疗关节炎。它的根部从土壤里吸取了无穷的力量，它仿佛明白，人们期待于它的不仅是它会带来早春的喜悦，而且还能给人们带来康复的希望。

蓝色的光

碧空清澄。青山隐隐，蔚蓝色的雾霭迷蒙。

夏日酷热，慵倦的大地恬然地吮吸着青草和树木成熟气息，好像闻着从俄式烤炉里刚刚取出的奶油鸡蛋大面包的香气一样。

不过，夜里空气清新爽朗，玉露铺满大地，夜空的群星更大更亮。

这是仲夏已过的时节。

多姆大教堂[1]

“全部的文明，都让它见鬼去吧！只是……舍不得音乐！……”

——列夫·托尔斯泰

多姆……多姆……多姆……咚咚咚……

多姆大教堂，尖顶上竖立着风信鸡。高大的、石头砌造的大教堂传出来的钟声乐声在里加上空回荡。

管风琴的乐声充溢教堂拱顶。从天空飘扬出时而是婉转悠扬的合奏，时而是急速有力的铿锵声，时而是恋人的柔情低语，时而是女祭司的高声呼唤，时而是牧笛吹出的华彩乐段，时而是拨弦古钢琴的曲调，时而是小溪流水潺潺……

突然，炽热激情的巨浪冲走了一切，重新又响起了婉转悠

[1] 多姆大教堂，拉脱维亚首都里加旧城广场上的历史古迹。多姆大教堂于 1226 年建成，美丽庄严。19 世纪下半叶，教堂内添了有 6768 个木管的管风琴。

扬的合奏。

乐声犹如神香，余音缭绕，它们气息浓郁，让人感知得到。它们无处不在，心灵、大地、世界都充盈着乐声。

一切又都寂静下来，呆然不动。

内心深处的惆怅，忙碌生活的烦恼，琐屑的欲望，平日的操劳——一切的一切全都消逝在另一个地方、另一个世界，消逝在与我相去遥远的另一种生活里，在远处的某一个地方。

莫非从前发生的一切都是梦？战争、流血、骨肉同胞自相残杀，还有那些兽性大发玩弄人类命运，想要证明自己是世界主宰的家伙。

为什么在我们的大地上，我们生活得竟然如此紧张和艰难呢？为什么？原因何在？

多姆。多姆。多姆……咚……咚……咚……

教堂里祈祷前的钟声当当。奏起了音乐。黑暗逸去。旭日东升。周围的一切焕然一新。

不复存在了，装饰着电蜡烛的大教堂、有古代精美雕饰的大教堂、有描绘天堂生活富有魅力的玻璃拼画的大教堂；存在的只有世界和我。满怀崇敬心情屏住呼吸的我，准备在美的雄浑面前跪拜的我。

教堂大殿里挤满了人，上年纪的人和年轻人、俄罗斯人和非俄罗斯人、党员和非党员、恶人和善人、品行不端的人和圣洁高尚的人、疲惫不堪的人和精神抖擞的人。

大殿里寂无一人！

只有我的驯顺的灵魂，无肉体的灵魂，它怀有一种不可名状的痛苦和因无言的狂喜而洒出的泪水。

灵魂，它在净化。于是我仿佛觉得整个世界都屏住了呼吸，我们的这个激越而又威严的世界陷入了沉思，它甘愿同我一起跪倒在地，用它那干裂的嘴唇亲吻善的源泉，忏悔……

忽然之间，恍若魔法，恍若雷鸣：此时此刻，从某些地方……大炮、炸弹、火箭对准了这座大教堂，瞄准了这雄浑的音乐……

这样的事情不可能发生！这样的事情不应该发生！

假如发生了该当如何。假如我们注定要死去，要被烧死、被消灭，那就让它现在发生好了，就发生在此时此刻，让命运之神惩罚我们的一切罪恶和不端。既然我们不能够自由和谐地生存，那么就让我们自由地死去吧，让灵魂在另一个世界里轻松畅快，逍遥自在。

我们在一起生活，却是单独地告别世界死去。世世代代一向如此。在这一瞬间以前也是如此。

让我们死去吧！尽快些！趁现在还没有感到恐惧！不要在杀死人前把人们变成畜生。让教堂的拱顶坍塌吧！让人们心中带着圣洁的音乐死去吧，不要带着血染的罪恶道路上的哀歌，不要让他们心中带着刽子手们野兽般的吼声离开人世！

多姆大教堂！多姆大教堂！啊！多么美好的音乐！音乐，你让我难以自持了！你的声音还在拱顶下萦绕，你还在净化人们的灵魂，还在冷却人们的热血，还在用自己的光亮使四壁生辉，还在叩敲坚硬的胸膛和病痛的心脏——就在这时候，走出一个身穿黑衣服的人，他高高在上，向人们致意。渺小的人，他努力地使人相信是他创造了奇迹。魔法师和咏唱圣诗的人、小人物和主宰一切包括生和死的上帝。

多姆大教堂，多姆大教堂。

这里没有人鼓掌。这里人们沉浸在令他们陶醉的温柔之中，因此而哭泣。每人都为自己的伤心事流泪。但他们也都为共同的一点而痛苦，那就是：美好的梦即将结束，进入尾声，魔力并不长久，甜蜜的遐想并非现实，接着便是永无止境的苦难。

多姆大教堂。多姆大教堂。

你就伫立在我这颗颤动的心里。我躬身向你的歌手致敬，我感谢你赐予的幸福，尽管这幸福很短暂。我感谢你赐予的快乐和对人的理智的信念，感谢这种理智所创造和歌颂的奇迹，感谢你复活了对生命信念的奇迹。感谢一切，一切的一切。

水下公墓

轮船刚刚驶过一个繁华地域，那里有考究的房屋、楼阁，还有限制游泳者入内的栅栏，岸上悬挂着醒目的标牌《少先队夏令营禁入地带》。再往前走，可以清晰地看到丘索瓦河和瑟尔瓦河的汇合处形成了一个岬，山岬被河水冲刷着。春天里河水上涨，冬季河水又回落下去。

在岬的对面，在瑟尔瓦河的方向，有干瘦的杨树伫立在河水里。

杨树，无论是幼树还是老树，全都黑糊糊的，很多枝杈已被折断。有棵树上挂着一只椋鸟笼，不过笼子的盖儿朝下。有些杨树已经弯曲了。另一些虽然依旧昂首挺立，却以惶恐的目光望着水面，河水不停地冲刷着、冲刷着树根，河岸日益向后蠕动，缓缓向后爬行。再过不久就是人造海漫溢二十周年，可仍然没有真正的河岸，土地仍然是一再被毁坏。

四旬斋前的最后一个星期日，附近农村和工厂的人们纷纷来到此地，他们把米粒、打碎的鸡蛋、掰成小块面包扔进河里。

原来在杨树林下面，在水底有一片被淹没的墓地。

当卡马河水库将要注水的时候，开展了规模浩大的突击运动。动用了很多人和机器，把树木连根掘出，把房屋整个铲走，然后连同一些空闲的建筑物一起，放了一把火都烧掉了。那时方圆几百俄里曾是一片火海。就在这时死者的坟墓被移到了山上。

这个公墓与里亚达村毗连。附近有个村庄叫特洛依查。酷爱自由、勇敢豪放的诗人瓦西里·卡缅斯基曾经在这个村子里生活过，在这里从事创作。

在给人造海放水前，对里亚达的公墓也进行了迁移工作。当时这件事情办得急若星火。建筑工人把几十座新坟移到了山里，村苏维埃签署了文件证明此项工作已经完成。为了纪念迁坟工作顺利结束，还置酒请客，吃喝了一通，人们随后就撤离了。这样，公墓里的杨树就葬身河中，坟墓成了水下建筑。后来一些尸骨沉入河底，白花花一片。在那里集聚了密密匝匝的鱼群，其中鳊鱼吃得又肥又大，但当地居民谁也不捕捞这些鱼，也不允许外地人来这里垂钓。人们害怕招致不幸。

后来枯干的杨树倒入河里。首先倒下的是那棵倒挂着椋鸟笼的杨树。这棵古杨年轮最多，瘦骨嶙峋，而且满面愁云。

山顶上出现了新的公墓。那里早已杂草丛生。可是没有栽树，甚至连一株小小的灌木也没有。也没有围墙。光秃秃，空荡荡。风从水库方向吹来。每到夜里，坟头的十字架、木制或金属制的锥形架呼啸不止，杂草摇曳。懒洋洋的母牛和脖子上套着颈圈的山羊在这里被放牧。它们咀嚼着墓地里的青草，咀嚼着人们敬献给死者的冷杉花环。坟与坟间，在长势不好的杂草丛看不到一丝恐怖，没有一点可怕的感觉。年轻的放牧员就在这里香甜地酣睡，浩渺的水面送来阵阵轻风吹拂着他。

在杨树倒下的地方，人们也开始捕鱼了。起初是外地来的打鱼人，他们不知底里；后来，当地居民不再甘心“肥水外流”也动手捕鱼了。

在这个地方，在潮湿闷热的夜晚，鳊鱼特别爱咬钩哩……

亘古哀音

英雄波斯尼亚死于战争的人，比南斯拉夫其他的共和国都多，遭受的战争苦难也最深重；在这个共和国的崇山峻岭中，在静谧的小村庄里，没有人急于去做些什么事情，在激烈战斗，血流成河，饱经忧患，流尽了眼泪后，村庄里的生活好像立刻得到了平衡，清真寺连同白色尖塔屹立在群山环抱的小村庄里，永远也不会失去这种平衡了。

时值下午太阳灼热。山坡上森林纹丝不动。远方，热蒸气弥漫。覆盖着白雪的山隘在气浪中荡漾，给人以庄重肃穆的印象。

猛然，一个尾声很长的哀音划破这里寂静，传入群山亘古相沿的沉寂中，进入到从容不迫的生活里。

小轿车、大客车飞快地急驶。农民们骑在牛背上慢悠悠地行走。咖啡馆附近人群熙熙攘攘。放学回家的孩子们走起路来跳跳蹦蹦。而在这一切的头顶上，和千百年前一样，有一个悠远的声音缭绕。在蔽荫凉爽的山谷，在波斯尼亚峰峦叠嶂深处，这声音似乎带有一种特殊的穿透力。

这声音表现了什么？是关于永恒？还是说时光如流？是关于尘世的空虚和我们的生命须臾即止？还是关于人们被惊扰的灵魂？

听不清语句。其实在正午的祈祷中几乎没有什么词汇。只有无尽的悲伤，只有一个孤独的歌手歌声，他好像谙知生活的真谛。

在这里，在山下曾经进行过战争，人与人互相残杀。外来人强占了这块土地，法西斯匪徒杀死孩子，把他们的头撞到汽车车厢上。这样的时刻，这声音依旧在高空回荡——喉音很重，拖着长腔，恬淡而疏远。

从高耸入云的白色清真寺塔顶传出的声音已经听得习惯了。那些本地不信教的居民根本就听不见它，也不去理会它。但是黎明、正午和夕阳西下的黄昏时刻，这位孤独的歌手总要向天空、向人民、向大地致以问候，宣讲我们已经不能理解和已经丧失了的真理，为我们和我们的前人受难，他用沉静安然和彼岸世界玄妙的亘古哀音医治心灵疾病，似乎时代的锈蚀还没有侵染到这种哀音，而且，人类历史上那些充满仇恨、慌乱、动荡不安的可怕时代一向都绕过这位歌手。在清真寺高塔下面，汽车往来飞驰，川流不息，永远忙碌的人们穿梭行走，奔向什么地方，此刻，从“男人泉”那里传出了笑声。

他只为她歌唱

黄昏，在疗养城市杜布罗夫尼克盛开的茉莉花飘散出沁人的馨香。从停泊在海滨的白色舰船和帆艇上传出曼多林悠扬的琴声。海水在港湾处慵懒地泛起微澜，岩崖的突出部分融化在苍茫暮色中。放眼望去，远处松林森然，南方植物芊绵，丛石嶙峋。再向远望，那便是意大利。相传很久、很久以前，达尔马提亚人泅水去意大利，在意大利的先生们家里做客，后来他们常常喜欢游到那里去，日复一日，年复一年，以至于到了四十岁还没有想到成家。

南斯拉夫这片南国土地真是明丽挺秀，夜景美不胜收！音乐更是扣人心弦。

我独自在海滨公园徜徉，嗅着百花的芳香，谛听着大海涛声。滨海路上寥落无人，行人稀少。大海渐渐平息，沉寂。悦耳的乐声渐渐减弱，终止。只有从酒店里还不时传出醉醺醺的码头工人的嬉笑声：“我的爱，我的爱呀……”

有一丛白花纷落的洋槐树下坐着两个人——他和她。他们大约都刚十八岁。她身穿黄色运动衫，偎依在他肩头。她的秀发由于华灯照射，黄灿灿的，蓬散在她的脸上，遮挡住了她的眼睛。他拥抱着她，柔情地抚摸着她那瘦削的棱角显明肩膀，轻声地给她唱着自己随便编的歌曲。他声音很低，只有她在静听他歌唱，她凝神听着他在歌唱，听着他倾吐心曲。大海寂寂，行人寥落，琴声缥渺，洋槐把白花撒落在他们身上——周围一切的一切，他们两人全然没有顾及。他们与任何人无关，任何人也不妨碍他们，任他们在这热气浓重的漆黑南国之夜厮守一处。

我仿佛觉得，我已经猜测出他唱给她歌曲的大意，可能他是她偶然相遇的同路人，一见钟情；也许他是她新婚丈夫，还不懂得忧愁；也许他们已经成了终生的生活侣伴。

在我们知识分子的圈子里流行着一首歌，不知道它是从哪里传来的，一般地说，它也算不上什么上乘之作，但歌曲中却饱含着悲戚的孤寂和质朴的怅惘。过早离开人世的作家瓦西里·巴卡罗维奇·舒克申曾非常喜欢这首歌曲。鲜为人知的电影《怪人们》就是以这首歌曲作为序幕。歌词是：

亲爱的人，带走我吧，
我愿与你为伴，
在那遥远的国度里，
听你对我低声呼唤……

我踮起脚悄悄地从这对年轻人旁边经过。我猜想他们是失业青年，因为他们的上衣口袋里和长椅上都有大块海绵，年轻人为了挣得一块面包，身边带着海绵给旅游者擦拭汽车。白天，在港口小食堂里有一位失业青年向我们——苏联公民发泄了他的困惑和愤懑，他说："我爸爸是残疾人，是德国佬把他弄成了残废，而我呢，我得给德国游客们擦车。这到底是怎么回事嘛？！"

我们也很茫然，不知道该怎样回答他。这位失业青年，他对我们发难的那副神情，就好像应当由我们负责，好像只有我们对他以及与其相关的一切负有责任似的。

长椅上的一对青年男女的身上也散发出迷惘、孤独、淡漠的气息，还有那位失业青年讲的那番话——这一切使我心头涌起一种不可名状的负疚感。我从少得可怜的出国费用中拿出十个第纳尔给了那位失业青年。这又能解决什么问题呢？如何才能够使他们的命运好转呢？怎样才能够使他们不受黎明前海风带来的潮湿和寒气的侵袭而感到温暖呢？

他和她相互靠得更紧，更加亲密。在这座美丽的疗养城市，在这条涂成彩虹的长椅上，男女青年用自己身体的热量温暖着对方，他给她唱着自己的歌曲，当然不是我说的那首歌曲，但是它们有相似之处，都是一些朴实、浑厚的乡下人编出的爱情歌曲，单纯而诙谐，好像农民喜爱的歌谣曲。

老游击队员、足智多谋的老人罗沙德·基兹达罗维奇曾对我说，他们国家的年轻人一直怀有不满情绪，挑衅、闹事，为的是能够获得"阳光下的一席之地"，也就是能够得到一份工作。我们国家的青年没有体验过这种不幸，他们有工作，有妻子和孩子，他们虽已是青年，但却像无忧无虑的儿童。

为什么？为什么世世代代，在许多国家里为了得到“阳光下的一席之地”是如此艰难？我们——首先是我们这些负有国际主义义务的公民们生活、斗争、流血不都正是为了使那些开始走向生活的人们坚信，大地上有他们的位置，有他们的广阔天地，不是这样吗？为什么？为什么青年人在痛苦、追求、爱情上竟如此孤立无援？我们在哪些地方还有疏忽？哪些问题我们考虑不周？我们还有什么事情没有做得尽善尽美？也许，我们倾注智慧、思考和从事的其他工作是这一对青年男女所完全不需要的，诸如：炸弹、火箭、毒气弹、传播疾病的细菌，这一切与他们俩有何相干？他们需要的是工作、是面包。他们需要“阳光下的一席之地”。

大海不再喧嚣。琴声不再缭绕。灯火不再通明。城市沉入梦乡直到黎明。明天，它重又会被各国不同语言的嘈杂声吵醒，欣然地向大海、向美、向欢乐敞开大门。

然而在海滨公园里，在白花泛泛的洋槐树下，那一男一女由于寒冷瑟缩一团，他们将一直坐到天明。他们回避人们，疏远世界，他继续向她唱着自己的歌曲。无论她是他的妻子，还是他的妹妹，他都绝不会把她带到遥远的国度……

隔海不隔音

我曾经在南方的一位老朋友家里住过一些时日，我经常打开收音机，听到的可能是土耳其语广播，也许是阿拉伯语……是从大海彼岸传送来的一个女人轻柔而低沉的声音。嗓音中隐含着淡淡的哀愁，叩打着我的心扉。虽然我听不懂这种外语的含义，但我却能领悟这种哀愁。收音机里传送出音乐，乐声也很轻柔，其声幽咽、不绝如缕。整整一个通宵，乐声迂缓、连绵；不知什么时候，歌手插了进来，唱起了歌，单一的音调，低沉沉，慢悠悠。他与天空的黑暗、大地的坚实、海浪的汹涌、窗外树叶的簌簌声浑然一体，不可分割。他人的痛苦成了我的痛苦，他人的哀怨成了我的哀怨。在这样的时刻，我清楚地意识到：我们，所有的人在这个世界上是一个不可分割的整体。

蜃景

早晨，库别纳湖上雾气腾腾。雾盛风急，咫尺不辨。世间的一切都淹没在雾霭之中。人坐在冰窟窿旁，不由自主地摸一摸身下的冰块，为的是验证是否有东西在支撑着，也是为了感觉到自己的存在。不然的话，仿佛自己也在广阔的空间里信步漂游，笼罩在浓雾里，融化在白茫茫的雾中。

钓鱼的人们在这样时刻常常在湖上因为迷路而东奔西突，他们或者大喊大叫、讲粗话、骂人；或者“啊哈！啊哈！”地呼唤着，为的是给自己壮胆。他们用冰镩凿冰，从身边驱走令人心惊胆战的寂静。

我第一次来到库别纳湖，觉得这里的一切都很有趣，同时也有些让人害怕。但我不敢向自己承认这一点，只是不住地向四周扫视。高兴的是在离我三五步远的地方站立的是我同伴的身影。其实那不是站立，而是在迷雾里露出的一团零散的雾气，它忽隐忽现、或明或暗。

我伙伴的身影越来越近了。我已经看得出他头上戴着围巾帽，一只手扯着拴有鱼形金属钩的鱼竿，座下有一只白箱子。接下去这位垂钓者的轮廓更加清楚、更加鲜明了。他真的是人，他活着、呼吸，他在诅咒梅花鲈。这种鱼贪食成性，成群出没，渔夫们束手无策，善良的鱼接近他们不得，因此当地人把梅花鲈叫红卫兵，也叫法西斯，还有其他种种称呼。任何不体面的称谓都合适，却没有一个雅号能对梅花鲈产生影响，它照常咬钩，什么都咬，什么时间都咬。

我也钓到了一条梅花鲈，它张着嘴，一点儿也不乱动，我信手把它扔到冰上的小水洼里，那里已经有我钓上来的一条河鲈和几条拟鲤鱼在游水嬉戏。这尾梅花鲈刚喘过气来开始游动，就立刻在水洼里称王称霸了。它把拟鲤鱼追逼到水洼边缘，向后者发起进攻，它冲撞河鲈，把河鲈吓得跌跌撞撞地扑腾着，溅起了水沫。

我们观察着梅花鲈在水洼里的举动，联想起它好像一个喝得微醉的男子汉，闯进了女人宿舍，把那里所有的“闲杂人等”全都赶跑了。梅花鲈心满意足地摆动着鳍、舒展着刺。这时候雾正向四周蔓延，远处冻结在冰中的浮标在闪烁。水洼上方展开了激烈的拼搏：海鸥和乌鸦都在争夺水洼里的梅花鲈。后来又稀稀拉拉地来了一些人。人一多心里就更踏实了，鱼儿也开始上钩了。到处笑语喧哗：时而惊叹、时而狂喜、时而失望、时而人们突然离开自己待的地方，一窝蜂地跑到一个冰窟窿边，帮忙去拖出一尾大鱼。可是鱼跑掉了，于是人们哈哈大笑一阵，愉快地对骂着，安慰冰窟窿的主人，给他抽烟或者让他喝上一杯酒。

太阳究竟什么时候升起，又是怎样爬上天空的，我竟然一点也没有觉察到。发现它时已经高悬在头顶。起初雾中透出一抹亮光，然后像日食一样完全显露出明亮的圆形。雾霭向远处河岸舒卷，湖面显得更加辽阔，湖上的冰好像在漂动，在摇荡。

蓦地，在这片远看是白色近看是灰色的漂冰上方，我看见有一座在空气中蒸腾的神殿。它宛如用纸型做成的轻盈的玩具，在太阳的蜃气里摇荡、战栗。而雾要把这座神殿溶化，在雾浪里轻摇这座神殿。

神殿径直向我飘来，它轻柔、皎洁，童话般的美丽。像中了魔法似的我扔下手中的钓竿。

森林向上伸展，映现在雾帘里好似笔直的山尖，远处工厂的烟囱、山丘上小房的屋顶也已经清晰可见了。然而神殿却依然在冰上飘忽，它向下沉落，越降越低。太阳在神殿的圆顶上闪耀，整个神殿沐浴在光芒里，连它下面的一层层薄雾也亮闪闪的。

最终神殿落在了冰上，屹立不动了。我默不作声，指了指神殿，心想这可能是我的幻觉，实际上我睡着了，我见到的是雾中的蜃景。

“这是救命石。”我钓鱼的同伴只说了这么一句，他的目光从冰窟窿移开了一瞬间，紧接着重又握住了鱼竿。

这时我想起了沃洛格达市的朋友们安排我来钓鱼时，好像对我讲起过救命石的传说。我当时想，石头，不过就是石头而已，在我的家乡西伯利亚，各种各样的石头多着哩：磁铁石、标记石、守卫石，它们在叶尼塞河里、在河滩上比比皆是。

而这里，救命石竟是座神殿！是座隐修院！

我的同伴眼睛一刻也不离开钓鱼竿，同时对我唠叨起这一奇迹的来历。为了纪念联合北方国家而斗争的俄国公爵修建了这座隐修院作为纪念碑。相传，公爵为了逃避敌人的追赶泅水过河，他披挂的盔甲分量很重，身体在水中下沉，眼看就要沉入河底，他突然感觉到脚下有一块石头在托着他，这块石头救了他的命。为了纪念神奇般的得救，从岸上运来数不清的石块、土方，倒进水下的这片土地上。每年春天，用小船或通过吊桥把从湖里凿出的大冰块运到这里，倒进河中，隐修士们硬是堆起了一个小岛，并且在岛上修建了隐修院。著名的狄奥尼西[1]曾经为这座隐修院绘制过圣像和各种花饰。

到了我们的时代，也就是30年代初期，集体农庄开始大规模的建设，需要用砖。隐修士们又成了建筑工人，现在的建筑工人可比不上他们，他们用砖做成整个的构件：不得不炸毁隐修院。进行了爆破，可是却一块整砖也没有捞到，只有一片碎石瓦砾！整个隐修院只剩下一个钟楼和一间居室，遇到恶劣天气，渔夫们便把渔网存放在这里，

自己在里面躲避风雨……

我凝视着洒满阳光的殿堂。湖面已经露出了真面目，雾气早已高高腾起。由于林木低垂，近处的湖岸变得幽暗，远处的

[1] 狄奥尼西（约1400—1502或1503），俄国著名圣像画家。

湖畔好像是扯断了的腰带，向纵深蔓延。在闪烁着无穷反光的广阔湖面上，在冰上，屹立着神殿，它皎洁得有如水晶。不过，我总是想用力地掐一下自己，以便确信这一切都不是在做梦，我见到的不是蜃景。如果是蜃景的话，你无论从哪个方向去看，都会觉得它在你对面，它好像总是尾随着你。

当我想到这座神殿放上炸药炸毁之前是什么样子时，便激动得喘不过气来。

“是的！”我的同伴郁闷地说，“它的美难以用语言形容，一句话：奇迹！是用人类的智慧和双手创造的奇迹！”

我目不转睛地望着救命石，望个不停。忘却了鱼竿、忘却了鱼、忘却了世界上的一切！

闪光与鸣钟

秋日黄昏须臾即止。天边还残留着一抹晚霞，暮色还没有泼满苍穹，而在这时，森林里却已经是一片幽暗，伸手不见五指了。林木显得更加浓密，似乎一棵棵树都在相互靠拢，紧紧贴近。愈是接近树干基部和树根，就愈是昏黑。

我加快了脚步。前面树林稀疏些，隐约露出空隙。我疾步走着，尽快地奔向林木稀少的空地，想远远逃离开这袭来的黑暗。树枝咔嚓咔嚓地响着，我钻进了密密的悬钩子灌木丛，它的枝叶舒展，簌簌作响。忽然我止住了脚步。

眼前无路可走了。由于匆忙赶路，我迷失了方向，偏离了林间小路，踏着拖拉机压出来的车辙向前走，车辙被草丛覆盖已经辨认不清了，它的尽头是一片废弃的采伐迹地，再往前，就连拖拉机轮压过的痕迹也没有了。

我谛听着。我环顾四周。听不到任何声音，白天的鸟儿都已沉入梦乡。秋季里夜出的鸟儿寥寥无几，而且这些鸟儿也不再啼啭了。这个季节所有小动物的牙齿都长齐了，只要鸟儿敢于啾啾叫上几声，马上就会成为“千古绝唱”——为自己唱了一首安魂曲。

夜空里，一颗星，又一颗星，闪闪烁烁，真是妙不可言！我可以循着星星指引的方向走路。应当抓紧时间，反正离城市已经不远了。

是的，瞧，北极星、小熊星……这很好……可是，也许我会走到反方向去呢！我根本不熟悉星图。但这毕竟比盲目地走要可靠一些。

我在望着北极星、小熊星、大熊星……

咦！那是什么？远山冥冥，迤逦层叠，就在山岭的上方，紧挨着错落起伏的森林，还有一颗星放出光芒。它那么大，那么明亮！也许当我提着篮子在林子里采蘑菇的时候，我们的专家们又向宇宙发射了一颗卫星或是什么更为深奥的东西。

但这颗星并不移动，也不时隐时现。它静静地、充满信心地发着亮，似乎是亘古以来它就一直在这个地方发光。我们天空中出现的这颗从未见过的行星究竟是什么呢？

这颗星岿然不动，默默地呼唤着我，我义无反顾地朝着这颗星走去。茫然失措的感觉已经消逝，我已经心神恬然了，只是两只眼睛紧紧盯着这颗又大又亮的新星。这星是有谁为我点燃的吗？不，它是为所有在黑夜里迷路的人点燃的。我向这座可以信赖的救星走去。我已猜到它是什么了。

它是电视转播塔闪出的光。多么有趣！人们用自己的双手创造出奇迹，却偏偏给它取了一个乏味透顶的名称，电视转播塔！发音很绕口，很难一下子就念出来。

我向着这颗一丝不苟地执行任务的星走去，令人惊骇的黑暗森林远远地抛在后面了。我登上一座高山，眺望着灯火汇成的小河和湍流。在这灯光的长河中，在高炉的上空，那颗新星在自己的岗位上照耀着，照耀着。

从前时候，如果有人在泰加林里迷失了方向或是深夜还没有回家，那时，这座乌拉尔古老城市里的人们便敲响教堂里大钟。

肠断魂销

从区残废人之家又送走一位死者。在这里这种事情经常发生。几乎每天都有人辞世而去，可以说已成为习以为常司空见惯的事。周围人们的态度和处理后事的做法也是平平常常，听其自然：一口质量低劣的公费提供的棺材，一块刨得比棺材略微精细一些的、用四块小板钉成的方尖碑。碑的上端或是竖了个十字架或是钉上个五角星——这要取决于死者生前的要求，如果他来得及说出“最后的遗愿”的话。假如有人没有来得及说点什么就撒手而去了，那么方尖碑上就一律钉上五角星。

死者穿的衣服也很普通：缝有垫肩的宽大黑色上衣，显然是很久以前买的，系着工厂特别制作的灰色简易领带。脚上穿的是残废人们自己制作的帆布便鞋。由于长年使用而磨损和刺得破烂的红色天鹅绒衬垫上面别着“勇敢”奖章、“对德作战胜利”奖章。奖章已经失去了光泽，绦带上落满了灰尘，边缘也已经破损。这些奖章下面密密麻麻地排列着战后获得的奖章、纪念章，这些新的奖牌光彩熠熠，绦带也很鲜艳，相比之下那些旧的、在战争年代获得的奖章就显得黯然失色了。

死亡证明中说，这位死者是残废军人，1949 年起一直住在这里。他在残废人之家生活多年，日子过得倒也安然。他学会了木工活计，在他还能动的时候，残废人之家里里外外的木工活儿都由他做。甚至连打棺材、钉方尖碑这样的活计他也能够胜任。后来他渐渐衰老，变得多病了，什么活都不能干了。近两年他的日子过得很遭罪，也给别人造成很大负担——他完全卧床不起了。

残废人之家设有安葬委员会，成员由那些口齿尚清楚、动作还算麻利的老头和老太婆组成。委员会的任务包括给死者准备寿衣、送葬，还要为那些值得称颂的死者撰写悼词并且在灵柩前宣读。在这些格外受到尊敬的死者棺材上还要缠上红布，停放在红角，以便向遗体告别。但这项措施引起了众多的争论、指责、曲解和神经质的愤懑——所有人都希望自己有幸安放在缠着红布的棺材里，都要求把自己的灵堂设在红角。争来吵去，弄得这个并不给人带来愉快的安身之处的行政领导人，不得不放弃把死者按级别和贡献区别对待的措施。如今所有死者的追悼方式都一视同仁。不过如果有谁在送殡前想要对死去的伙伴说上一些缅怀的话，就在残废人之家的门廊里发表演说。在钉棺材，装车运走前，灵柩可以短时间停放在门廊里，卡车属于残废人之家，平时运送各种货物。

上年纪的人不喜欢去墓地，特别是秋冬季节天气寒冷，往返路程太遥远。人们向遗体告别时态度庄严，一声不响，有些人画着十字、有些人擦眼抹泪，还有的人在棺材周围忙忙碌碌，在死者遗体上摸这摸那，整理整理衣服，做些力所能及的事情，像是愧悔地补救自己的过失。

这位残废军人去世的季节和他来到残废人之家是在同一个月份——都是十一月。

第一场暴风雪刚刚降临大地。雪花纷纷扬扬。死者的伙伴们瑟缩着身子。他们断定昨天挖出来的墓穴肯定已经被大雪埋上了，墓地的工人们当然不会清除掉墓穴里的积雪，肯定会是把棺材塞进像软薄膜一样的雪堆里，再填上一些冻雪块就算完事。难道这有什么意义吗？每人都有自己的生和死。人的生辰和祭日也只能属于每个人自己，所以坟墓也必须是自己的，绝不可能埋葬在别人的墓穴里。

对这位死者没有人想说点什么，也没有什么可说的，他生前没有积累下可以作为悼词的资料。但还是组织了一项非同寻常的活动，残疾伙伴们为了促成这件新鲜事，每个人捐出了二十戈比，专门为死者点播了一首他生前喜欢的乐曲。

残疾人之家的庭院后面有一片空地，方圆约有两公顷，周围栽植了杨树、落叶松和山刺槐。空地中央是跳舞场，跳舞场的地板是用厚木板块镶拼而成的。旁边修了一个小屋，供乐队使用，还专门设置了一个岗亭，以便青年纠察队员和民警在那里值勤。残废人不喜欢时下流行的这种舞步，不赞赏地摇着头说："人们在大庭广众之下你碰我、我蹭你的！"尽管如此，每次舞会开始后，他们还是跌跌撞撞地来到舞场，坐在四周的草地上。他们当中略微年轻一点的人或是喝过一点酒的人，有时也挤进跳舞场快活一下，逗得大家乐得前仰后合……

这位残疾士兵从来没有去过舞场，只要一听到乐曲，他便痛哭失声，而且无论服用什么药片，注射什么药针，对他都无济事。因此长时间地失眠，他苍白憔悴，好像在自己面前也是个罪人似的。伙伴们都想探问出个究竟，他自己也想把事情解释清楚，可他却无论如何也说不明白到底发生什么事儿。他只是揉搓着衬衫前襟，捂着胸口说："难受！心里难受啊！……"

人们理解他的痛苦，也理解导致他痛苦的短暂而平凡的原因：战争前，他不仅没有来得及结婚，连初恋也没有领略过，而打完了仗，他变成了残废人，体衰多病。但他也渴望爱情，渴望跳舞、散步，也许甚至想学习音乐。

尤其当管乐队奏起《花之圆舞曲》时，他哭得更加肝肠寸断，泣不成声。乐队由于落后于时髦音乐而解散了。在小亭子里放了一台电唱机，还安装了电动扬声器，传送出新乐曲，舞场四周舞曲荡漾，只是不再播送《花之圆舞曲》了。不过又挖掘出来了一首《白雪圆舞曲》。残废伙伴们这次为死者点播的正是这首圆舞曲。

管电器的小伙子睡眼惺忪，蓬乱的浓发垂落在瘦弱的双肩上。他一时没有明白这些残废人要他干什么，当他终于恍然大悟之后，他推迟不干，说："锁着呢！天也太冷！再说我把钥匙丢掉了……"残废人们不停地劝他："伙计，想想办法嘛！""事情是这样的……这是不常有的……有那么个人得过一种古怪的病……"

当大家把许许多多硬币塞给他的时候，他的情绪缓和多了，摇晃着脏乱的浓发说："算了，还给那么多钱……你们什么时候要我来？"得知准确的时间之后，他快活地打趣说："我还来得及喝上一点为了解酒呢！"

他没有食言，腋下夹着放音乐的箱子，撬开了小亭子的锁头，把电线联结到扬声器上，于是广场上乐声飘扬：

多么优美，多么凄婉，
圆舞曲在大地上空荡漾。
它，像朋友，亲切善良；
它，像白雪，晶莹闪亮。
啊，《白雪圆舞曲》
我们永志不忘

寒风激荡着乐曲声，吹拂着灵柩上面由蓝色餐巾纸折叠成的穗子，掀动着死者头上似乎从孩提时就留下的稀疏的头发。有一两次，残废人之家的庭院里扬起了雪旋风，而在舞场上空绽开白雪结成的花穗，这白雪花穗宛如生长在一棵纤细的花茎上面，但它一直在旋转、旋转，永远也不飘落。杨树林后面，凛冽的寒风拍打着被冻僵了的稀稀落落的树叶，发出簌簌的响声。那位醒了酒的区里电器专家播放着、反复播放着残废人们点播的这首圆舞曲。送葬的人们抬起了灵柩，向卡车走去。这时，歌中唱道：

乐曲重新奏响，
钢琴师缓慢起身，
点出了圆舞曲的名称，
我和你走去，
穿过大厅……

灵柩已经塞进车厢，后厢板也关上了。司机刚刚想要开动启动器，马达的尖叫没有能够淹没圆舞曲的声音。扩音器里传出了女歌唱家向这位永远离去的战士唱出的歌：

我想邀请你跳舞，
只想请你，而不是别人！

卡车开走了。宽敞的庭院空旷无人了，所有送葬的人都躲进了室内。只有庭院后面空地的上空，风儿还在不停地传送着乐曲。舞场上空雪旋风旋转得更加猛烈，也更加飘逸。一个个残废人透过模糊的玻璃窗户仿佛看到：在散落初雪的厚地板上有一位身披白纱的少女翩翩起舞，不停地旋转。她始终也没有等到自己的舞伴。她旋转着，愈转愈快，为的是不让别人看见她那张韵秀的脸上涟涟涕泪。

叹息

有一天，画报编辑部收到一封来信。写信人是一位女士。她是这个画报的读者，很喜欢它。信中对画报的成功赞扬了一番，在信的末尾提出了一点希望："请在贵刊的封面上多登载一些我们祖国瑰丽风光的照片，也许这会吸引我丈夫回到我的身边来。"

编辑部的成员读过这封信都揶揄地笑了。只有编辑部的秘书没有附和大家。这位秘书头发斑白，蓬乱。不知为什么总是穿着一件皮短外衣，而且好像是件战利品，衬衫衣领总是皱巴巴的，经常露在领口外面。这位秘书说：

"你们这帮傻瓜，笑什么？如果我不是个糟老头子，如果我是个单身汉，我一定要找到这位高尚的女士……"

迟说的谢谢

1939 年我负了一次重伤——摔伤了一条腿。这是我自作自受。我们这帮半大孩子正处在惹是生非的年龄段，加上平时没有人照管，整日里寻找各式各样的奇遇，进行一次又一次的冒险。我觉得用许多铁锹搭成一个奇异的跳台，穿着滑雪板从上面跳下去，这太缺少吸引力，而且很不够劲儿，于是我决定从板棚顶上向下跳。

好哇，跳了一次，又跳了第二次，都很成功，跳第三次的时候只听见好像我身上有什么东西咔嚓嚓地响了一 声，两眼直冒金星。起初我以为是滑雪板断裂了，转过头来，眼前竟是一片漆黑。开始并不觉得痛,不知为什么有些害怕,接着我惊呆了，喘不出气来，额头和脊背全都沁出了汗水。

这副芬兰滑雪板是我得到的奖品。在区里举办的业余文艺观摩演出会上唱了一首《孤独者之歌》而获奖。伙伴们把我从破板棚里拖了出来，用滑雪板作担架，把我抬到了医院。那副滑雪板很漂亮，弹性极好，漆得亮光光的，后来它被放到哪里去了，我已经全然不知道了——因为自从那次跌伤后我不再滑雪，只是在极端需要时不得不使用滑雪板，但从来不由山顶往下滑，更不用说从跳台上往下跳了。

我觉得自己在医院的门诊部里无限期躺了很长很长时间。我破天荒第一次体味到无依无靠，与大家隔绝、孤苦伶仃的感觉，只是暂时我还没有流泪，我眼盯着周围的人，且看他们怎样处置我。他们让我翻身，给我脱衣服，嘴里不停地骂我。这一切在我看来是在给一个与我毫不相干的人做这些事情。既然让他翻身、骂他、给他脱衣服，那么他疼他的，与我有什么关系？！为什么我竟痛得天昏地暗呢！由此我更加觉得委屈和痛苦。

我记得，当一位护士阿姨要给我脱下裤子时，我使劲儿地往上拉，她打了我的手。当时我只有十五岁，天不怕地不怕，我模仿那些莽壮粗汉，大吵大骂，最后不得不在一位上年纪的爱唠叨的护士阿姨面前屈服了，乖乖地让她给我脱下了裤子。转眼间全身一丝不挂。我似乎感觉到或者说意识到我开始进入了另外一个等级，成了另一种人，人们可以随心所欲地对我做些什么，而我只能听天由命，只能服从，因为我是个残废人。

这时我第一次哭了起来，由于害羞和伤感，我用手捂住了脸。

第二次，我已经不是哭了，而是在手术台上嚎叫，甚至可以说不是号啕大哭——是像猪崽一样尖叫。

不知什么原因，我看到的一切都是幽冥可怕的，用担架把我抬进的房间里暗淡无光，阴森笼罩着房间的各个角落。我被从担架上抬到高高的手术台上，给我罩上了床单，可我依然感到很冷,全身颤抖不止。从黑暗里有一个黑影走来,他像个幽灵，颤颤巍巍的，他有力的双手好似螃蟹的一对螯抓住我的腿不放，又是扭动，又是抻拉。悬挂在我头顶上的电灯在我眼前闪出绿光。就在那时我扯起嗓子像小猪似的嚎叫起来。

我终于醒了过来，一位身穿白大褂，头戴白帽子大叔俯身望着我。他双眉紧蹙，面色阴沉可怖，在他面前我孤立无援，渺小可怜，哆嗦成一团。昔日的那个淘气大王哪里去了？他闹得整个学校不得安宁，只要他在大街上一走，各种球类、曲棍和其他小玩意儿便满街横飞，好像是咩咩叫的畜群在庭院里四散奔跑一样。

这位从黑暗角落里走出来的威严大叔，他自己也有如幽幽的暗影，黑黢黢的，只见他唇髭一动，用手指了指我，说：

“给这个狗崽子打上石膏！让他记住从板棚上往下跳要受什么样的罪！”

他一面脱下橡皮手套，一面压低声音愤然地说：“这么小的年纪就把一条腿摔伤了！要知道，伤的是大腿，大腿啊！你懂不懂，这意味着什么？”他绝望地挥了挥手，对我又说：“真该揍你一顿，好让你爱惜自己！……”

我在医院里躺了三个月，为了让我能够站立起来，那位面色黝黑而又“阴森可怕”的医生伊凡·伊凡诺维奇·萨别里尼科夫不知花费了多少时间，付出了多少辛劳。那时候伊加尔卡市医院里没有X光机，也根本没有药到病除的药品，可这位医生竟把我的腿医治好了。

伊凡 · 伊凡诺维奇骂起我来总是疾言厉色，我已经对此习以为常了。当他不向我抒发怒气的时候，我就猜想一定有什么事情使他惴惴不安或者怅然不快。

我出院的时候去向医生告别，他拍了拍我剪得很短的头，目光犀利，灼灼有神，略带嘲讽的神态刺痛着我：

“好啦！现在该是拼一拼的时候了，说不定会摔掉脑袋呢！”然后郑重其事地说：“一两个月之内别丢掉拐杖，说不定当兵去会合格的……”

入伍当兵，我真的合格了。我努力地战斗了，只是一遇到坏天气，大腿钻心的疼痛就会使我回想起伊加尔卡市医院和我永远不能忘记的伊凡 · 伊凡诺维奇。战后我来到了伊加尔卡市，到处询问医生的情况，盼望能够再见到他。伊加尔卡的许多住户也都很怀念他，可他到哪里去了，没人知道。当年曾经在医院工作过的一位妇女说，伊凡 · 伊凡诺维奇好像也上了前线，当了军医……”

“又有一位好人失去了踪迹，”我暗自思忖着，“我没有来得及报答他，甚至忘记说一声谢谢。我一听说让我出院，就高兴得昏了头。也许他在战争中牺牲了……”

人的命运曲折、迂回、起伏、纠结，命运中的一切都神秘莫测，有什么地方和什么人邂逅更是难以预料，甚至连在最为荒诞不经的幻想故事里也难以臆造出来。这并不是我的至理名言。

有次我回到家乡，信步来到市场游逛，打算买一点松子吃着玩。这里一年四季都能买到松子。

我在一位大婶的摊床前品尝松子，而她却一直盯视着我。松子炒得又香又脆，嗑了一个还想嗑第二个。丢下如此美味的坚果实在无法想象。我说：“我买五小碗，很久没有享受过这样的口福了。”

大婶满脸忧伤，她的脸也像松子一样呈黄褐色，这时她忽然用平静地语气说：

“拿去吃吧，维佳，拿去吧！哪儿也找不到咱们家乡这么香的松子儿！”

我当时有些愕然，便和这位大婶聊了起来。原来她是安娜·希皮古卓娃，我们本来不很熟悉。过去有段时间我们那具有献身精神的家庭在一个用预制构件搭成的临时住房里过冬，房间里很冷；而希皮古卓夫一家就挤在我们对面的一所小房子里。北极圈内[1]生活很艰难，也许是由于城市很小，有友善的传统，不知什么原因，伊加尔卡市的人相遇时总是一见如故，互相亲亲热热。

这不安娜高兴极了。她甚至不想收下我买松子的钱。

我好不容易才把钱硬塞给她。从表情和衣着可以判断出她不是为了发财致富才到市场上来卖东西的。

安娜马上收拾摊子不再做买卖，她请我到家里去喝茶。一

---

[1] 克拉斯诺亚尔斯克州的伊加尔卡市地处北纬 67°30'，是一个港口城市，距叶尼塞河注入北冰洋的河口不远。

路上我听她说，她的两个儿子从战场上没有回来，而阿列芙金娜……“你记得她吗？”我点了点头，说记得。其实就是打死我，我也记不得阿列芙金娜是谁了。原来阿列芙金娜由于盗用商店的公款坐了牢。现在只有安娜和老头子希皮古卓夫打发日子呢。老头子从战场倒是活着回来了，但丢了一只手。他酗酒无度，把钱喝光了，就成帮结伙，摇摇晃晃地在大森林里游来荡去，采集一些稠李、浆果、松子。

希皮古卓夫家住在卡恰河对岸，离市场并不很远，住在一幢已经倾斜的旧房子里，占用一部分房间，日子过得清苦，但房间收拾得很干净、舒适。老头子不在家，我也没有问他去哪儿了，我开始看墙上挂着的照片，安娜烧上了茶炊。她指给我照片上的每一个人。当我们看到她的两个儿子时，安娜用手帕不停地擦拭眼泪。兄弟俩的照片是在伊加尔卡拍摄的，他们站在轮船码头上的木板垛旁边。两兄弟体格健壮，浓眉大嘴，穿着长筒靴和帆布工作服，手里拿着厚木板，笑盈盈的。

“瞧，这就是阿列芙金娜！认出来了吧？”

照片的四个角已经折损，个别地方还有黄斑浸染。照片上一个小姑娘愁眉不展、表情呆滞地瞅着我，她头戴男帽，额前露出垂直的刘海儿，身穿小圆点花布连衣裙。这顶帽子或是垂直的刘海儿勾起了我对往事的回忆：临时住宅中光线昏暗、没有尽头的走廊；楼梯底下的捉迷藏游戏；我给小姑娘作了一幅画，那是画在一个称之为“纪念册”的普通笔记本里，我画了金黄色的海岸上有绿色的棕榈树，一张白帆出现在地平线上，地平线我是用蓝铅笔勾画的。画的下面弯弯曲曲地写了一行字："愿你永远珍存！"

上帝啊！这一切是多么遥远啊！仿佛是在另一个世界里，在完全另一种生活中……

"她经过学习培训之后当了营业员，正准备出嫁。遇到了一个合适的男人，是极地飞行员。后来闹了个盗用公款的罪名……一切全完了……"安娜又用手帕去擦拭眼泪，压低声音悄悄说："现在经常写信来，在忏悔，说她从前是个傻瓜，一心想过阔绰日子，这回算是过上了不用操心的日子了……你念一念她的信吧，心都碎了。"安娜从圣像后面取出来一捆信，对我说："念吧！我再听一遍，再哭一场……每当我收到她的信，都要哭一阵子，我们家里就剩下这么一个孩子了，可她却在监狱里……"

我给安娜读信，她忍受着痛苦顺从地听着，不时地摇摇头。当听到特别伤感的地方，便低声地哭一小会儿，比如说，信中写到两个哥哥时，写到他们大家生活在一起和和睦睦时，写到她这个傻瓜没有珍视父母的良言忠告，过早地凭自己的小聪明去闯生活，而这些小聪明反倒害了她……

这些信中充满忧伤追悔的语气，为了安慰这位可怜的母亲，我读的时候语调凄惨。我万万没有想到在这些信当中竟偶然读到了这样一封信：

"亲爱的妈妈！你寄给我的邮包，我与别人一起分享了。事情是这样的：我在伐木场干活。冬天林子里还剩下了一些花楸果，大伙儿都吃，我也跟着吃了些，结果胃肠受了寒，病情很重，是肠梗阻。大家把我从林子里抬回来的时候，我已经人事不省了，不记得自己是什么样子，等我醒来的时候，已经躺在医院的病房里了。我的病床旁边站着一位高个子的白发老人。他说：‘傻丫头，干吗要啃冻花楸果吃呢？想糟蹋身子，是不是？’我不知道该说些什么，我很虚弱。已经给我做了手术，及时救了我的命，不然我就再也见不到这个世界和你们了，我亲爱的爹娘。老医生总是骂我，骂个不停，不过已经完全是另一回事了，是善意的。他问我肚子上的刀疤是怎么回事，我说那是做阑尾手术留下的疤痕，是很久以前的事情了。他又问：在什么地方做的手术，我说是在伊加尔卡市。就在那个时候，亲爱的妈妈，老医生的脸刷地一下变了颜色。他问我是不是还记得是谁做的手术。我说，当然不会忘记，是伊凡·伊凡诺维奇·萨别里尼科夫大夫。全伊加尔卡市都认识他、尊敬他。

我尽力回忆，还是认不出来。亲爱的妈妈，他当时告诉我他就是那个伊凡·伊凡诺维奇·萨别里尼科夫，他根据我的手术疤痕认出我是伊加尔卡市人。他说，每一位真正的外科医生都有自己的手法。我虽然粗暴生硬，现在也依然这样，但是给患者做手术却是从来不粗心马虎。我尽量把‘切缝’缝得针脚小些，整齐些。他就是用‘切缝’这个词儿的。当他说这些话的时候，亲爱的妈妈，我们俩都哭了。我躺在病床上，满脸泪水，他站在病床旁，不住地擦眼角，我们好像是亲人相逢，挥泪并不难为情……我倒是没有什么，可是他，他曾经是一个多么有力的强者啊！

后来他生气了，吩咐我不许再哭了，他说，哭天抹泪的对身体有害，说完就立刻走开了。但是，他后来经常来看望我。不只是有事的时候才来。我开始渐渐恢复。有一次我鼓足了勇气，悄悄地问他：伊凡 · 伊凡诺维奇，您是一位诚实的人，一位大好人，又有这么高超的医术，您怎么也沦落到这里来了呢？

他仿佛困惑，陷入了沉思，然后告诉了我，他说这件事情的时候，心情十分痛苦：‘由于诚实，才落到了这个地步。我曾经在卫生营里当外科军医，当时很想救一位高级首长的生命。卫生营的领导坚持要把受伤的首长送往军医院，可是他已经毫无希望了，根本送不到医院就会在半路上死去。那时候，我冒了一次险。首长……死在我们卫生营的手术台上了……’

妈妈，我和我们的伊加尔卡市的医生伊凡·伊凡诺维奇·萨别里尼科夫就是这样不期而遇的。您寄给我的邮包我和他分享了。他本来什么都不要，可是他太虚弱了，最后同意收下了我送给他的东西。他让我在医院里一直往到身体已经很硬朗的时候。出院时他开玩笑说：我的老乡，现在你已经是两次接受我的洗礼了——你将会长寿！他的精神振作，可是我看得出他在这里日子过得很艰难。有谁轻松呢？那些窃贼，那些社会渣滓轻松吗？不过，要感谢上帝，他的刑期快满了，已经快到十年了。也许他还能经受得住，在他获得自由以后，还能够给人们治病……”

伊凡 · 伊凡诺维奇！伊加尔卡的医生！我愿意相信，灾难已经结束，您现在正生活在我们辽阔国土上的某个地方。你已经进入垂暮之年，可您仍旧锐意不减，精爽不衰。您可能还会想起年轻的伊加尔卡市和城郊的那座木结构的医院，您在那里治愈了无数劳动者，您曾经使一个断了腿的小家伙重新站了起来。

我向您致敬，并向您道一声迟说的“谢谢”！

一部旧电影

——献给 E. A. 嘉普金娜

她现在仍然经常参加拍摄影片，扮演大婶、老奶奶、爱吵架的女市侩。她的演技泼辣而且纯熟，手势、眼神、面部表情都掌握得恰到好处，这得益于她以前曾经演过几部无声电影，在那些影片里她忽而扮演热情奔放的身穿蓝工装的女工和无产者，忽而又扮成新经济政策时期的女暴发户和犹太市场上的女商贩。后来某位导演“发现”了她善于演“劳动妇女”，于是在30年代的影片里她便又织布又割麦，开起拖拉机到处跑，有板有眼地改造觉悟不高的当小生产者的丈夫，还去远东建设城市，而且每一次她都必定要登上讲坛发表一通热情洋溢的演说。

我们这些早期有声电影的早期观众非常喜欢在影片结束前有人没完没了的演说，喜欢电影里的婚礼操办得热热闹闹、歌声震天，而她，讲一口纯而又纯的莫斯科旧城话，其声舒扬，婉转清朗，完全征服了我们的心。大家全都愿意随时响应她在影片里发出的激情号召，去开创任何事业。然而时光流逝，岁月蹉跎，开始时我们还听从她的召唤，后来就开始考虑：去开创什么事业？而且最主要的是为了什么去开创呢？

当时我们对演员们的生活一无所知，不了解也不试图去了解哪位演员娶了谁做妻子，谁的收入有多少。我们觉得演员是一批超人，他们真刀真枪地杀打滚爬，真死真活。为了弄清克留奇科夫扮演的指挥官本来已经牺牲，为什么又重新出现在影片里，而且不缺胳膊不少腿，我们这些由伊加尔卡市幼儿园培养出来的孩子们曾经争论过多少次，甚至还动手打过架呢。总之我们是一群笨得出奇的观众。我们不习惯阅读电影字幕，不记得电影演员的姓名，只认得他们的面孔。我们坐在经常是寒冷而黑暗的电影放映厅里，炫耀自己的眼力好，记忆力强，互相捅着对方的肋骨说："还记得《金湖》里的土匪吗？就是他！那个人在《十三勇士》和《海上岗位》上演过角色！一点也不错！他总演指挥官……"

没有人像现在这样制止我们，说什么"喂，唠叨鬼，快闭嘴吧！"恰恰相反，人们往往是凑到近前，听这位记性好的小伙子信口胡诌，甚至还不停地问："你说谁？是下巴上有个小洞的那个人吗？他演得棒极了！……"比如说，只要法伊特一出现在银幕上，放映厅里马上会响起近乎仇恨的叽叽喳喳声，人们记住了他的姓氏，主要是觉得这个姓很古怪。人们诅咒他："哼！阶级敌人！恶棍！"我的一些老朋友至今仍然不能相信，正是这位演员不久前在《陶土圈》这部片子里扮演了一位无比善良可爱的老师傅。他们说，他只会演恶棍……

有什么办法呢？我们当时就是这样天真率直的观众，这样坦诚轻信的观众。女演员拉涅夫斯卡娅扮演了一位狠心的后娘，有一次竟使简易移民住宅里的一位观众气得发疯。这位观众还只有五岁，只能坐到椅子扶手上才能够看到银幕，可是他对艺术的感受可真够深刻而激烈了。继母刚一在影片中露面，小家伙便从牙缝里挤出了几句骂人话："母狗！毒蛇！下贱货！我要扒掉你的皮！"

后来在前线，当我已经长大成人，成为一个见过世面的老兵时候，有一次在乌克兰的一个挤满了战士的草棚子里，坐在用土夯实的打谷场上，看过一部战争题材的影片。看着看着，忽然心儿颤动了一下。我差一点儿跳了起来，认出了自幼时就非常熟悉的那位女演员。我像是遇到了亲人，很想让同志们也分享一点我的喜悦。但我做不到这一点，忽然之间假定的印象完全消失了，尽管小发电机在草棚外面通通作响，电影放映机在吱吱地运转，不止一次补过的已成灰色的幕布上一个个画面在往下播映。一切都是实实在在的，绝对不是在做梦。

也许这是由于透过撕烂的麦秸棚顶可以看到星星眨眼，也许是由于机枪的射击声不断从前沿地带传到耳边或是棚子里战士们紧紧靠在一起像是相互拥抱因而有热量蒸腾，也许还有土地的气味和战士身上散发出来的焦味——反正我说不清楚为什么，但所有的人都有一种实实在在的感觉。影片演到了孩子被打死后，母亲偷偷把儿子的尸体掩埋在庭院里，为了不让法西斯分子发现，她便用脚来掘土。这位母亲睁大眼睛盯视着我们，她眼睛里充满了痛苦，这痛苦不仅煎熬干了她的泪水，而且也使她忘却了钻心的疼痛。影片虽然不是彩色片，但是能够感觉出她的那双眼睛像新生儿的眼睛一样湛蓝透明。我们似乎觉得，她的那双眸子就是星星，甚至在闪烁着光芒，一直刺到人们心里。她似乎已经摆脱了人世，什么也不再能看见，她不停地把脚踏在自己孩子的身上，以一种顺从的困惑和无声的祈祷眺望着远方，也可能是在向永恒睇视。白内衣被泥土和孩子的鲜血染污了，一直拖到了脚跟，看上去那像是一件尸衣。她披散着一头柔软光亮的长发，赤着母性的脚，这双脚像是在跳舞，跳一种熟悉的舞蹈，同时这又是第一次被人们亲眼见到的永恒痛苦的舞蹈。这双脚把她带向凡人难以接近的、只有圣者居住的高空和远处，同时又使人觉得她似乎是在用一双脚使劲践踏着什么生物，婴儿在黑暗的地下痛苦而又害怕。

真想去制止她。但没有气力喊叫。没有力量移动身体。惶遽占据了心头。心已僵死。血已凝固。

“上帝啊！上帝！……”我身后有人已经控制不住感情，“这是怎么了！这是怎么了！”我忽然清醒过来了：棚子里一片咳嗽声，人们喘着粗气——战士们内心里都在暗自哭泣，都在强迫自己压制住胸中的痛苦，每人都以为只有他一个人在哭泣，而且每一个都在怜惜别人：如果我哭出声来，会吓坏影片里那位神思恍惚的妇女，她也许会恢复神智，清醒过来，忽然倒在地上死去呢。

后来银幕上出现了一个小房子的女主人，她的房子被法西斯匪徒占据着。女主人正用一把快刀削土豆皮，用充满仇恨的眼睛盯视着刚刚还和占领者在床上调情的女房客。女主人的眼神使我又“活生生地”回想起“我扒掉你的皮”那句话。

“德国鬼子的床垫子！”“荡妇！”“贱货！”战士们给德国军官姘妇的雅号应有尽有。他们不慌不忙地来回移动着身子，提醒女房东：“干掉她！捅她一刀！”而卖身投靠的女人一看见女房东的目光就从厨房里退了出来。当这位法西斯匪徒的情妇歇斯底里大发作，对金鱼眼睛的德国人汉斯说女房东非常恶毒，会杀死他们俩的时候，观众中到处响起了喊声，这喊声里透露出了满意的心情：“你这个坏东西，你想还会有别的下场吗？！”

……过了很久很久，我一步步登上莫斯科河南岸区一座旧住宅的楼梯，楼梯吱吱地响，每走一层楼我都要歇息一小会儿，反复给自己提出一个问题：要不要赶快溜走。我这是有生以来第一次去拜见一位真正的、现实的女演员！真有点儿害怕呢！

我强使自己耐住性子，来到了一扇门前，这就是我要找的人家，我又一次大喘了一口气，按了按门铃。我猜想，肯定会有位身穿白套服的漂亮女仆来给我开门的。但是，来开门的却是演员本人。她微笑着欢迎我，把我让进了前厅。

“您和电影里完全一样！”我自己也不知道为什么突然冒出了这么一句话。

“真的吗？”女演员有些吃惊，她讲话的声音响亮得像个年轻人，尾音拖得很长。于是我又看到了战前电影里的那种惹人喜爱的微笑，那是一种狡黠的微笑，灰眼睛里放射出光芒。“让我们来认识一下吧！”她把手伸了过来，马上变得严肃了许多，并且飞快地投来具有穿透力的一瞥，这目光中有宽阔胸怀的闪现,也可能有几分泼辣。但是现在,这一切已经全被时间吞没了，被埋藏得很深的悲伤吞没了。这样的悲伤是能够被猜摸到的。“您原来是这样的！”她有些拘束，这句话多少有些不合时宜，她感觉到了我对她过分注视的目光。

“您原来是这样的！”我忽然战胜了自己的惶遽和拘谨，几乎是满怀哀伤地回敬了一句。就在这个时候我感觉到这位妇女经受的巨大苦难和所有的人经受的苦难是完全一样的。苦难，对于我的农村大婶或是对于女演员都完全相同。我的这一发现使我在演员的家里变得从容和随便了。我摆弄不好饭桌上的各种各样的餐具，也不会社交谈话，便不拘礼节地问起了什么时候使用哪种餐具，同时还不时对自己开起了玩笑，说如果我的举止不合礼仪，请不要见怪。

“您当兵之后被调教得太规矩了！不必讲究这些！”女演员摆了摆手说，“顺乎自然好了……”

我这时候猛然领悟到，善于顺乎自然，这大概是生活中，也是艺术中最重要的品质。她，几乎没有演过主角，但她能够在艺术事业中占据自己的地位，哪怕这种地位并不显赫。现在我知道，她不仅永存在于我的记忆中，而且存在于很多观众的心里。

我向女演员讲起了我们在前线看电影的情景。战士们一营一营地从前沿换防下来。我讲到了厨房里的那场戏如何震撼着我的心灵。对德国鬼子的仇恨，对“娼妇”的仇恨是不可能装扮出来的。当然，我也提了一个幼稚的问题：怎么能够把一切表演得如此逼真呢？

“我那不是在表演。”女演员讲话的语调平静，态度庄重严肃。她低垂下了头，不想让我看到她颤抖的嘴唇。

她丈夫担心地看了看我。我有些惶恐——我这是接触到了一个禁区，这个从来都不提起的话题使得他们夫妇非常难过。

“没有关系，没有关系。”她用一种压抑的语气说，不在意地拭了拭眼睛，向我微微一笑，好像是在鼓励我：“您简直难以想象，您讲述的情况，对我在那部影片中的表演是多么大的奖赏……”

她向我讲了演员的工作，那是痛苦而沉重的工作，我现在才认识到那是有如建树功勋一样高尚的工作。她的语气跳跃而迫切，有时又响亮而高昂，话语简直马上就要被撕成碎片。她的讲述，在我看来是一件价值无限的贵重礼物，既不能够送给别人，又不能够留给自己。岁月流逝，人寿无常。而且经常是想到向别人道谢时，已经迟了三秋。

首都的一家电影制片厂疏散到了阿拉木图，正在当地拍摄一部影片，就是我们在前线破草棚里观看的那部影片。我们的这位已不年轻的莫斯科河南岸区出生的女演员，在影片中扮演一个配角。她的表演，特别是重要情节的表演不够理想。其实也很难做到理想。疏散来这里，告别了故乡莫斯科，抛下了丈夫和儿子。她十八岁的儿子在母亲刚刚离开后，马上就去了军事委员会，申请参军。

拍摄工作正在紧张进行时，拍来了电报，让她马上回莫斯科去参加儿子的葬礼：儿子在民兵的岗位上牺牲了。

给了她假期。送她上了火车。十天后又在车站上迎接她回来。那是一个深夜，阴冷刺骨，少有人迹。来车站迎接她的竟是导演本人。这位导演威名远震，而且是个大忙人。这一点使女演员有些吃惊，但当时并没有很在意。不知为什么，汽车并没有把她送到住处，而是来到了制片厂。她就披着一条旧披肩，穿了一件绗缝外露的老式棉上衣，脚上是家里做的绱底毡靴，直接进入了摄影场，摄制组正在那里等待着她和导演。

“这简直不通人情！”女演员对导演说，“我现在不能工作！不能，就是不能！……”

她号啕大哭起来。导演毛发蓬松，低垂着花白的头，抚摩着她那潮湿的、破旧的披肩，一言不发。

“我真的不能工作！”女演员在哀求，“可怜可怜我吧！……”

导演悲哀的紧闭着的嘴微微嚅动了一下，强迫使自己说出了一个词，这是非常简短的词，当时非常流行这个词：

“需要！”

“好的，好的，”女演员摇了摇头说，“我理解……”接着又怯懦地补充说她只能试一试，她完全不记得角色的台词，拍摄时要做些什么，她也不知道。

导演忽然手忙脚乱起来，在她的周围团团转，尽管平时这是一个非常持重的人。就这样，既不排练，也不化妆，开始为她拍片了。导演像对生病的婴儿那样低声低气地说：既然拍不出什么来，就不必管什么情节，随它去好了。没有办法……

导演这个人很有经验，也很有计谋。他知道用什么方法能够吸引妇女的注意力，而这位妇女也是个家庭主妇，又是莫斯科河南岸区长大的人。他递给了女演员一把小刀，一袋脏兮兮的小土豆，这么小的土豆只有在战时才会生长出来。导演让女演员坐在长椅上，而他自己开始轻声问起了莫斯科、儿子以及葬礼的事情。

开拍时，灯光照得她眼花缭乱，女演员眯起了眼睛，双手抱住头说："你们拍我干什么？干吗要这样？！"仅仅只有这一次，随后她就变得非常驯顺地做自己的工作了。她开始削土豆，而且全神贯注地进入了角色，以至于周围的人都在提醒扮演德国兵的演员（他是一个纯粹的德国人）说："你要当心些，她手里可有刀子……"

她工作了整整一夜：削土豆皮，轻声细语地诉说莫斯科、儿子以及葬礼的情况。要求她做的一切她都完成了。影片里的这一段完全没有排练和复制。拍摄终于结束了。精疲力竭的摄制组成员们东倒西歪地随便睡在各处。这时候，导演跪在了女演员的面前，亲吻了她那被土豆弄脏了的双手：

"请原谅！"

女演员想要问：原谅什么？这时候，她才恍然大悟：原来这一切都是导演计划好的——拍摄她的震惊和悲哀，趁她还没有摆脱一切，在她被折磨得半死的时候给她拍片。她只是摇了摇头，心里想："我们演员的工作多么残酷啊！"但是她没有讲出来，只是慢吞吞地说了一句：

"让上帝宽恕你吧！"随后木然地嗫嚅着，"片子拍得还可以吗？我可是不能再重拍了。我会死去的……"

这部战时的影片已经不再放映。也许是拷贝使用时间过长全部报废了，也许是因为这部片子已经失去了全部吸引力。但是我却仍然记得顶棚露天的打谷场，打谷场里挤得水泄不通的战士们，仿佛仍然听得到机枪和发电机交替地嗒嗒作响，还有，在我的记忆中永远不会消失的是舞蹈——赤着脚在光秃的土地上跳的舞蹈。我还看到了一位俄罗斯妇女的一双仇恨的眼睛，耗尽了全部精力的眼睛，这双眼睛由于怒火中烧而变成了白颜色。俄罗斯妇女能够经历苦难，有坚韧的耐受力，善于仇恨。这是世界上任何人都难以做到的。

恐怖的乌云

那是在我母亲去世前半年的时候发生的事。母亲曾领我到监狱去探望我父亲。拖着孩子到医院、监狱和热闹场合去，这个古怪习惯直到今天在俄罗斯农村仍然还很盛行。

那年我刚满六岁，已经记事了。我依稀记得：在一个关闭严实、笨重的大门前面站着祈祷；卫兵们开着一些不堪入耳的玩笑；对探监的人们凶狠的喊叫声。那两扇大门时而关闭、时而敞开，发出吱吜吱吜的响声。

那里有一条条走廊，没有窗子，整个走廊里弥漫着霉味，还有一个个牢房，也是霉味扑鼻、黑暗、潮湿。牢房用铁栅栏隔开，一排排牢房中间有一条过道，身穿军装，挎着皮套手枪的看守坐在那里或者来回巡逻。

我和妈妈站立在一个铁栅栏前面长时间地等候。我们旁边，几位妇女带着孩子也在焦急地等候着，她们一个个表情呆滞。突然她们兴奋起来，身子贴近铁栅栏，双手紧紧抓住格栏，许多人同时讲起话来，一时人声嘈杂，他们说些什么我一点也听不明白。后来，在一个没有探监人的栅栏里面出现了一个身材矮小的男人，他穿了一件黑色斜襟竖领衬衫，白色纽扣，皱巴巴的长襟外套，双手放身后，他的一双眼睛在搜寻着什么人。

这个人就是我的父亲。

母亲如同刚才那些妇女一样喊叫着什么，舞动着一只手，这时看守推开铁栅栏的一排活动铁条，把我挟在腋下，递到我父亲手里，随后又把铁条关上了。

我坐在父亲的膝盖上吃着东西。在把我递给父亲的时候，送进去一个小包，父亲从那小包里拿出一些食品让我吃。父亲和母亲谈些什么——我也记不清了。但是他抚摸着我的头，这个动作我还没有忘记。在这令人窒息的牢房里我很快就感到腻烦了，我很想回到母亲那边去，可是我没有说出口，我明白我应该待在铁栅栏里面，在我父亲的怀抱里多坐一会儿。

会见持续了十五分钟。突然间所有的人又都激动起来，就好像在码头上，当轮船离岸时，人们形成一个用水分隔的空间，他们急急忙忙地相互说着最必需、最重要的话。人们把手伸过铁栅栏，希望能够触摸到，能够握一握手。房屋顿时空了下来，但是闷热和惶恐的气息好像烟雾似的在房间里弥漫，经久不散。只剩下我和母亲还没有离去，我已准备好了，等待着看守把我交给母亲，可是，不料这位看守却脱口而出说让我留下，留在监狱里与我的父亲做伴……

接着发生的事，在我的记忆里已是一团模糊了。人们告诉我说当时我大声惊叫，抓住铁栅栏，拼命地摇动着铁条，一心想挣脱出去。父亲、母亲，还有那位玩笑开得不当的看守一齐安慰我，哄我安静下来。但是他们没能如愿。我号啕大哭，像患了抽风病似的哭闹直至走出监狱大门外。当我觉得有一股凉气袭来时候，我才清醒一些了。不过，回到家里很长一段时间我在夜深人静时常常从睡梦中霍地坐了起来，失声惊叫不止……我是怎么坐起来的，叫喊些什么已经忘却了。不过，留在我手掌上的铁锈味儿却永远也不消退。监狱里空气浑浊，人们不停地呼出热气，使铁栅栏氧化而发出刺鼻的铁锈味，从那时起这种味道一直伴随着我，这种锈味让我感到恶心，气味虽很淡薄，但它刺激的不是嗅觉，不是鼻子，而是浸透了人的全身、骨骼——这股气味，你无法啐去、无法洗净、无法刮掉。每当我赤手拿起潮湿的、裸露的铁块时便不寒而栗，恐惧像潮水一样涌上心头。不，是恐惧的乌云布满心头，它使我憋闷、目眩，使我陷入一片死寂和黑暗……

叶赛宁的忧伤

窗外一轮月亮，
窗下微风徜徉，
白杨树叶凋落，
处处闪烁银光。

歌声从收音机里飘溢出来。这是用叶赛宁的诗谱写的歌曲。听着它，一滴血从脚趾、从手指、从头发根、从身体的每一个细胞涌上心头。这滴鲜血扎得人心里难受，让人抛洒泪水，有一种苦涩的欢乐，恨不得随便跑到什么地方去，拥抱遇到的任何一个人。也真希望能面对全世界忏悔或者躲在角落里恸哭一场，把现在郁结在心底的全部痛苦和将来还会遭遇到的痛苦一股脑儿全都倾泻出来。

嗓音响亮的女歌手们轻轻地叹息，深情地歌唱，她们歌唱窗外的皓月，歌唱栅栏外面哀婉哭诉的手风琴。我也深受她们的感染，想去安慰她们，怜悯她们，给她们心中点燃起希望。

这是一种纯洁净化的悲痛！

然而窗外并没有明月高照。窗外现在是雾霭溟濛。雾费尽力气从大地上升起，笼罩森林，遮掩旷野，覆盖河流——一切都沉没在雾海中。现在正是淫雨连绵的夏天，亚麻倒伏在地，黑麦低垂，荞麦停止生长，燕麦也不再抽穗。放眼望去，浓雾密翳。也许月亮露出过面庞，只不过人们难以见识到它的真面目。村庄里人们很早就入睡。万籁俱寂。什么也听不见、什么也看不到。歌声在村外很远的地方飘荡，没有了歌声，生活寂寞而且凄凉。

在河对岸，在空空落落的村庄里住着两位老婆婆。夏天她们各自住在自己家里，到了冬天，她们为了节省木柈便合住在一个小屋子里。她们至今仍旧按照老规矩，在俄罗斯的炕炉上洗澡，吃铁锅里煮的土豆。锅里的土豆既给人吃，也用来喂牲口。她们盼望着夏天来临，因为那时候便可以同儿女们团聚了。儿女们总是在仲夏时节光临，他们是冲着蘑菇、浆果、暖洋洋的能晒黑皮肤的太阳来的。儿女们给母亲用网袋装来了橘黄色的阿尔及利亚橙子，还有外国产的破旧衣服。其实他们真不如给老妈妈带来双结实又不透水的靴子，再带一点白面粉和砂糖之类的东西。老人家啃黑面包啃得太累了。虽然在战争期间她们已经忘掉了做饭做菜的乐趣，可随便做点什么新鲜的面食也是很开心的。她们很难得去商店购买东西，一旦刮风下雪，满山遍野全被大雪封住，河水结了冰。冬天把她们与外面世界隔绝了。她们也曾经打算使用雪橇。不行了，她们常常从雪橇上掉下来：毕竟是年纪不饶人。

其中一位老婆婆的儿子从列宁格勒回来探望母亲。不知为什么，这个儿子在寒冬顶风冒雪来到村子里。他敲门时，母亲不肯放他进来，因为他的声音十分陌生。

我问这位小伙子："你挣多少钱？"他回答说："我们搞建筑，收入蛮高的，每个月不少于二百卢布！"我又问："你接济妈妈一点儿吗？"小伙子答："干吗接济她？她有二十六卢布的养老金，还编织一些花边儿，也能卖钱……"

手风琴在哭泣、哭泣。

不过不是在彼岸哭泣，而是在我心窝里。我看到的一切都处于初始状态，夏秋之交，在夜色褪去，黎明将至的时刻。三个半空的村庄里剩下唯一的一匹老马在无精打采地吃草；村外，酒醉的放牧人正恶狠狠地骂着饥饿疲惫的牛犊；一位青春年少但是长相老衰的女人（名叫安娜）手提水桶到河边去汲水。

安娜二十六岁，她已经有三个孩子。男人嗜酒如命，喝醉后便动手打人。有次在家庭聚会上他又大打出手，哥儿们扑了上去，把他反剪手捆了起来，脸朝下按到了枕头上。后来人们把他忘记了。第二天早晨想起他时，他已经僵硬了。他这一死，抛下安娜，她孤身一人把三个孩子全拉扯大了。如今儿子们劝说她夏天时候把几个小孙子全都打发走，儿子们还向她要钱买酒喝，称她为"阔佬"。的确，真算个"阔佬"了。从前住着四十多户人家的村庄里只住着老太婆和一个儿子。够阔气了！要割草吗？周围的草永远也割不尽；要种菜？可以。反正菜地多得种也种不完；可是如果冬天要喊个什么人来，喊上半天，也没有人会应声。

> 手风琴哀婉的哭诉，
> 声音凄凉、孤独……

什么原因？为什么我们过去和现在都很少咏唱叶赛宁的诗歌呢？他是一位最富于音乐感的诗人，他的诗最容易谱曲歌唱！难道在他身后这么久还要用胳膊肘儿推搡到一旁，把他排斥在外吗？难道让他与人民接近真的那么可怕吗？俄罗斯人会霍地站立起来，撕下身上的衬衫，连同衬衫一起把心也撕碎，正如我此刻所做的这样。我只好用指甲从躯体里，从血肉中把心脏抠出来，为的是亲身感受疼痛和恐惧；为了体验诗人叶赛宁经历过的和忍受了的折磨，他一次同时承受了自己人民的万般痛苦，他为所有的人们，为一切有生命的物体承担了我们全都难以忍受的、异乎寻常的忧伤。我们常常在自己身上也听得到这种无言的忧伤，所以我们对这位出生于梁赞省青年的诗感到特别亲切，非常倾慕。他为世人承受的忧伤，在我们的内心深处一次再次地引起共鸣，他的疼痛和郁闷撞击着我们的灵魂。

我经常感觉到诗人与我非常贴近，亲如手足，我在梦里和他倾心交谈，我把他称作兄弟、小弟弟、忧郁的小弟弟，而且我一直抚慰他、抚慰他……

可我到哪里去安慰他呢？这个可怜的孤儿，他早已不在人世。只有他圣洁的灵魂在俄罗斯上空飘忽不定，用他那永恒的悲戚震颤着、震颤着我们的心房。有人一味地向我们解释、详细地论证，说叶赛宁无论在哪一方面都没有过错，他还是我们的人嘛！正是这些确定谁是“我们的人”，谁“不是我们的人”的裁判大人现在已经“不是我们的人”了。这些人已被人们从记忆中删除，而叶赛宁的诗歌、音调、哀伤却永世长存，永远同我们在一起。可是还有人不停地向我们解释，再解释那些说不清楚和不能理解的东西，因为叶赛宁，他既不是“我们的”，也不是“你们的”，他——是天使，上帝把他召回天堂去了。因为上帝和叶赛宁本人都需要美好圣洁的灵魂，这不，他正在铲除人间田园里的杂草，环顾四周可以看到：到处是大翅蓟和牛蒡草，荒地上可作燃料的草和茂密的野蒿蹿得很高很高，它们摇晃着红色的脑袋，大声地为自己唱着赞歌，用身上的刺扎别人，把发粘的草籽乱撒在地上……

“窗外一轮月亮……”窗外实际上是一片晦冥昏暗。村庄空空落落，大地也空空落落。此情此景，听叶赛宁的诗谱写的歌曲更是心潮难平。某些人用卑鄙的舌头舔掉饱经磨难的诗人因粘着一层糖汁而甜得发腻的泪水，把绣花的俄罗斯衬衫硬罩在高加索的紧身长衣外面，结果是罩也罩不上去，衬衫撑破了，挂在了紧身长外衣前襟上摆样子用的子弹夹上。

诗里这样写道：“曾几何时，我自己不知疲倦，不停地歌唱。菩提树啊！永恒的菩提树！你在哪里？在何方！”真的，我们的菩提树，永恒的菩提树，你在哪里？温暖的家园、月亮、我的故乡、罗斯，你们都在哪里?

四周浓雾如故，密密层层，凝滞不动，任何声音都无法穿透。河的对岸勉强露出点点暗淡的灯光，那是两位老婆婆窗户里隐约闪现出来的。她们还活着。干活累了。正在吃晚饭。是黄昏在延续，还是已经融入了夜色呢?

草丛湿漉漉的，叶子上面滚落下一滴滴水珠。潮湿的草场上马在打着鼻响。村外的拖拉机已经哑然无声。然而，在茂密的森林和稀疏的幼林里，在庄稼地和亚麻田里，在流湖泊周遭，俄罗斯歌手为之恸哭的俄罗斯，同村中沉默的教堂一起沉睡。

军号，不必再吹了！饶舌的演说家，住口吧！时髦的高音扬声器，别再装腔作势了吧！孩子们，关上磁带录音机，关上收音机吧！

俄罗斯，脱下帽子来！

人们在咏诵叶赛宁的诗！

最珍贵的稿酬

《鱼王》这部书的写作过程可以说是步履维艰。一些难以预料的事件迫使我很长时间搁笔。作品的旋律在我心中开始减弱，再想重新恢复它，确切地说是再要复活作品的“音调”或者节奏，这几乎是不可能的。也许天才们能够得心应手，而我口拙才疏，做不到这一点。因此，在书里出现了许多疏漏、败笔、不完整的片段。从死一般的音调里又能够弹奏出什么美妙的音符呢？

《鱼王》的问世更为困难。当第一部在杂志上刊载时，整个一章，许多行，大段小段的文字消失了。第二部更加复杂了。那时由于创作和校对手稿过于劳累，我病倒了住进医院。但即使在医院里我也没有逃脱掉这倒霉“鱼王”的纠缠。不停地打来电话，和我“协调”要删去的内容，要求我“补写”一些段落，以便补救删减后出现的缺漏，弥合和掩盖一下斧凿之痕。有一次，到了半夜两点钟我还在通过电话“创作”那些应该补写的段落，我心里明白，这种电话急就篇是不成的。可杂志编辑部里工作的都是我善良的朋友和同志，他们都是为了我“好”，除此之外，他们人人都有家室，有住房困难和家庭不睦之类的事情，假若他们把某一期杂志弄砸了，不能顺利出刊，他们会丧失一切福利，有人还可能因此丢掉饭碗。

我曾一度在市报社里工作过，练就了一套口授官样文章社论和千篇一律报道的本事，我口授的内容可以直接打字。我通过电话口授的《鱼王》片段也是官方腔调，夸夸其谈，后来评论家们出自对我的怜悯，把这些货色统称为政论作品。口授结束后，我坐在椅子上，禁不住哭了起来——这和紧张的工作、病痛的折磨、药物的作用都有关系。于是值夜班的护士，一位天真的姑娘，抓起了电话，向杂志社的秘书生气地喊叫：“你们真不知羞耻！在我们这里住院的都是重要人物，教导员、科室负责人、养禽场场长，谁也不敢在深更半夜打搅他们，破坏作息制度。可是你们呢？你们……强迫人家作大报告。这简直是惨无人道！这……”

我夺下了她手中的话筒，和她一起喝了我们的“白兰地”——掺有镇静剂的缬草酊。我吻了这位可爱姑娘的面颊，挥了挥手和她告别，一瘸一拐地走回了病房。

书籍恰似婴儿。每一部书都有自己的命运。命该如此，毫无办法。也许是需要，也许就应该如此？我不知道。

忽然之间《鱼王》获得了“反响”——这是品德高尚的出版界流行的术语。忽然之间报刊上又围绕《鱼王》掀起了热烈讨论，小说进入了读者和评论界的日常生活。

不过，我的痛楚、气愤、内心的创伤和委屈并没有随之消失——我不喜欢《鱼王》。我努力强迫自己耐着性子校对《鱼王》一书再版的大样。本来应该重新拿起原来的作品，恢复一些章节，加工润饰全书，使文字通顺流畅些，可我不能够驱使自己进行这项工作，我既没有愿望，也没有精力。我的写字台上摆放着很多很多赞扬的信，有些信热情洋溢，充满激越的感情。大量刊载评论和争论文章的报纸和杂志也都堆放在书桌上。我精神产品的第一位鉴赏者是我的妻子，谈起《鱼王》时她说："你自己也不理解你写的是什么！"

也许我真的不理解。也许我并不愿意去理解。

正是这部书，有一次却给我带来了绝无仅有的欢乐和最令人感动的稿酬。

1980 年我从沃洛格达迁回家乡，居住在克拉斯诺亚尔斯克市郊格列麦契山上的科学城。离家一百公尺远的地方就是悬崖峭壁。峭壁的垂直面上过去砍凿出一条路。孩提时我曾多次沿这条路从农村进城去，然后再原路从城里返回。

登上悬崖，鸟瞰山下，会吓得喘不出气来。绝崖壁立，真是太险要了。叶尼塞河就在崖下蜿蜒。我们家的对面是拉列吉娜石滩，有两个浮标作为标记。叶尼塞河对岸还流淌着一条小河，叫拉列吉娜小河。再极目远眺，只见群山环耸、崖壁参差，它们离奇又多姿，还有引人瞩目的克拉斯诺亚尔斯克界碑。

一年四季的任何时间里，河岸上都有人垂钓，小船就拴在浅滩处的系缆桩上，经常也拴在浅滩下游。船上一个个黑色身形，影影绰绰，呆滞不动，像一个个木偶，垂钓者彻夜坐在那里，任凭冰冷的河水散发出的寒气穿透肌骨。无论严冬酷暑，他们都盼望钓到鱼，然而垂钓有所收获谈何容易！过去，这条河里鱼儿密密层层，现在能钓到鱼竟成了奇迹。就连最好的垂钓者有时也只能钓到几条鱼，只够做鱼汤，有时只能空手而归。

迁居回西伯利亚的最初时日，我独自一个人生活。工作索然寡味，总是心神不宁。孤独驱使我经常攀登悬崖，纵览河流和群山。从山顶能够看到沙伦桥墩；当年我母亲溺水而死，她的尸体就是在桥墩下找到的，这显然也不会使我的情绪愉悦。

十一月，大雪纷飞，叶尼塞河河水空落，水面灰暗，散发着冷峭和疏阔。垂钓者寥寥无几，只有最顽强的少数人还不知趣地待在河上，在沿岸徜徉。

我感到寒气砭骨，浑身全冻僵了，于是急忙向家走去。登上我住的楼房，我发现在门把手上面挂着一个塑料袋，里面装着几条鱼和一张纸条。有两尾像铅笔那么长的茴鱼、两尾像勺子大小的拟鲤鱼、三尾河鲈。鱼特别新鲜，是刚从河里钓上来的，还没有冻僵。

展开字条，一口气读了好几遍。上面写着：“送给《鱼王》作者。钓鱼人。”没有署名。我读着，感到泪水开始湿润眼睛，热辣辣的。

我立刻忙碌起来，给朋友们打电话，邀请他们来品尝鱼汤。

这是多么鲜美的鱼汤啊！

我们在桌旁一直坐到深夜，谈论着，赞扬我们的人民。我们互相倾吐积愫，彼此沟通心灵，后来听起音乐，我们自己也高歌不止。

啊，钓鱼人，这个不知姓名的钓鱼人！你可曾知道，是你，在我艰难和惶惑的日子里给了我帮助；是你，在令人生厌、过分艰辛和美好的创作中给了我帮助！

感谢你，我的乡亲！感谢这件意外的、又是我一生中最为珍贵的稿酬！

我也祝愿你钓鱼走运！……

一株小槭树

我一向认为乐队的指挥棒是用一种珍稀材料制成的，也许是舶来品，甚至是使用具有某种魔力的材料做成的。

有一次，我问过一位闻名遐迩的指挥家，他说：

“指挥棒可以用各种材料制成。我喜欢槭木的。”

想不到竟如此简单。我和这位指挥家神交已久。他质朴可亲，容易接近，而且是一个钓鱼迷。这次交谈后更让我敬重他，更加平易近人了。他指挥的庞大乐队的每场演出我都感到格外亲切，都震颤着我的心灵。

这一切都发端于从平平常常的、喧嚣不止的大森林里带回来的一根小木棍。我去过远东，在太平洋岸上挖掘出来一棵纤细嫩弱的槭树幼苗，我把它带在身边，它伴随着我四处奔波，乘坐汽车、火车、飞机，红色的小叶已经被我压得萎蔫不堪了。直到深秋时节，几乎是雪漫大地的时候，我才把这位太平洋岸来的客人栽在菜园里，我想它肯定成活不了，会干枯而死。但是，小槭树苗它在土里扎下了根，长得日渐茁壮，坚实的芽已经绽露在外，它嗅着、打量着，同时冒出一些小叶儿。这些叶子刚一抛头露面，脸颊就变得绯红，幼小的槭树仿佛是用孩子们制作的节日小红旗点缀着。

当你跪在地上，把一只耳朵贴到树叶上，就能够听到似乎叶子像婴儿一样呼吸，而树根不停顿地向生机盎然的古老土地扎下根须，从小树的躯体里传送出来轻柔而又轻柔的音乐。

在车厢里

我走进卧铺包间的时间比较晚，那里已经有两位旅客了，一位是独臂男子，从年龄判断是位残废军人，他正在给打扮得颇为年轻、长相俊俏的女子穿鞋，那是一双轻软便鞋，鞋尖上缀着一朵玫瑰贴花。

那女子穿好便鞋，春风得意地翩翩走出包间，她站立在走廊里无聊地望着窗外。残疾人开始铺床。

真没说的，别看他只有一只手臂，铺起被褥还真麻利，虽然并不特别平整。看得出，他做家务事已是习以为常了。不过，一只手总归是不太方便，他铺完两张卧铺之后，已经显得疲倦了。

“玛拉奇卡，一切准备就绪！”他向那女子说，然后在茶几旁坐了下来。

女士走了进来，用手指往床垫下面塞了塞没有铺好的床单，洋洋得意地向我瞥了一眼，意思是：“你瞧，他多么爱我！”

残疾人仿佛是一条忠实的狗，好像抓住扔给他硬面包壳一样迅速的捕捉住她的这一眼神，神气十足地注视着我，这目光在证实："你瞧，我多么爱她！"

后来，他们为了谁睡在下铺又费了一番唇舌，女士终于故作宽容地让了步，说：

"别说了，好的，我依你！"她吻了吻疲惫不堪的男子（后来才知道他是她丈夫），祝他夜安，睡在了下铺。残疾丈夫从盥洗室回来想试着像年轻人那样跳到上铺去，但是没有成功。他有点发窘，向我表示歉意，担心地问他的玛拉奇卡有没有受到惊扰？

"看在上帝的份上，你快一点躺下吧！快睡嘛！你还折腾什么呀！"丈夫再次向她道歉，急忙上床。

我不得不助他一臂之力，帮助他爬上了上铺，事情也就这样结束了。由于我们都当过兵，在前线待过，对刚才的窘促不安也就不去理会了，我们有说有笑，彼此做了自我介绍。残疾人是一位著名的建筑师，刚刚出席一个重要会议，妻子陪同他去开会是为了减轻他在旅途中的困难。

建筑师在上铺久久未能入睡，但是他又一动也不敢动，生怕又惹恼他的那位玛拉奇卡。我在思索，爱情当然是会千差万别，也许我对爱情理解过于简单，过于率直或者我根本不懂得爱情。但是不管怎么说，像这样的爱情，假如事实上这也能算做爱情的话，那么我是不能承受它的。

羽毛留下的思念

雪，融化了，湿漉漉的。

玻璃窗上残留着一片羽毛。鸟羽揉皱了。没有光泽而且看上去无精打采，令人痛心。可能是一只小鸟儿夜里用喙叼我的窗户，哀求我给它些温暖，而我这人听力不济，没有听见，所以没有把它放进屋来，于是这片洁白的羽毛就贴在了玻璃上，像是在责备我。

后来阳光晒干了玻璃，小鸟的羽毛不知飘落到何处去了，可却给我留下了痛苦的思念。也许这只雏儿没有找到栖身之处过冬，没有活到春暖花开的季节。我心中有一种莫名的郁闷和忧伤。无疑的是这片小小的羽毛飞入了我的心扉，粘贴到了我心上。

现代新郎

婚礼上人们对新婚夫妇祝贺，说：

“愿你们和谐幸福！共同分享快乐和忧愁！”

“不娶老婆，我的快乐也够多呢！”

现代新郎这样回答说。

代价高昂的题词

有一座被推倒了的斯大林纪念碑长时间被弃置在库列卡河[1]畔，后来用缆绳把它拉到了叶尼塞河里，淹掉了。碑身上曾经有过许多胡乱刻写上去的话。溢美之词有之，诋人之语有之，还有一些浑话、脏话和废话。有一段题写上去的话颇有一点儿启示录的味道："你和我各有所得，你和我也各有应得。"

时间、时间无所不能。时间，它是捉摸不定而又无情无义的法官。

但是，关闭和捣毁库列卡河上的博物馆毕竟是不必要的。把能从几十俄里以外看得见的领袖纪念碑推入河中也实属不够公正，这样做就好像历史可以藏匿，或者可以用来哄骗似的。最好是让这一切都存在下去，让它们以及所有可耻的涂抹，还有爱国主义的颂赞全部都保留，这样便会使每位留言者的愚蠢昏聩变得有目共睹，让他们的愚蠢无聊折磨着我们的记忆和良心。

---

[1] 库列卡河，叶尼塞河的一个支流。流经西伯利亚中部高原。

我们——注定应当遭受记忆的折磨，为自己的作为蒙受痛苦。我们活该自作自受。

回答不署名信的作者

近来，收到不署名信件的情况更加多了起来——实行公开性、增加透明度和促进社会健康化的时代，有些人也变得益发凶狠下流了。

有一封来信里写道，我不是列夫·托尔斯泰，甚至也不是尤里·特里丰诺夫[1]，而且说我干这种行当本来就是不适合的。

我现在就来回答所有的寄信人，回答那些公开的和匿名的人士：我时刻了解自己的天赋如何，自知掌握分寸，未曾夸大炫耀，也不敢自我陶醉，而且，我也时刻意识到：我的天才用来表现猪狗般的生活应付裕如。当你们学会了能够在大地上安排好人的生活的时候，是会诞生列夫·托尔斯泰的。肯定会诞生的。但是对你们也有一个极其微不足道的要求：你们自己要配得上托尔斯泰的出现，配得上他深邃的思想、隽永的语言和卓绝的良智。你们与他的精神高度应当相称才是。

---

[1] 尤利·特里丰诺夫（1925—1981），俄罗斯作家，主要作品有《大学生》、《滨河街公寓》、《老人》等。

让孩子歌唱

当我还是个小孩子的时候，从收音机里听到过一首歌，我就从早到晚一个劲儿地唱着它，我生来就是这种脾气。我很喜欢那些美丽的歌词，虽然当时我并不明白它们的含义。歌词是：“在豪华喧闹的舞会上，在尘世的惶惑中偶然相遇……”下面的歌词我已经记不得了，曲调也早就抛到九霄云外去了。

我放学回家，走在积雪很厚的乡间小路上，边走边唱，一遍又一遍地重复着歌词：“在豪华喧闹的舞会上……偶然相遇……”

快走到村子的时候，前面有一位妇女，她走着走着，放慢了脚步，回过头来，严厉地对我说：“小男孩，你唱得不对！”

“怎么不对？”我本想反驳她，可她的话太出乎意料，我竟什么话也没有说出来，只是急忙从她身边匆匆走过去。从此之后我再也没有唱过，这首美丽的歌曲，这首不解其意的歌曲。

而今我已经进入老年，我多么渴望告诉那位妇女以及喜欢打断孩子们唱歌的所有人们：“如果孩子们喜欢唱歌，那么他们唱得总是对的。正是你们这些成年人，已经不习惯听他们唱歌了！”

寄书宇宙

地球上的人们向宇宙寄去录音带，希望与广阔太空上智力非凡的外星人建立联系，假如那里有外星尤物存在的话。

录音带上录制的是有关我们自己和有关我们星球的情况。介绍的全是美好的事，太平祥和的情景，而有关战争、饥荒、疾病、自相残杀却只字未提。

这是为什么呢？是“粉饰现实”吗？

不是！因为睿智的外星生物，如果他们当真是明见万里的话，他们绝不可能制造出我们地球上的人们所制造过和正在制造的卑鄙、肮脏的勾当。真正睿智的外星生物可能不会理解我们，不把我们当作人来看待，而我们又不愿意被看作野蛮人。何况在地球上，在人们中间尽管是千载一时，但毕竟还出现过荷马和达芬奇、贝多芬和拉斐尔、彼特拉克和托尔斯泰、普希金和齐奥尔科夫斯基、莫扎特和但丁。他们的后继者也并不一贯地挥刀舞剑，偶尔也扶起木犁，或者挥笔绘画，或者从事写作，或者举起放大镜——超越时间和空间，看得更远些。

古老的、永恒的

我们的饲马员喝酒耽搁了，没有及时回来。他本来是到区中心去镶牙；在完成了这桩非同小可的事情后，为了表示庆贺，开怀畅饮了一番，误了最后一班公共汽车。万般无奈，他只好留在内弟家里过夜。

由他放牧的马共有七匹，两匹骟马、两匹牝马和三匹马驹，它们在牧场上徘徊多时。当我拿着钓鱼竿从河畔归来经过牧场的时候，这几匹马扬起头久久地望着我的背影，以为我会转过身来，把它们赶回马厩里去。然而它们的希望落空了，连一个人影儿也没有等到，于是这几匹马只好自己回到了村里，在一家家门口转悠。我原想它们就在牧场上露宿或是倚靠在白天阳光晒暖的马厩墙壁旁过夜了。

深夜时，我一觉醒来到厨房去想喝一点饮料。一种不可名状的东西使我停了下来，我禁不住向窗外望去。

重重夜雾笼罩住了整个村庄，村口以远的方向什么也看不清了。雾幕中隐约显露出几匹马的轮廓，它们一动不动，像是用石头凿成一尊尊雕像。骗马和牝马相互偎依地立在那里，在它们之间暖烘烘的马肋部站着小马驹，这几匹小马驹睡得很香甜，低着小脑袋，垂着小尾巴和短短的鬃毛，马驹的小腿看上去是那样纤细无力。

我轻轻地打开窗子，一股凉气涌进来，在牧场的畜栏近旁有一只长脚秧鸡奔跑着，咯咯地叫着。小河谷里和库别纳河彼岸，有几只夜莺啼啭。有一种耳生的声音传来，那是一种发自腹腔的有节奏的呼噜声。我迟疑了片刻，终于猜到了：这是那匹受过内伤的老骗马熟睡时从松弛了的腹部发出的鼾声。鼾声有时候中断，老骗马微微睁开双眼，踢蹬着马蹄，警觉地谛听——它的鼾声有没有吵醒谁，有没有惊扰谁——然后它把自己凹凸不平，隆起的腹部更加贴近其他的马，让马驹更加靠拢自己，这样它才放心了，像人一样长长地吁了一口气，重又沉入梦乡。

我注意观察另外几匹马，它们从未受到干扰，一次也没有惊醒过，只是互相靠得更紧更亲，彼此的脖颈贴得更近，它们都想用自己的躯体温暖小马驹。它们知道，既然马群中间有一匹口儿大的马，那么这位长者自然会承担起关照一切的重任——守护同伴，自己睡觉也要睁着一只眼睛，注意警戒。一旦需要，它会唤醒同伴，带领它们到安全的地方去。这匹累坏了身子的老骗马，早就不是这些牝马的壮汉子和老公了，人们早就解除了它的负担，好像剥夺了它本能的需要，使它无可奈何地过着离群索居的独身生活。好了，现在既然马群中没有牝马，这匹老骟马为了遵循我们尚未领悟的自然界法则，也许是为了响应自然的召唤，自觉地负起了作为家庭长者和父亲的天职。

雾更浓更重了。马匹在厚雾里恍惚不清，忽而有马头，忽而有马尾部影影绰绰。村舍完全隐没了。有段时间，只有长满草的街道对面篱笆墙里面的一捆捆木柈还隐约可见，很快它们也湮没到苍茫夜幕中，被浓雾吞食掉了；这浓雾散发出黎明前的凉爽、湿润和催人欲睡的潮气。

黎明愈是临近，雾愈加浓厚，自然界也愈加幽暗。此刻，夜莺的啼啭也愈加响亮。一只长脚秧鸡急忙奔向库别纳河畔，竭力放声大叫，想要压倒彼岸的对手——夜莺。只有那几匹酣睡的马依旧站在我的窗下一动不动，庄重而镇定。它们之所以来到我的窗前，是由于我伏案工作到深夜，一直亮着灯光。马儿盼望着在亮灯的房屋里会有人想起它们，会走出来把它们拴回到舒适宁静的马厩里去，它们一直没有能够等到什么人，便在这里，在我房前小花圃的栅栏旁，疲惫不堪地睡去。

我凝视着小小的马群，凝视着这些由于牲畜收购人员的疏忽，或者确切些说是由于饲马员的爱心才得以生存下来并且继续被人使用的农家役畜，心中浮起遐想：无论我见识过多少各种各样的现代机器，无论我欣赏过多么罕见的奇观美景，只有眼前这幅图画对我来说是古老的、永恒的、不朽的：几匹沉睡的马站立在沉睡的村庄里；四周寂然不动的森林；牧场上露水重压下花朵低垂的白色睡莲、藏头露尾的鬼针草、有毒的毛茸茸的蒲柳；还有灌木、草丛、凋零的花楸树、湿漉漉沉甸甸的开白花的稠李树。

我生平第一次真正感到惋惜，可怜起那些人来，他们从来没有看到过，而且甚至根本不知道这酣梦环绕的农村世界，还有村庄里沉睡着的马，这些温和驯顺、默默忍耐的动物，它们对人类无比友善，宽恕人类的一切，甚至宽恕人们对它们的屠杀。它们信赖人世间的安谧。

四周大雾弥漫，白茫茫的。刺破雾霭的唯一声响便是长脚秧鸡的咯咯叫声。但临近破晓的时刻，它叫累了，玩够了，开始沉默了。也在草丛中寻觅到了女伴，它们一起钻进潮湿的、开着白花的光胡萝丛里去了。唯独夜莺还在歌唱，而且唱得更加激越、更加嘹亮，全然不顾已是夜色已退，曙光初照的时刻，它们依然用爱情和生活之歌填满夜的宁静。

小草莓

猎人的双脚踏遍各地；没有猎人不去的地方！

有一次猎人把我带到陡峭的峡谷，带到风倒木纵横、刺蔷薇和马林荆棘之中。在马林丛里有一只松鸡，我的脚步声惊动了它，我想碰碰运气，朝它开了一枪，还真的打中了，没有打中要害。我开始追捕这只受伤的松鸡，全然不顾脚下的路。我竟然走到长满越橘丛的山冈上，脚上穿的胶皮靴子靴底的螺纹已经磨平了，冷不防地，脚下一滑，我顿时从松林向下跌落，背包里的铁锅、勺子、水杯摔得稀里哗啦直响，就连我的骨头仿佛也在咔吧咔吧作响，由于震荡我的上下牙齿颤动不停。

说时迟，那时快，眼看大约还有三俄丈，我就跌落到谷底深渊。到了那时，我将以战斗的姿态噗通一声落入秋水中，清澈的水面上露出形状各异的大小石块。

据说，上帝保护不喝酒的人和聪明人，魔鬼保护醉鬼和蹩脚的猎手！不是别的，正是魔鬼往我这个蹩脚的猎手的脚下塞了一大丛刺蔷薇，霎时间，我的两只脚踩到了树丛上面，不再向下跌落了。

我停住了。喘了喘气，然后向下俯视，望着深潭，这时我才明白，我获得宽宥，有幸再活下去，心中暗自庆幸！ 我小心翼翼地用手抓住多刺的蔷薇，慢慢地向上攀登。我从这一个灌木丛爬到另一个灌木丛，从这一个石块攀到另一个石块，就这样，一直向山冈攀登，眼看山峰近在咫尺，伸手可及，这时突然看到一株正在开花的小草莓，它生长在苔藓蔓生的石块和芜菁丛、刺蔷薇丛当中。

我的上帝！现在十月份，已是秋天，而且已是深秋季节！树叶几乎全部凋谢，已经不止一次下过银霜，早晨的微寒降临大地。在这样的季节竟然还有一株小草莓在开花！

我俯下身去，看到在细弱的茎上，在深红色的叶子遮蔽下开着一只小白花，它胆怯地望着秋天的世界。圆形花瓣因霜冻而萎谢，花朵中间露出一颗刚刚结出的草莓果。果实已经变黑，即将死去，小白花也只能再开上一天，最多两天……

此情此景，使我不禁联想起自己从前遇到的另一件事情。那件事情发生在科马利哈火车站。一些渔夫和其他乘客正在等候火车，猛然间他们好像听一道口令似的，所有人的头刷地转到了另一方向。

那一方向出了什么事？噢，是一位无脚的姑娘正从车站仓库那边向这里移动。她双手握着两根木拐棍，半截身子支撑在一个革制的长裙式的篓子上面。她向前移动着。她并不是破衣烂衫，也并不蓬头垢面，更不是酒气熏天。她是这样的不一般，所以大家都屏住呼吸凝视着她。

她头上戴着特别显眼的绿色贝雷帽，帽檐儿下面露出淡黄卷发，一双蓝色的眼睛，戴着耳环，亮锃锃的。上身穿着卡普纶短衫，嘴唇涂着口红，而且是模仿电影明星索菲亚·罗兰那样，口红涂得浓重、鲜艳，线条特别夸张，仿佛带有故意挑衅的意味。

有一位上了年纪妇女与姑娘并肩而行，这可能是她的母亲。她们俩在交谈着什么。这位穿着华丽、嘴唇鲜红的姑娘扮出一副对于周围惊愕面孔不屑一顾的表情，她只专注于母女之间的谈话。

就这样，她们走过月台，走过注视着她们的人群。要是姑娘始终保持着这种不依赖他人的骄矜神态该有多么好啊！然而到了月台尽头，姑娘和那位妇女应该跨越铁轨了。姑娘轻盈的身躯跨过一道铁轨，又跨过了另一道铁轨，到了第三道，她的“裙式篓子”不知怎么地卡在了铁轨上面，从姑娘的身体上脱落下来，她那半截上身失去了依托，完全裸露在外了。篓子里面装的是麻絮、棉花、干净的碎布，这些作为填充物，篓子周围是用一条小细绳串联起来的百褶裙。

姑娘晃动着自己的身躯，想使自己重新坐到“篓穴”之中。但是，她或是已经体力不支，或是过于惊慌失措了，偏离了“篓穴”，跌落到轨道之间沾满油污的石块上了，她摔倒了。绿色贝雷帽（看得出是刚从制帽架上取下来的）掉了下来，淡黄色卷发蓬散开来，遮盖住姑娘的面颊和双眸。

人群中不知什么人放肆地大声笑了起来，另外的一个人则冲着他斥骂。

那位妇女把姑娘抱了起来，安放到篓子里，抖落掉贝雷帽上的尘土，给她重新戴上，精心地摆弄着，让帽子在卷发上服帖合适，然后她们继续向前走去。

姑娘在她再次使自己身子跃过铁轨前，转过脸向我们投来了一瞥……

从那时起，她那回眸一瞥的目光深深铭刻在我的记忆里。这目光一直刺到我的心脏。这目光充满鄙视、傲慢。即使姑娘长大，成为中年女士，她的那副目光依旧还是闪现出鄙视和傲慢。但是从孩提的碧蓝眼睛里可以读到一切的。在挑衅和傲慢的背后，深深地、深深地埋藏着孤立无援的思想，这思想在不停地撞击："我有什么地方对不起你们的呢？……"

我分明知道，把这位姑娘与那株在岩峭、树丛中不该在那时开花的小草莓相互比较，简直是太牵强和平庸了。但有什么办法呢？姑娘和小草莓总是同时在我的记忆中浮现。小花没有结出果实，姑娘领略不到幸福！

祈祷仁慈

一个小姑娘正在从一个大口袋里抓出粮食喂着活蹦乱跳的鸽子。她身穿红大衣，脚蹬毛茸茸的矮筒皮靴，头戴小绒帽。

一大群鸽子围着她，争着、抢着，吃得很饱，嗉子胀得鼓鼓的。它们扑棱扑棱地抖动着翅膀，相互啄着羽毛，挤挤撞撞。小姑娘开心地笑着，不停地把粮食连同杂质一起撒出去，小嘴一个劲儿地叨咕着 :“嘿！瞧这些鸽子，瞧它们哪！……”

她父亲正坐在旁边的长椅上吸烟。太阳虽不灼热，但很晒，他眯缝着眼睛，赞许地望着女儿，夸奖她心地善良。可有谁知道，半夜时他拿着铁锹，把大堆的死鸽收到一起，装到卡车上，装得满满的，送到垃圾场就地烧掉了。

他回到家的时候天已破晓。他悄悄走近女儿的床前，看到她睡得无比香甜，两只小手用香皂洗得干干净净。她还惬意地吧嗒着嘴巴，甚至不知道什么事还逗得她在睡梦中微笑呢！

这位沉静的父亲用沉静的语调讲述着他那“不懂事”的女儿如何把他从卫生防疫站拉回来的霉烂粮食喂了鸽子，它们吃了之后立刻中毒，而且还会传染给人或其他动物，因此必须把病鸽子全部处理掉。我一面听他讲述，一面回忆起类似的往事。事情发生在另一个地方，是另外一些“勇士”干的。为了维护人们的健康，为了消灭传播脑炎的壁虱，那些“勇士”在早春季节向森林里喷洒杀虫剂。其实在那个季节根本不能杀死壁虱——它们还在冬眠，正在腐朽的树根、木墩和树皮下面酣睡呢！结果被勇士们杀死的倒是那一地带的鸟儿。那个地方的鸟类可真多得很哩！有一些鸟中了毒并没有立刻死掉，还能够迁徙。松鸡、黑琴鸡、榛鸡飞向日出的地方，身子暖和了，可头晕目眩,跌落到狭窄的温暖的小径上死去。死鸟多得成灾。春天，我沿着这条小径行走时，脚下的鸟骨头吱嘎吱嘎响，鸟的羽毛在小径上铺着厚厚的一层，软绵绵的，靴子踩上去，脚踝都深深地陷了下去，走在上面非常吃力，好像是在弛垂的松软苔藓上趔趔趄趄。

我走着、走着，泪水夺眶而出，我的眼睛模糊了。我不能咒骂，只能祈祷。为自己、为我们的孩子们、为所有的人们、为那些漠不关心和冷酷无情的人祈祷。从古老的祈祷之中回忆起几乎快要遗忘的祈祷词 :“上帝，请赐予我们仁慈……赐予我们仁慈……仁慈、仁慈……”

泪水浸湿大地

年复一年，春回大地，森林里的积雪泛出蓝莹莹的光芒，封冻的小溪躁动鼓胀，一些地方裸露出雪融后的土地。每逢这一时节，报春柳枝上面一串串毛茸茸的柳絮包便悄然绽开。

人们把春归大地万物复苏的第一个祭礼奉献给亡故的人。复活节前的星期日人们来到亲人的墓地，在十字架、五角星、方尖碑上钉上花圈。

我在乌拉尔一个小城镇里住了许多年，那里的墓地修建在峻峭的崇山秃岭上。由于土壤贫瘠、丛石嶙峋，所以墓地里的植物寥若晨星。只有被风吹得枯干弯曲的低矮的冷杉树、扫墓人栽种的一棵棵椴树和几株白桦树。不过墓前竖立的碑和栅栏却都是铸铁的。可以看出，小城里住着冶炼工人。很多死者的坟墓上都埋了一小块金属。

战争期间，高炉车间的一位工长不慎跌落到装有沸钢水六十吨重的浇铸桶里。按照炼钢工人古老的习俗，这桶钢水必须全部倒掉、掩埋掉，然而那时战争正酣，国家急需钢材。

于是人们从大的浇铸桶里舀出一小桶钢水，浇洒到了墓地上。

这里也有另外一些坟墓，没有人在旁边止步停留，人们垂下眼帘，愧疚地匆匆走过。这些已经塌陷的坟丘上竖着二十个左右用木板和胶合板马虎钉成的方尖碑，周围连一棵小树也没有。只有几丛零星的野生蔷薇七扭八歪地长在坟丘上。仲夏时节，野蔷薇皱巴巴的花瓣开始凋落，飘洒到雨水冲刷过的碎石上面。

有一天一群小学生、共青团员、打过仗的老兵来到了墓地，他们拆掉了简陋粗糙的方尖碑，修起了阵亡将士墓，以缅怀在这个城镇各个医院里因伤势过重而故去的红军战士。本地自学成才的雕塑师用黏土塑成一尊纪念像，而终生炼钢炼铁的本地工人用灵巧的双手做了铸模，用铁水铸成了一尊士兵塑像。

它耸立着，眉头紧蹙，表情凄婉哀伤，一只手拿着盔形帽，背上不知是背着背囊，还是披着篷布雨衣。这位浇铸出来的士兵像有些笨拙粗糙，但它却是人们呕吐精诚制作成的，所以人们备感亲切，从来不评头品足。

当然，对待他的态度也不尽一致。

我们的一些妇女同胞认为，只有无亲无故的人的坟墓才没有人祭奠，而每人都希望他的亲人即使是在死后也不感到孤独。

妇女们由于号啕大哭已经精疲力竭了，她们一面用手帕擦拭泪水，一面走出墓地。有一位妇女忽地转过身来，向士兵雕像走去，把几个用柳枝编成的花环放在雕像的底座上，她低声说：

“孩子们！没有人为你们哭泣，没有人亲吻你们的坟墓。

你们这些孤儿，墓上的土也是硬的。你们受苦受难的母亲，她们在哪里呢？”她缄默了片刻，热泪纵横，哽噎着说：“她们是不是晓得，是不是知道你们最后的安身之地是在哪里？我的儿子斯杰潘安葬在保加利亚的土地上，但愿那里的母亲们能够用她们的眼泪把他坟头的土浇得松软一些。我亲爱的孩子们，我要把我这个寡母的泪水浇洒在你们的坟头……”

她的话音未落，另一位妇女紧接着说：

“你在哪里？埋葬在什么地方？我心爱的小鹰，我的潘杰列伊·伊凡诺维奇！有没有好心人为你——我可爱的孩子修建了坟墓？接纳你的大地——母亲是不是松软？……”

第三个声音悲怆地发问：

“你们都是些什么人？都是谁家的孩子？你们有没有见过我的儿子？在和敌人拼杀的战斗中你们相遇过没有？他远走高飞了，抛下了我，苦命的妈妈！我一点儿都不知道他的消息……”

围栏中间竖立着的那尊粗糙的士兵雕像成了大家的亲人。围栏里不再荒芜，雕像旁栽上了一株株柳树，已经没有空地了。妇女们只好跪在围栏外面，俯首在地，用沾满泪水的双唇亲吻大地，让土地更加湿润、松软，让土地给死者更多的温存和抚爱。

……春回大地，森林里的积雪泛出蓝莹莹的光芒，并且裸露出了融雪后的土地，报春柳上的柳絮包悄悄绽开。每逢这一时节，这个墓地上便恸号震天。每当我听到这椎心泣血的哭声时，心脏就仿佛停止了跳动，我想：如果大地上的妇女们都汇集在阵亡将士墓前痛哭，那么在这种肝肠寸断的哀声面前，世界将会低下头颅，颤抖不止。

亚麻田里蓝莹莹

蔚蓝的天空下，一片蔚蓝的田野。

我闭起眼睛——这幅景色清晰地展现在我的面前。在那些葳蕤的、强悍的植物反衬下，亚麻的绿色枝叶显得纤细柔弱。田地恬静，向信赖的心敞开。在这里主宰一切的是古已有之对生命的忠顺。这就是对太阳、对这个天体之光的忠顺，田野从太阳那里蓄足了颜色，这颜色素淡、古朴，同时又沉静得可以信赖，它们色调单一千篇一律，令人索然寡味，仿佛是在孤芳自赏，流露出一种婉转取悦的羞涩。在相距不远的地方，田野渐渐融入朦胧无垠的天际，越是接近地平线，蔚蓝色越是清湛透明，以至于分辨不清哪里是天空，哪里是田野——生意盎然的蔚蓝色，把一切都包容到自己深邃中去的蔚蓝色。

开满蓝色花朵的亚麻田好像在谛听自己的心声，它小心翼翼地，几乎是秘密地把碎细的蓝色染料雨点般地洒向外表纤弱的亚麻茎叶上面。亚麻地里和亚麻地的上方充满不可遏制的自信。无须诱惑、无须招徕，凡是经过亚麻田的人无一不把目光投在这些亚麻花上，人们不由自主地停下脚步，如醉如痴地欣赏着。此时此刻，人们的心肠软化了，对昔日发生的某些事情感到疚悔；人们忽然领悟到了：既然大地上还存在着这种赐予人们以享受和希望的美，那么并非生活中的一切都已丧失。在亚麻花盛开的田地上空，就连蜜蜂和熊蜂也变得温顺谦和，它们悠然地盘旋飞舞，落在亚麻柔韧的细茎上，久久不肯离去。它们全神贯注地对准花朵，触及到了淡色的、辐射状的花蕊，随后便 沉入了甜蜜的睡梦之中。百灵鸟忙里偷闲，摆脱掉家里琐事，抽出片刻，飞向天空，它在亚麻田上空飞行，歌唱，以此来吸引万物对它的赞美。迅猛的苍鹰仔细地搜寻亚麻田深处隐藏的老鼠，霎时间追风逐电的苍鹰从高空直飞落到地面，它两翼扇起的旋风使亚麻田颤抖，漾起了蔚蓝色的波浪，密集的亚麻茎被翻滚的浪劈开了，露出了田埂。此时从低洼处忽然飘出一股冷飕飕的气流，这气流宛如无声的闪电，在亚麻地里飞掠而过，亚麻茎底部溅满了水珠，亚麻茎仿佛就站立在没膝深的蓝色细流中。

被人们冷落的一轮明月悄悄挂在高空，宣告短促的夏夜降临大地。亚麻田蔚蓝色的微光从田野里向月亮走去。这一时刻，夏夜的天空、夏夜的皓月都屏住了呼吸，凝滞不动。它们保护苍穹下的世界不受骚乱和恐慌，也保护羞怯的、默默闪出蓝色微光的田地。

茫然失措的人，还是沉着些吧！忐忑不安的心啊，安静下来吧！倾听吧！谛视吧！欣赏吧！世界充满天赐的恬静爽适。

你要相信，它是稳固的、永恒的。不要饶舌，不要哭泣，也不要呻吟——周围是睡梦和安谧。

万籁俱寂。田野静悄悄，静悄悄。远方，神奇而美妙。这就是俄罗斯！

亚麻田里黄灿灿

夏末时节，亚麻田黑油油的土壤渐渐失去了光泽。天空呆滞而冷漠。四周欲雨不雨，灰蒙蒙的。亚麻开始成熟，沉甸甸的麻茎下垂着，颗颗种子鸟眼似的窥视大地。和谐的沙沙声在亚麻田里徜徉。土地干涸而板结养分已经消耗殆尽。它只有中午时分才能够享受到太阳当顶时散发出的炎热，尽管这种热已是很微不足道了。这时候能够听得到四周哔剥哔剥的声响，声音很轻很轻。暖烘烘的热尘在成熟的亚麻上空萦回，红铜色的小型球状蒴果里盛着的麻籽在互相冲撞，也发出簌簌的响声。夜幕降临后，大地像老态龙钟的人一样，长满了皱纹。只有在冰冷的露珠滋润之下，它才变得冷却了，松软了。野草和生在根茎部分还没有枯萎的小花不约而同地从散发着寒气的小溪把头转向成熟的亚麻田。几乎直到黎明暖洋洋的热浪一直在亚麻田上空浮动。耕地里宁静安详，甜梦难醒。

沿着亚麻田走去，你会不由自主地伸出手来，在散发温馨的亚麻上暖一暖手掌。有时会刷拉拉地腾起一群野鸽，扇动着毛茸茸的翅膀，把麻籽从果蒴中震落，在亚麻田上方盘旋，然后向四面八方飞去。紧接着，被响声惊呆了的松鸡笨拙地四处奔逃，把亚麻田踩得凌凌乱乱。松鸡逃到地界石以后便再也飞不动了，因为丰腴的饲料已经把它们喂得过于肥胖，这些鸟中的大块头拥挤在马林树丛和枯干的柳叶草丛当中，忧心忡忡地四下张望，看一看从哪个方向有危险袭来？是谁妨碍它们从地上啄食如此美味的麻籽？地界石好似早已烧尽的俄式炉台，撤了火后仍有余温，松鸡透过褐色的眉毛遮盖的双眼仔细顾盼近处，疲倦地趴在地上，羽毛紧贴着暖融融的地界石，饱餐之后它们昏昏欲睡，竟打起盹来了。

当你去采摘马林果或者去小河畔的醋栗丛时，松鸡会一动也不动，它们很难被发现，就好像已经和它们赖以取暖和暂时栖身的地界石融为一体，可是一旦走到它们近旁，松鸡便会扇动起翅膀，扑棱棱一声猛地飞起，你会不自觉地被吓得哆嗦一下，心怦怦直跳。不过，当你弄明白没有理由大惊小怪后，为了舒缓情绪，你会长吁一口气，说上一声："这些讨厌的家伙！"然后目送松鸡向森林里飞去。硕大的松鸡飞进笔直的山杨树林，碰掉一些枯干树叶，长时间地，像是很吃力的样子在树上爬来爬去。它们的鸟喙不知为什么微微地动了几下，梳理过身上的羽毛，随后安定了下来，自上而下地打量着熟悉的大地，眺望着松鸡在发情期时群集浪游过的远方松林，观赏着像是金子浇铸的黄灿灿的亚麻田。

亚麻田的四周规整地排放着已经龟裂了的地界石，地界石上面长满了苔藓。亚麻田里充满沙沙声、噼啪声。田中间有一条行人踩出来的小路，坑坑洼洼，积存着浑浊的水，但亚麻田有自己的生活，永恒的终古不息的生活。这种永恒赋予古老的松鸡沉静和自信。它们确信大地和田野、飞鸟和森林、天空和天体之光永远不可分割。

问候

春寒料峭。风声飒然。虽然已属残春，可要想散步，还不得不躲进树林当中。

我信步闲行，不停地咳嗽，呼哧呼哧地喘息。头顶上白桦树孤寂地喧哗，树枝枝头布满柔荑花序，嫩绿的叶芽簇簇萌生，树叶却怎么也不能够伸展开来。心头蓦然泛起一股怆恻之情，主要是联想到了世界末日。

正在这时。一个骑着三轮自行车的小女孩沿着踏出的小径迎面而来她身穿红色外套，头戴红色小帽，她的母亲推着儿童车跟在她的后面，车里坐着一个婴儿。

“你好！叔叔！”小女孩向我大声问候，一双黑亮的眼睛闪烁出快活的光芒。打完招呼后她又踏着车向前走去。

“你好，小姑娘！你好，我的小乖乖！”我也想向她致意，可是没有来得及喊出声来，她已经飘然而去了。

她的母亲穿着蓝色风衣，纽扣系得严严实实，唯恐胸口受凉。当她与我擦肩而过时，面带倦容地微笑着说：

“现在在她看来，人人都是亲人！”

我转身望去：小女孩的红色外套的衣襟敞开着，她正沿着春天的白桦林奔驰，她向所有的人致意，欢呼世间的一切。

人与人间这一点点需要不算过分吧？俯仰之间我的心境畅快了许多。

忘情遐想

我也像所有喜欢读五花八门杂学书籍的人一样，从童年时代起，一直过着一种双重生活——尘世生活和书中生活。尘世的生活，那是忍饥挨饿，无尽无休的排队，居住简陋、浑浑噩噩、疲于奔命人群中的一员。而书中的生活则是宫殿、剑客、北美的草原、海盗的大船、隐身义士、形形色色的强盗暴徒、高贵的骑士，当然还有名门闺秀。在她们中有一位公主的倩影印在脑海里，令我终生难忘。这位公主是那样美貌无双，是那样绝顶聪明，她热情洋溢，忠贞不渝，因此她永久地隐匿于记忆深处，她完好无损地珍藏着，保持着艺术形象的完整性，她青春永驻，永不衰老，不变丑，永不丧失她的风韵……

我也有类似的“秘而不宣”的“宝贝儿”，我的“意中人”，我书中的楷模势必要在现实生活中找到相对应的人物，使他们相互吻合，把文学描写的形象变成真实的视觉可见的具体的人。

有一次我顺手浏览一本杂志，偶然读到一篇关于法国抵抗运动起义者斗争的短篇小说，起义者中曾经有很多热爱自己遥远祖国的俄国流亡者和他们的后代。其中大部分勇士在敌我力量悬殊的可怕斗争中牺牲，在英烈的名字中有一位维卡（维克托莉娅）·奥勃连斯卡娅[1]。也许是她光荣而响亮的俄罗斯姓氏，也许是某种崇高的力量撞击着我的心弦，我的心震颤着，我渴望能够见到奥勃连斯卡娅公爵夫人本人的肖像。

我终于找到了她的肖像。我端详着，认出来了，就是她！她就是我想象中的“意中人”，铭刻在记忆中的、“我”的公主。

“记忆”、“想象”，这是赐予人们的超凡礼物！它们无比宝贵，因为它们曾经是自由的而且现在依然是无拘无束的。记忆和想象只属于你一个人，而不属于任何其他的人，而你呢？你只不过是一个穿树皮鞋的庄稼汉。但你却可以去忘情畅想，可以去爱女皇、爱公主，或者去爱公爵夫人。这没有什么关系，谁也无权干涉。这是我自己的事。 就是这样！

真可笑！当然是有些可笑，可并不荒诞。大自然中有某种沟通心灵的东西、或者传导精神的东西存在，它超越人的意志、人的心愿，自然，它更不会听从什么人的指使。

谚语说得好：一味听凭他人指使生活，将会变成牲口！……

总而言之，我开始默默地思念起奥勃连斯卡娅公爵夫人了。我用自己的笨脑袋大胆地想象着，想象她那贵夫人柔嫩的脖颈如何置于断头台可怕而锋利的刀口之下，想象她美丽的头颅又

[1] 据历史记载，参加法国抵抗运动的俄国流亡者的后代中有一位名叫维拉·阿波罗诺芙娜·奥勃连斯卡娅（娘家姓玛卡洛娃），1945年被德国法西斯处死。

是怎样被砍下来的。我心里非常难过，为那些死去的人感到万分悲痛。好了，算了吧！我想国王已经公正行事了，他下令把断头台的发明者也送到锋利的屠刀之下切断了脑袋。这台杀人机器虽然已经陈旧，但是看上去仍然是个庞然大物。

一年过去了。两年、五年、十年过去了。我似乎依旧能够清晰地看见：乡下普通砍柴斧一样的断头台上的斜口大刀落到了公爵夫人的脖颈上，冰冷的钢刀触及到了她娇柔温馨的皮肤……

法西斯分子的手丝毫也不颤抖，就像当年巴黎公社那些情绪激昂的革命者自如地使用过这个断头台，他们的心也并没有战栗。流年似水，而今留存下来的是《马赛曲》、断头台和一小抔历史陈迹……

又过了几年，也许是五年，也许是十年，我终于来到了圣日耳曼隐修院的墓地。《文学报》记者基利尔·普里瓦洛夫陪同我来参观这个墓地。他这个人言而有信。他曾对我说："我一定把您送到那里去！"——他果真做到了，尽管他的汽车坏了，他儿子小彼得那天又生了病，而且还有其他一些小小的和不算小的故障。基利尔向我保证说他对这个墓地非常熟悉，我很快就证实了这一点。

对于我来说，主要是拜谒伊凡·蒲宁的墓，如果精力和时间允许，我再参观其他地方。

乘飞机到法国时，我身体就不舒服，两只脚疼痛，加上在巴黎游览要不停地走路，痛得就更厉害了。虽然我买了一双巴黎软便鞋，疼痛仍然没有减轻。

蒲宁墓离公墓入口处不远。以前我在照片上见过他的墓，也读过有关资料，因此我对他的墓如此之简陋没有感到吃惊。离蒲宁墓不远的地方还有另一位名士之墓，那是德罗兹多夫斯基的葬身之地，这个人就是我国出版的书中提到的行刑将军，或者就叫刽子手[1]。两墓相互比较，蒲宁的墓甚至可以说有些寒酸和孤单了。将军指挥的旅团里的军官们，死后也有的埋葬于此，继续簇拥着自己的上司。德罗兹多夫斯基墓碑的大理石基座上镌刻着的金色大字也颇引人注目，附带说一句，那是我们大家都熟悉的套话："为争取祖国的自由和独立而捐躯的英雄们永垂不朽！"

这只是顺便说说的题外话。

蒲宁墓地沉重的路德教派风格的灰色十字架十分刺眼，看上去令人不太舒服，这十字架是按照标准规格用水泥浇灌而成，墓的周边也是用这种冰冷的材料筑成。这是一种不给任何人以温暖感的士兵军大衣的颜色。不大的大理石板上镌刻着这位伟大俄国作家和他的极能忍耐的妻子的名字，还栽种了四排花——三色堇。这便是这座洁净的修葺过的墓上的全部"豪华"，全部装饰。

我向墓碑献了鲜花，用双唇吻了吻粗糙的十字架——异国他乡的石头也是冷森森的。

---

[1] 德罗兹多夫斯基（1881—1919），白俄将军，十月革命后白卫军组织者之一。

随后我们环绕圣日耳曼隐修院墓地的老区走了一圈。老区几乎长满了雪松、云杉、白桦。我虽然不是什么历史学家，但是我观察发现就在这里安息着俄国现代史的相当一部分“精英”，如果不是大部分的话。

我的两条腿拖着我的身子挪动着，益发艰难。我们不得不常常坐下歇息。抽烟的时候，我顺便向基利尔打听法国抵抗运动参加者的墓地在哪里。他回答我说：俄国起义者的墓地就在这里。于是我讲述了多年来一直使我着魔的人物，我请他带我到奥勃连斯卡娅公爵夫人的墓去看一看。基利尔面有难色，他表示，这事很困难，因为抵抗运动参加者的尸体埋葬在使用公费或是募捐来的钱修造的大型公墓里。这样的公墓竖着统一的标志，周围有围墙或者围栅。围墙上砌着小块大理石板，板上面有死者姓名和生卒年月。这些墓几乎已被人遗忘。只有在隆重的纪念日和逢五逢十的周年时人们才缅怀起法国抵抗运动中的这些俄国人，还有我们被俘虏的受苦难的士兵。当然，有可能找到埋葬奥勃连斯卡娅公爵夫人的墓，可这需要走上一天，也许还不止于一天，要知道我们只是参观了公墓老区的很小的一部分，而且要想多走路，必须得有健康灵便的双腿才行。

“好吧！”我叹了一口气，表示同意他的看法，我理解基利尔一直惦念着留在汽车里生病的小彼得和妻子。我请他赶快跑去看一看他们，如果状况还好，还可以忍受，我们就再到墓地里去参观一会儿。如果小彼得病情有所加重，我们就立刻返回巴黎。

基利尔沿小径向公墓大门跑去，我在近处的一条长椅上坐了下来，歇一歇自幼受寒作痛的腿脚。

时值十月下半月，巴黎的气候相当于我们西伯利亚的九月份天气。这时候在俄罗斯正是秋阳杲杲的大好时节，叶尼塞河彼岸的巍巍群山上覆盖着赤杨树，漫山遍野被染得通红，好似烈火在燃烧，但却又看不到一丝一缕烟尘。桦树落叶飘然而下，黄色的叶浪在所有的山谷里和小溪里流淌，阳光照耀，金灿灿的阔叶卷成了一团团。桦树的阔叶柔情地抚摸着落叶松枯萎的针叶，小小的针叶在光秃秃的森林里一直到降雪时还将保持着赤黄的色彩，它为自己在原始森林里显露出的孤傲的美丽而陶醉，它的最后一束针叶在初雪铺地时才无声无息地掉落在树根近旁。

在这里，在异国他乡，树叶散发出俄罗斯秋天的气息——桦树叶金黄，枫树叶和栲树叶火红。在铺满枯叶的干燥的小路上，飘落的叶子，五颜六色，层层叠叠，交织混杂，构成一幅秋日的绮丽图画。公墓的围墙和墓志铭同样也很引人入胜。我坐的长椅对面有一座墓，围墙是用玲珑精巧的雪花石膏（也许是石头）制作的，围墙里铺着厚厚的一层树叶，叶子萎蔫，飘散出可爱的俄罗斯泰加林或者是西伯利亚泰加林的刺鼻的苦味和浓郁的香气。这是由于周围生长着繁密的桦树和雪松，它们已经长成大树，但不知为什么还是那么忧伤、悲戚，虽然没有一丝轻风吹拂，没有惹人烦乱太阳的炙烤，可是树叶宛如地球上其他所有地方一样，仍然带着略能听到的哀婉，不停地向下飘落、飘落，覆盖住了公墓和围墙。在公墓中间用类似大理石，也许就是廉价的大理石板修筑了某种标志，从远处看，酷似克里姆林宫的一个塔楼，塔楼的边缘和槽沟上粘贴着平滑的小石块，做工十分精巧，非常富有魅力，而且用同样的小石块拼成了简单的花字，显然这是什么人竭力想使这个简陋的公墓增添一些华丽，为俄国人在这里的最后安息地附加几分贵族色彩。

我这时才恍然大悟，基利尔所说的法国抵抗运动参加者阵亡将士公墓就在我的面前。我怀着一种重新燃起的兴致从碑的一角读起，开始看死者名单上的生卒年月。他们诞生日期不同，大部分都是出生在这里，在法国，他们的死亡时间，如大理石板上所写："于 1943 年至 1944 年被处决。"

我的目光在一张张照片上溜过，在照片上搜寻。猛地，停在了正对着我的一张照片上，它比我们护照上的照片略微大一点，照片上的女人长得很美，梳着俄国妇女的发式——中间分缝的平直发。她的一双大眼睛闪烁着信任的光芒。一张圆脸，嘴唇稍启，似乎是在发问："怎么样，你认出我来了吗？"我当然立刻就认出来了，而且我的心在颤抖，在飞快地跳荡，就像遇到出乎意料而又令人激动的时刻那样，我简直不知道我的心要飞向何方，我的身体不由自主地摇晃了一下。我过去看见过她的照片,那都是明显的"法国派头"的照片:面部浓妆艳抹，目光无精打采，扭歪着头，一副做作的姿态——这一切都赋予她一种异国情调，而这张照片上的姑娘与所有俄罗斯的漂亮姑娘一样。俄罗斯画家维涅兹安诺夫画了一幅肖像画：一位俄罗斯美女，腋下夹着一颗圆白菜，画上的美女就是以众多美丽的俄罗斯姑娘作为模特的。

眼前的就是维卡 · 奥勃连斯卡娅的墓，她 1944 年 11 月被处死，她安眠在这里，在远离祖国的法国公墓，她从来没有见到过自己的祖国，却为自己的祖邦献出自己的生命，在她的身上体现出了所有的俄罗斯爱国女性和俄罗斯美女的典型特征。她的生命噩梦般地结束了——20 世纪的暴徒、刽子手们把一个不满二十四岁的女人的头砍掉了。

在大理石板和公爵夫人的照片上有轻轻一层灰尘和雨滴的痕迹。我用手掌擦拭了几下石板，不自觉地希望长眠在地下的她能够通过我的手感受到来自遥远祖国土地的温暖情怀。

过去读过的种种书籍中的一切忘情畅想，一切浪漫色彩的意中人，在暴力和死亡面前都已经破灭。我曾经多次埋葬过自己的亲人，我的两个女儿已经先我而去了，像我这样的白发老人还能去爱什么“公主”吗？只不过是上帝和时间馈赠给我的一种美妙忘情遐想而已，为此我感激涕零。如果一个人的心灵深处一无所有，他将贫乏空虚，一钱不值。还有一点：一个人忠实于自己的偶像，自己的“意中人”，他终于得到了幸福的回报，尽管这种回报姗姗来迟，而且是悲哀的相逢。

基利尔回来了，他说儿子病情没有恶化，正在睡觉，妻子也放心了，因此我们可以接下去再走一走，看一看。

“今天这一天，简直是奇迹！”

“是的，这一天不可能是别的样子！”

他用疑问的目光盯着我看。

“上帝这样认为！”

基利尔喃喃地说着些模棱两可的话，一些颇为流行的含义深邃的语言。他说，是啊，在人世间和大自然中无疑存在着某种力量，也可能是最超然的力量，不过……

我说，我不怀疑，而且确信这一点。我让他看了看俄国公爵夫人维克托莉亚·奥勃连斯卡娅的遗像。

回巴黎的路上，我们谁也没有说话。后来，我们在法国式的住宅里喝了俄式的“茶”。整个晚上基利尔一次也没有提到圣日耳曼隐修院，有关法国抵抗运动参加者公墓的事也只字未提。但是他却不时地用隐含着的深沉的目光打量着我，仿佛是在发问：这位无上光荣的抵抗运动女英雄、俄国公爵夫人能否感觉到，有这么一位在行军中双腿受过伤的西伯利亚莽壮汉，有这么一位从未被授予任何军衔的战壕列兵，千里迢迢地来到此地拜谒她的墓呢?

然而这个问题是上帝提出来的，也只有上帝才能做出回答。

天意

碧蓝的爱琴海中间有一个拔摩岛。在这个多石的海岛上，在悬崖峭壁的最高处，用砖砌、用石垒修筑了一座寺院——拔摩隐修院。在爱琴海四周，从任何一个方向都能清晰地看到它。

为纪念隐修院落成九百年，我这个俄罗斯人，而且是遥远西伯利亚的俄罗斯人，也被一阵风吹到了这里。参加这个隆重庆典的有来自世界各国的高级神职人员，其中包括全欧宗主教。遗憾的是全俄大主教没有来，据说是遇到了某些障碍。

我没有去理会这件事。径自从西伯利亚启程，经过我们的首都到达埃拉多斯[1]就是说已经到了希腊。随后再去遥远的拔摩岛。我只身一人，言语不通，而且对一切都一无所知，诸如我在这里将做些什么，什么事情不该做，什么事情符合常规等等。

在雅典有一位办事认真的希腊女士接待了我，并且送我上船去海岛。她把我安排到渡船上，塞给我一卷花花绿绿的纸币，

[1] 埃拉多斯，古希腊人们对其国家的自称。1883 年以后曾为希腊国家的正式名称。

大声地说了许多话，告诉我应该做什么，去找谁帮助。在她那连珠炮似的一长串话语之中，我只听明白了一个词儿——科斯塔斯。后来我才知道，在希腊，叫这个名字的人比比皆是，就好像俄罗斯人名字中的伊凡一样。只不过这位科斯塔斯不是希腊普通的伊凡，而是国家文化部部长米尔库里女士手下的副部长，这是在寄给我的请柬中得知的。

科斯塔斯是时下通常所说的那种人——非常善于交际，自由随和而且关心他人。什么时候、什么地方需要他，他总会及时地出现在那里。按照他的精心安排，以利亚神父一直陪伴着我，我认为这是天意，后来证明确实如此。神父身穿深色长袍，完全没有节庆特色，这身服装肥大，显得他的身躯更瘦小了。他的两眼向外斜视，胡须稀疏，像一个诵经士。他其实是塞尔维亚神学院的教师，精通几国语言，其中包括俄语。他说他将帮助我，并且立即投入了工作。

在隐修院附近的山坡上，经隐修院的帮助，修建了一所新的学校，现在正为学校举行祝圣仪式。

学校已经开学。在校园里，一位美国人尼尔（也是常见的名字）、一位年轻美貌的希腊姑娘和我在一起栽种了一株和平树。树坑早已挖好，里面是像大粒盐一样的灰色砂壤土和一些勉强黏结在一起的黏土。我们三个人举起纤细的树干，把它拿到校园中心，放到挖好的坑里，等候给这棵已经萎蔫的幼树浇水和培土。

“他们宁肯用葡萄酒浇地，也不愿意用水浇地。”以利亚神父说。

校园里挤满了人，人们七嘴八舌地吵嚷起来，一位在学校工作的清扫女工拍了一下宽大的裙子跑进屋子里，提一桶饮用水出来。学生们站在高处——楼梯、阁楼和阳台上。他们看着我们三个人依次往坑里浇水，然后又拿起锹来的时候，立刻鼓起掌来。

接着发表演说。那位美国人是律师，谈锋甚健，他讲英语，谁也不给他翻译，所有的演讲者似乎都能听懂。那些像我一样听不懂英语的人也佯装通晓英语。

我由于异常激动，发言很简短。我说，希望这块瘠薄的土地和这所学校的学生们永远也不知道什么是战争，愿我们栽种的这株和平树成为和平的保证。那位希腊姑娘也想讲一点什么，不过由于情绪过于激动，双手捂着脸哭了起来，大家为她鼓掌，向她欢呼，掌声和呼喊声比对其他的演说者都热烈。继我们发言之后上台演说的人还有：科 斯塔斯、教育部长、市长和新学校的校长。后来，在校园里大家“站着”午餐，以利亚神父不停地让我打起精神来，帮助我挑选各种菜肴、饮料以及各种美味的水果、糖果和甜食，吃啊，喝啊，就是都得站立着。

我们饮用的葡萄酒虽然很淡，却是藏了多年的老酒。酒足饭饱之后，人们开始感到困倦，我们也想找一块阴凉的地方躲一躲太阳的炙烤。周围一片热烘烘的，从大地、围墙、建筑物散发出滚滚热浪，就像从俄式火炉冒出来的炭火热气一样。我们的主持人科斯塔斯分别向我和那位美国人祝酒，感谢我们热情洋溢的演说，他说，为了照顾大家不被骄阳灼伤，关于生态问题的研讨会将安排在早晨和晚上，在学校礼堂里举行。隆重而盛大的祝圣仪式结束后，请大家回到各自的旅馆里休息。

我在拔摩岛逗留五天，以利亚神父在这段时间里与我可谓形影不离。这位神父知识渊博，善解人意，他竭尽全力把隐修院里最有意义的物件展示给我，向我讲述岛上最珍贵的一切。

应当说，自建成至今已历经九百年的这座隐修院，虽然外表阴沉，已经显露出古旧的印记，但保护得完好无损，这是由于隐修院的管理人员精心看管和维修的缘故，此外，这里没有经历过任何伟大的革命，也没有持无神论观点、转眼之间就变得无情无义的寒士们的骚扰。

在隆重的庆典和祝圣活动中令人瞩目的是隐修士们一直主动工作，而不坐等装修的命令和指示。隐修士们凿石、挖土、清除天花板和壁画上的污垢和灰尘、修理家具、烹制饭菜、烘烤面包、榨出葡萄酒，还有准时无误地敲钟，实施所有的圣礼，只有在全欧宗主教到来的那天，隐修士们才得以休息几个小时，即使是在这时也没有中断内部祈祷。他们热情接待来宾，举止文雅得体，不卑不亢。

从我们牢不可破的联盟中只有格鲁吉亚和亚美尼亚的两位高级神职人员与会。格鲁吉亚宗主教，也被称为格鲁吉亚主教会的最高主教伊利亚二世是个性格快活的人，两只眼睛总是闪烁着朝气、活泼的光芒。当把我介绍给他时，他用挖苦的口吻说：“你就是发表短篇小说《在格鲁吉亚钓鮈鱼》的那位人物吧？”

然后他狡黠地眨了眨眼睛，叹了口气说：“你干吗要写那些没有用处的东西呢？！”

宗主教大人抵达拔摩岛前夕，岩石嶙峋的海湾狭口处停泊三艘军舰，其中一艘是巡洋舰，另外两艘略微小一些，可能是炮艇。从清晨起，在高处，拔摩隐修院里便懒洋洋地敲起了大钟，钟声只是偶然响起，但是响声均匀，直上云霄，它的回声在崖壁参差的海岸上反响。

天气酷热难耐，水面和崖岩上阳光刺眼。远处弥漫着薄薄的一层树脂味道的蜃气。浪花在海面轻盈地滚动，在清澄蔚蓝的水上编织出玲珑精巧的花边。

我在河边长大，常常感受不到也很少领悟到大海的俊美娇娆。我到过黑海、亚得里亚海和太平洋，我可以说是毫无深刻感受。难道是要欣赏无尽头的水连天天连水，欣赏风狂雨猛时恶浪滔滔的情景吗？！但爱琴海则别有一番情致：海面湛蓝、宽阔博大，四周绣着洁白的花边，远处大海与天际相接，融会在一处，形成一个白茫茫的盖布，淹没在受太阳的热浪拍打而微微颤动的蜃气里。有一些岩石的残丘，散散落落地露出水面，残丘上有很多裂纹，有岩洞、沟谷、暗礁。说起岩洞，常常是相互贯通。海水从胆怯的岩洞的这一侧灌入，又从另一侧流出。由于岩洞狭窄，石壁挤压，海水在洞内翻腾起泡，争先恐后地向外涌，挤出岩洞后还一直惊恐万状，它们竖起水柱奔腾而去；然而当与大地的空间相连时，海水便在浩瀚无垠的大海怀抱里逐渐平静下来。陡峭岩崖斜坡的最高处有瀑布奔泻，这悬流随空而下，水如珠帘，时断时续，碧绿的水涟，光彩熠熠。许多岛上和岩石上有小树生长，它们支支棱棱，七长八短，有的低矮，有的长着掌形叶，而有些地方竟还有小片松林。

在上帝赐福的拔摩岛上清一色地生长着松树林，树皮坚硬，树桠繁茂，针叶细长而脆嫩。在松林后面的荫蔽处，在陡坡上有一个个小菜园，那里的土壤全是褐色黏土掺着灰色砂壤土。我不知道菜园里能种植什么。时值九月，菜园里早已收获完毕，果园里也已采摘净光。瓜果蔬菜都堆积在商店里和货摊上。小城里、码头上还有一些当地居民栽种的小棕榈树、刺槐、无花果、胡桃楸，这些树木已经开始凋谢；有些小松树仍然生机勃勃，灌木已经零落过半，灌木根须裸露，盘绕在一起，主根牢固地扎进石块的缝隙当中，石块或侧壁陡直、或边缘塌陷，它们深深地挤压在狭窄的小路上，挤在难以穿行的死巷里，死巷常常是被石头堵住的。在太阳暴晒的地方，在阴凉地里，在石缝之间有枯瘦的小花苟且偷安，花儿泛黄，发出一种反光，山的斜坡上表层的一些粒状砂石泛蓝，它们也在闪烁，宛如凝固了的海水泡沫。低矮的蒿草，现已瘦如干柴，发出哗哗的声响，它昏昏欲睡，散发出夜色降临的气息。

有一次，请我们品尝农民用这种蒿草浸制的酒，我忽然觉得，千百年来居住在这些岛屿上的人们的生活虽然艰辛，但是却别具韵味。顺便说一句，这里的一切都被驯服、被利用，一切都为劳动和生活服务，就连太阳也不例外。例如，利用太阳能发电，在城市所有的房顶上都安装了太阳能蓄电池。这一天中午时骄阳似火，炙烤得周围的一切都像是在熔化了的空气中飘浮、荡漾，也正是由于天气过于炽热和阳光过于耀眼，希腊的海军没有能够接应普通乘客乘坐的渡船。当载有宗主教和高级神职人员的巨大白色轮船出现在地平线上那一瞬间，有一只小汽船也驶向码头，但是它立刻被赶到海湾里面去了，和许许多多虔诚地停泊在那里的轮船、快艇、舢板船挤在一起。身着漂亮制服的海军军乐队庄严地排成两行。并非平头百姓的、耐性十足的市民们、市长、来自欧洲各国的领导人物全都头顶烈日，肃立在码头中间修筑的神坛周围。

白色大轮船由两艘驱逐舰护航雄姿威严地驶进港口。这艘船名为“埃拉多斯”，全船披挂着节日的花饰，五彩缤纷的万国旗迎风飘扬，轮船披金挂银，光彩照人。景象如此壮观，使人心情激越，喘不过气来，禁不住联想起古希腊及神话般的君主、统治者、士兵、宫殿……

庄严肃穆的瞬间已经过去，码头上重又扬起一片喧腾——这是吵吵嚷嚷的乘客渡船正在向码头靠拢。渡船船长同拔摩港口负责人在舌战。今天，港口负责人盛装在身，全副披挂，绶带、勋章应有尽有，身上白、银、金三色纷呈。我们住在海滨的一个小旅馆里，可以从屋顶上观察到发生的一切。来自英国的生物学家彼得（也是一个普通的名字），瘦高个儿，他也具有英国人所通常具有的特点，说话有些刻薄，他对码头上发生的事情一一加以评述，尽管我们在屋顶上什么也听不见，他却能准确地翻译出双方的对话。“你的船上坐的是宗主教！我这里是一般乘客！我什么也不想知道！……”“你将受到上帝的诅咒和惩罚！”对于我，公司就是上帝，我可不愿意丢掉这份好差使……”

倘若这样的事情发生在我的国家俄罗斯，将会如何处置这位执拗任性的船长和他的那条渡船呢？干脆动用鱼雷，炸毁它了事！而对那些海军将士则大加赞扬，奖励他们具有高度的警惕性，射击百发百中，还说不定要发奖章哩！

在这里这件事情是这么了结的：港口负责人啐了一口，挥起双手，示意渡船开到码头侧面，让乘客、汽车赶快上岸。人们飞快地登上岸，融入热闹的人群中了。一位穿肥腿裤子的姑娘（我想：这大概是我们的姑娘），双腿做了一个剪式动作，跳到海军战士的队伍里去了。战士们立刻让她躲到了军乐队的队伍当中，她是想从近处目睹神圣的宗主教大人的风采。没准儿还能给宗主教拍个照呢！或者就只让她在海军战士堆里玩闹一会儿也不错嘛！渡船悄然离去，很快便在港口对岸抛锚。这时已经从对岸的港口深处驶出了许多五颜六色的船只，每条船上都挂着鲜艳的旗帜，这些船只呈扇形分布，破浪前进；小舢板船也鱼贯而来。这时候人声鼎沸、向前簇拥，并且有节制地欢呼起来。“埃拉多斯”号小心翼翼地向码头靠近。在这艘轮船驶近拔摩岛的这段时间里伟大崇高的宗主教一直站立在指挥桥楼上祈祷，他祈求上帝保佑大地、江河湖海、众多岛屿，保佑这座岛屿制高点上面的隐修院，保佑人民、孩子和保佑六畜兴旺。

乐队奏起音乐。人们挥动着手臂、手帕和小旗。站在岸上的有些上了年纪的人涕泪交流。

“埃拉多斯”号上的贵宾们开始下船。不知为什么竟是罗马尼亚的宗主教衣着特别华贵，他浑身上下全是白颜色，法袍用丝绸或缎子面料缝制，绣着银线，闪闪发光。其余的神职人员全都按照严格的礼仪规定身穿黑色长袍。

宗主教最后下船，在神坛上发表了简短的演说，隆重的欢迎仪式至此宣告结束。甚至有一种失望的情绪向我袭来。我所习惯的那些风风火火、热热闹闹、歇斯底里的尖叫、盛大的排场、领袖慈父般的问候、劳动者激动喜悦时流下的大颗泪珠以及爱国主义的种种口号都去哪里去了？按照习惯，在拔摩岛上能够见到欢腾的群众和上帝的使者，由于兴奋和欣喜，我这颗俄罗斯人柔顺的心会被紧紧钳住，俄罗斯人洪亮的嗓门禁不住会大声喊叫、哭嚎，双腿会蹦跳起来。

与此同时，在隐修院和教堂里举行了隆重的仪式，做了祈祷，举行了彻夜祷告。教堂里的款待十分丰盛。这一切都是伴着响彻云霄的教堂钟声进行的。组织了集体参观约翰[1]洞穴，洞穴就在隐修院附近，在这里宗主教的布道时间也不长。直到我被介绍给他时，我才得以在近处观察他，向他致敬，他举起手为我这个罪人画十字祝福，我吻了吻他那只暖乎乎的瘦手。这位宗主教也和人们想象的一样，是一位病态的老人。面对公

[1] 约翰，基督教《圣经》故事人物，耶稣十二使徒之一，传说他曾被流放至拔摩岛。著有《启示录》、《约翰书信》等。

众如此虔诚的敬意，他略微有些局促，但是在布道时他却是雍容大度，判若两人。

伟大的神意阐释者和思想家约翰工作过的洞穴狭小，但拱形洞顶很高，靠近大海的方向在石头上凿出了一个小窗口，有些像碉堡的射击孔，由于很多人呼出的气体，洞内石头已经发潮，突出部分已经冒出了水珠。长长的一排蜡烛把稍加装饰的角落隔开了，蜡烛渐渐暗淡，烛光令人窒息地颤动着。

在洞穴的角落里，在石头突出的部分放着一本薄薄的书，书皮深红色，系着白色线绳，那是一本《启示录》。约翰在这里，在小小的洞穴里竟然能够构思、创作出这样不朽的传世佳作……

在拔摩岛的隐修院里珍藏着一万三千部古代手稿，而且保存得无比完好！隐修院深处的角落干燥，与外界隔绝、安静。那里一直保持较低的温度。书籍摆放在表面极其普通的、专门制作的书架上面。阅读书籍的人各有一张书桌，一台专用的灯，这种灯光线很好，又不会烤坏书籍。

保管主任是一位隐修士，他说话声音很轻，长着一双古代人物的那种忧郁的眼睛。盯视这双眼睛你自然会联想到饱经风霜会增添忧愁。应当说，希腊人是地球上最古老的民族，他们的眼神都是忧郁的。拔摩岛人、阿拉伯人、佛拉芒人、西班牙人也都长着忧郁的眼睛，唯独美国人尼尔，还有我，我们俩的眼睛闪烁着愉快的光芒，永远明亮，从不忧伤。

庆典期间，这里召开了生态学研究会，我凝神谛听发言人的讲话，对于我们这个星球来说，最令人精神紧张、最可怕的事情莫过于两个国家手中握有威力无比的武器，两个民族就像是手拿火柴盒玩火的小孩子一样，他们把点燃了的火柴拿在人类的头顶上摇晃；地球上的居住地会不会毁于一旦呢？

那就让它毁掉一切吧——眼前会是火光熊熊，然后是一片废墟，希望建树功勋，希望流血和主宰人类，迫不及待地想要攫取世界和操纵世界，或者就那么简单：仅仅是出于好奇心，手指一按，就燃起了大火，只想观赏一下火景，在前所未见的火堆旁最后一次暖暖身躯，其实他们根本不明白他们无意中干了些什么。

我和以利亚神父一起在隐修院各处游逛，参观了那里珍藏的古迹。那里有大量的圣物、宝物、稀世珍品，而且保存得无可挑剔。隐修院拱顶上和室内的圣像、水彩壁画、装饰画几乎都没有修复过，尽管经历过天灾人祸，诸如风吹雨打、地震火烧和战争围困等，它们却仍保存着自古以来到人间时的那种原始姿态。有的地方壁画只剩下了半张，有的地方的壁画更显得残缺不全，但这些画是时代的烙印，它们经历了人类残酷的历史，它们给人留下深刻的印象，远比那些粗糙的烫金镀银的，用花里胡哨的颜色马虎涂抹的一些狎昵姿态要好得多，远比修复圣像和壁画的工匠们矫揉造作的作品好得多。在这里，是谁更具魅力呢？是古代的圣像画家，还是既为圣像也为自己贴金的那些自我表现的蹩脚画匠呢？

当然，这里不是指那些真正的工匠们，正是他们从某些妄自尊大的无神论者和受人指使的强盗们手里抢救出了圣物，修复了和正在修复着曾经被扔进废品堆里的人类伟大艺术家的作品、扔在神殿里的破碎的圣像、烧焦了的壁画，这些神殿一度变成过仓库、厕所和马厩，曾被笼统地称作俱乐部用地。现代野蛮人嘲弄我们的圣地，其罪行超过所有征服者和外国入侵者，甚至超过了当年的蒙古入侵者。圣徒们和富于自我牺牲精神的人们，真正的工匠们，甘愿赴汤蹈火，上绞刑架，坐牢，到苦役伐地和矿场，他们直到现在仍旧过着清贫的生活？如同几个世纪前的使徒、神学家约翰那样。

有关圣像的事，我曾经出过一次丑，弄得我很难为情。拔摩岛上的神像非常之多，都是古而又古的圣像，可我总觉得不很满意，好像圣像上缺了点什么，这使我十分不安。以利亚神父只是在一旁暗笑，没有给我做过任何提示。我走着，观察着，抱怨着：圣像上就是有点什么缺陷。大约到了第三天，我才大叫了一声，找到了问题之所在：“是窟窿！圣像上没有窟窿眼儿！”

我是农村里土生土长的孩子，从来没有看见过完整的圣像、没有被人糟蹋过的圣像，因为家乡的集体农庄里的圣像都被人或顺手牵羊或明目张胆地偷个精光，给我的印象是圣像上都有窟窿、破孔、小眼儿。我的这个印象正如同当今的孩子从未见过洁净如洗的天空一样，他们以为天空原本就是这样烟尘弥漫。我见到的圣像都带有像是大砂弹和霰弹打穿的洞孔，这已是司空见惯的了。

圣像绘画术从各个方面看都无可挑剔：服装、冠冕、装饰，就连绘制圣像的材料都是一流的，它们使圣像的形象更加完美。

圣像头顶上阳光普照，天上的星星璀璨清明，这是上苍赐予的。这是美的理想、和谐的理想。几千年来，上帝的子孙一直在呼唤这种理想，始终没有得到反响，没有能够熄灭理想中原始的野性和凶残。

我们爬坡上山，沿着石块走向山里，向石阶和圆石攀登，我的腿痛极了，每走一小段路，我就坐下来休息一会儿，观赏晶莹蔚蓝的大海，它是那样的妙不可言，实在是令人赏心悦目，难以割舍。大海带来宁静，引起我对于永恒的思索，在我的祖国俄罗斯对于永恒早已失去了信念。

“以利亚神父！”我向一直陪我的旅伴提了一个问题：“这美妙的大海、这隐修院、这隆重而又不讲排场的庆典、我的几乎偶然的造访和纯属偶然却又确实难得的与您相识，这一切一切都是怎么回事？”

“没有什么偶然！”以利亚神父也在目不转睛地眺望大海，他并没有立刻回答我。“这一切都是上帝的旨意，这是天意。”

分别的时候，以利亚神父按照塞尔维亚的习俗，送给我一瓶已成为稀罕物的陈年葡萄酒，这是他从家乡带来的。他邀请我去做客，给我画了十字祝福，吻了我的额头，随后，突然问了我一句话：

“您有时候祈祷，但是有些拘泥，有些压抑。您打算信仰宗教吗？”

“神父，我打算信教，我想我还不配。小时候，我是个野孩子，我偷过面包。战争中，我向人开过枪。在报社和电台工作期间，我亵渎过人的灵魂，首先是自己的灵魂，盗用过人们对善良的信任，玷污了语言。”

以利亚神父伤感地望着我，然后悄声说：

“我们大家都不配，但是应当相信和心存希望。”

我的希腊拔摩岛之行已过去了无数个岁月，但我见到和回忆的一切仍历历在目，有如昨天发生的一样。首先浮现在我眼前的是柔情无限的淡蓝色的大海，天堂般迷人的岛屿；那里波澜不惊，漪澜荡漾，浪花的白沫有如白色花边的一根根线，微微颤动；陡峭山峰上的隐修院……我还忆起许许多多善良的人们，其中最善良、最睿智、最富有同情心的人是以利亚神父。倘若拔摩岛之行，倘若我在拔摩岛感受到和看到的一切都是天意的话，那么，感谢上帝，感谢我们极富忍耐的救世主，愿他的名字世世代代光照永存。它像一盏明灯，在拱形石头屋顶之下，在美好又美好、古老又古老的大海之中，在海岛上最古老的隐修院的门楣上，永放光芒，照耀四面八方。

隐忧

一年前……许多年前……也许是一个世纪前，我手拿猎枪坐在乌拉尔山山坡的采伐迹地里，四周满是一些树墩、树根。我谛听着春天里鸟儿的尽情歌唱；百鸟争鸣组成了一台大合唱，连天空也为之震颤。我无论如何也听不够。大地和大地上的一切寂寂无声，连细嫩的树枝也不动不摇，大地为自己曾经创造和正在创造的奇迹和节日而惊喜。

黎明已经逝去，晨雾下沉，朝阳冉冉上升，只是鸟儿仍旧没有停止啼啭，树墩间、灌木丛中傲气十足的黑琴鸡依然含混不清地叫着，大摇大摆地蹦着跳着。

我想从坐着的地方站起来，可像被砍了一刀似的又坐了下去，两条腿麻木了。坐的时间过于久了，从破晓到太阳升空，根本没有注意到时间的流逝。我刚刚迈开脚步，一只黑琴鸡从我的脚下扇动着翅膀飞起，像一颗黑色炸弹一样跌跌撞撞地飞到一棵孤单的白桦树上，直呆呆地望着我。

我开了一枪。黑琴鸡应声下落，砸断了树枝，羽毛打着卷儿飘落到地上。黑琴鸡落地后仍在拨剌拨剌抖动着翅膀。我伸出手去想拾起猎物，忽然听见头顶上水滴和雨点淅沥沥的声音。我扬起了头，看到的是天空晴朗，太阳高照，可却有水滴向我的脸上洒落,愈来愈密集。我舔了舔,觉得像是融化了的雪水味，嘴唇上略能感受到一丝甜意，我忽然明白了这是液汁，白桦汁。

黑琴鸡向下跌落时，挣脱了白桦树的怀抱，撞断了树枝，而霰弹又打穿了桦树树皮，于是白桦树就泪如雨下了。白桦树仿佛预感到明年春天将要从飞机上向这片广阔的采伐迹地喷撒药粉，这一片土地上大自然刚刚来得及医治好创伤，鸟兽以及各种生物刚刚来得及繁殖。

猎人们将会在被药剂杀得半死不活的草丛和灌木丛里踏着厚厚的一层死鸟羽毛行走，他们将听到脚下有鸟兽的尸骨咯咯作响，这时候猎人们不禁也会泣涕交流，会激动不安地思考未来。我们的子孙们还能够享受到白桦树汁滴落到脸上时的惬意吗？他们还能够感受到清洁的、融化了的雪滴落到嘴唇上的甜味吗？他们还能够听到百鸟齐鸣吗？ 那鸟的大合唱足以使天空震荡，使大地因春天的躁动、放纵而呆然和陶醉。

游天坛

到北京，游天坛；天坛的祈年殿、皇穹宇已有几百年的历史。

祈年殿是皇帝带着近臣们祭天和祈祷五谷丰登的地方。祭天仪式开始时皇帝先是在祈年殿里祷告。这个大殿高于其他建筑物，风格庄重高雅，装饰精细考究。祈年殿周围还有一些其他宫殿，类似我们的手工技艺馆、乐器馆和科技馆。祈年殿其实并不很高，但是建筑构思奇巧，看上去仿佛是要向上腾飞，似乎它随时都会展开双翅飞向天空。殿的上部是一个巨大的圆顶，顶端像一个大的谷粒，四周的建筑物好像拉住这个神妙的宫殿，不让它腾空而起，扶摇直上。

祈年殿是木结构建筑，殿顶铺着圆筒形的琉璃瓦，瓦的色调柔和，一点也不刺眼。各种艺术品和装饰都与土地、农家日常生活和劳动相关：路旁卧着肥壮的、乳汁充盈的石牛。这里还有彩绘的酒罐、谷物箱，在地中间有一小块专供皇帝使用的地毯，没有安放宝座，而是摆放着耕作的象征——又是一头头牛。不知为什么，所有的牛都没有犄角，方头大脸，一副憨态，它们被视为是农事的标志，六畜兴旺的象征。相传皇帝在祈年殿里祈祷后便到圜丘去，那是一块用石栏围起来的圆形石丘，站在圜丘中心就好像是站在大地——母亲的中心似的。就在这里皇帝祈求风调雨顺，五谷丰登。皇帝身边簇拥着的近臣和远远地站在广场上的平民百姓也同时向苍天祈祷；广场上有一堵围墙，它能够传递声音，被叫做回音壁。

坛区一角，离祭天的地方不远，有很小很小的一块耕地，还有几匹膘肥体壮的马架着木柄犁杖。祭天完毕，皇帝要驾临此地，扶起犁杖，向上天和百姓表现自己勤于耕作的热忱。显而易见，皇帝只耕了一小垄地，因为他还需要去处理重要的国事，他还需要去寻欢作乐，还有很多的操心事让他烦恼不安。皇家的秘闻轶事中说，中国古代有一位皇帝曾经有三千个宠妃——这需要什么样的体力、精力和耐力啊！ 一个尚难尽人意，干吗要这么多！

还应当指出，这些美貌的女子必须陪葬，与死去的帝王埋在一个墓穴里。我亲眼看见过一个大得无比的墓穴，一块巨大的石板下面，许多可怜的女子长眠地下已经上千年了。而今已经过了千秋百代，仍然可以准确地想象出那些皇后、王妃、贵嫔是多么忠贞不渝，多么肃穆地为皇帝祈祷，祈求皇上龙体康泰，万寿无疆，但是饱食狂饮，过多的礼仪应酬、无尽无休而且是无聊已极的焚香朝拜以及纵欲无度和极少体力活动等原因使得中国的历代皇帝都很短命。就连那些喜欢进山巡猎、连年征战的皇帝也不例外。在战场上皇帝也并不自己走路，而是坐在柔软舒适的轿子里面被人抬着。皇帝每年只去天坛犁地一次，就算是把整块地都犁开，难道就能增强体质吗？当然了……皇帝毕竟是来耕地了，做出了榜样，教育人民应当辛勤劳动。

历史的榜样有借鉴作用。皇帝曾经犁过的这一小块土地至今仍然保留着，现在正从这里施放的高空气球带着绚丽多彩的广告在空中飘扬。我凝视着这气球广告，不禁想起中国皇帝的这番心力和智谋经过几百年之后传播到了我们俄罗斯的大地上。曾几何时，基洛夫工厂的工人兄弟们被委派到顿河流域去当政委，向顿河哥萨克做出示范，告诉他们应当怎样犁地。其实五千多名政委的队伍当中有些人一生从来没有扶过犁把子，没有套过马，大多数人没有见过耕地种田，可是竟让他们在俄罗斯土地上开导农民，给农民做出榜样，号召、推搡、驱赶农民去追求公共的幸福生活。于是就这样耕出自己的又直又长的犁沟，一直耕到今天。而今天，正如民间谚语所说，人们已经全然不会 劳动了，地种得一团糟，既不打粮食，也没有面包。

最后的人民交响乐

当我在电视上观赏《手风琴，快快拉起来！》这部戏剧的时候，我总是泣下沾襟，不能自已。

我哭泣不仅仅是由于兴奋，而且还由于我痛苦地意识到作者扎沃洛金兄弟连同一些被弄得晕头转向的人民创作了俄罗斯最后一部欢快的交响乐。

“啊，罗斯，你在淡紫色的烟尘中又哭泣、又歌唱”，我在听着手风琴演奏出俄罗斯韵味浓重的乐曲时，不停地重复着这句诗。手风琴乐声铿锵有力，婉转抑扬，而内心却满怀哀愁，哽咽着：“一切为什么都在消逝？到哪里去了？为什么？”

扎沃洛金兄弟是西伯利亚壮汉，他们的创作功勋莫非真的徒劳无益吗？人们在哪里，从什么地方汲取对于明天的信念？要知道，没有人民的音乐，没有舞蹈、歌曲和欢乐，就不可能产生信念。

无赖和骗子编造出乌七八糟、一文不值的所谓艺术，而人民则创作出人民的、欢快的艺术。我们的人民在哪里？他飞向何方？他到什么地方去了呢？他是不是连同自己的音乐也带走了呢？要带走很长很长的时日吗？

渴望

多么渴望人在生命运动中能达到尽善尽美的境界，而当他过世后还能够听到故土的音乐。

摆脱一切日常琐事和烦恼，长眠于地下，永恒的音乐不停地在头上缭绕。这音乐专门为他而回荡。他在自己无拘无束、忙忙碌碌的一生中没有听到和没有听完的全部音乐在他死以后都能够听见。白桦轻轻絮语，芳草簌簌作响，还有清风徐徐，都在为永恒的音乐伴奏……

如果当真如此，那么对人来说这才是当之无愧的永生，是对人生前经历的磨难和付出劳动的褒奖。

生命礼赞

丽娜在莫斯科已经生活了半个月了。是生活吗?不，不是，不是生活，对她来说是又多活了些时光。

她一向认为“生活”这个词可有两层意思，但事实上却是不可能的。她特别希望把“活到……”这个动词的讨厌的前缀“到”字勾掉。“活着”，“生活”这个词多么美好，内涵多么深邃！为什么要给它加上一些前缀而改变它的意义呢?可是，动词前缀“到”,“到”,“到”——“活到……时为止”是客观存在，它如同心脏跳动一样，无时无刻在胸中、在脑海里、在每一块肌肉、每一个细胞里引起反响……

仅仅能“活到”二十岁！这太荒谬,太不近情理,太可怕了！

丽娜在医学院学习，她已经学到了某些知识，尽管可能学得还不多，但已学过的知识足以使她不致受骗了。不过人们还是一心想向她隐瞒病情。按照古代诞生的医学规范，人们不应该对她说已身患绝症，而且将不久于人世……

丽娜的母亲正像许多俄罗斯母亲一样，经历过战争，战争使她们过早地衰老了。由于战争父亲成了残疾人，他用仅有的一只手绘图，重新又当上了设计师。父母两人得知女儿患了不治之症的消息早于丽娜本人，他们想方设法保守秘密，也假装着快活。为什么要这样做呢？难道能够隐瞒得住吗？他们比任何人都更加可怜、更加不幸，他们很难掩饰这一巨痛，心如刀绞。

有一天，他们家里安装上了过冬用的外层窗户，以便保暖。已是深夜了，丽娜悄悄爬下床，像小时候那样，赤着脚，啪嗒啪嗒地跑到父母的卧室里去，在他们俩之间躺下，父亲和母亲起初是吓了一跳，接着立刻给她腾出地方让她夹在他们之间，后来又同时扑向她，紧紧拥抱着女儿。母亲实在忍不住先哭了起来，父亲哽噎着，把眼泪咽到肚子里，他由于慌乱，没加小心，他的断臂触痛了女儿的肋骨。

"让我到莫斯科去吧！"当母亲哭得精疲力竭，父亲忍住啜泣的时候，丽娜提出了要求。

"好的，好的，好孩子。我们送你去莫斯科。"

"不，我想一个人去！"

一个人去就让她一个人去，父母也同意了。近来他们对女儿的任何要求都一概应允，满足她所提出的一切，哪怕是任性的要求。他们别无选择。

现在丽娜已经在莫斯科住了半个月了。住在这个城市里，四处走走看看。她对父母说自己将进行治疗。他们听了非常高兴，相信她，等待出现奇迹。可她呢，她只想观光游览，松口气，什么也不去想，不去思索。

但不能不去思索。

忘却也是不可能的。

她走进剧院观看节目，在那里，几乎每一部歌剧，每一出芭蕾，每一场话剧都要表现死亡。世界永远分割成为两个极：生与死。一切都容纳在这两个不能再短的词里，蕴蓄在这两个概念中，存在于这“两极”之间。

人们曾经喜欢、现在也仍旧喜欢看到死亡。他们写了那么多震荡心灵的有关死亡的书籍，创作了那么多恢弘壮丽的乐章，拍摄了使人战栗、令人毛骨悚然的电影，绘制了令人发弘的绘画。

在特列嘉柯夫美术馆里大约有一半的绘画展示死亡，参观者一连几个小时站在一幅幅绘画前欣赏着杀死儿子的沙皇、画家维列夏京笔下的安魂弥撒、溺水者、失去理智的公主塔拉卡诺娃和垂死的无名囚犯；人们一连几个小时排着长队，迈着碎步，慢慢吞吞地向陵墓移动，仅仅是为了看上一眼一位已死去的人；成群结队的人拥到瓦岗口公墓和新圣母公墓，漫步在密密麻麻的墓碑之间。

也许，当他们观赏这一切时的那种泰然自若的态度，是因为他们还没有感觉到死神临近，他们还不知道何时将会死亡？是不是这样呢？！

丽娜已经看厌了死亡的场景。她腻烦了，懒得再去想它。于是有一天，她到动物园去闲逛。在那里她也不开心。从心里她可怜那些乞讨的熊，它们的两只后掌已经磨掉了毛，光秃秃的，这是因为要取悦于游人，它们不得不常常练习坐在地上，要各种“把戏”，为的是得到游人投掷的一块糖、一块小面包；她怜悯起那些她自幼就害怕，但从未见识过的睡眼惺忪、半毛半秃的猛兽。这些野兽被困在笼子里，虽然巨齿獠牙，可丝毫都不可怕。还有那些蛇类更加使她厌恶，它们紧紧贴靠在玻璃框子上，分叉的舌头颤动着，有毒的牙齿隔着玻璃窗恶狠狠地啃啮着游人。有一位女士看着穿山甲、鳄鱼和各种各样的蛇，说了一句明显的蠢话：“我一辈子也不想在这些爬虫待的地方生活。”“只要活着，就是把我关在笼子里，我也心甘情愿。”丽娜用这句蠢话反驳了她。然后沿着公园小径飞快地跑出动物园。

“要活着！”

依旧是这个词。这个词无处不在。

她顺着围墙奔跑着，看见前面有一个通向邻院的入口，有一个收门票的阿姨被太阳烤得昏昏欲睡，丽娜从她面前溜了过去，在一张长椅上躺下休息，她喘息片刻，开始环顾四周。最近几天，她愈发感觉到疲倦乏力，已经不可能整天整天地逛莫斯科了。总想卧床休息。可她又害怕床褥，她努力想战胜自己，强使自己走啊，走个不停。当她站在广场上，挤在人群中的时候，她多么想大声呼喊：

“人们啊，我的善良人们，我很快就要死去，怎么会死呢？”

地球仪。带着闪闪发亮的环，蓝色的地球仪。天象图，人造卫星轨迹图。丽娜明白了。她这是来到了天文馆。

“天文馆就天文馆吧！反正都无所谓！”她这么想着，走进大厅，买了入场券。解说员讲述了有关陨石、昼夜交替、地球上的四季更迭。参观的孩子们目不转睛地看着人造卫星的模型和火箭。顺着飞檐排列着星座的图形。丽娜看见了与她患的不治之症相同名称的那颗星——巨蟹星座[1]她的心猛然一震，多么荒谬！是谁想出的这个星名？她咬紧牙关向楼上走去，她不知不觉地到了天文馆的圆顶里面了。

坐在那里的人们吃着冰淇淋，把包装纸轻轻地扔到座椅下面，等待着有人来解说。

灯光暗了下来。解说员的声音在大厅里响了起来。他讲着关于宇宙的知识，孩子们在座位上不安地动弹着，嘀嘀咕咕地说着什么。昏暗中看不清解说员的表情，他一再要求听众保持肃静，并且继续讲解着。

天文馆里天空上映出了电影画面：古代学者对世界结构的解释，伽利略、布鲁诺的照片以及阻挡探索真理和科学道路的教权主义者形象一一展现在眼前。

这里，如同在剧院、影院、画廊里一样，表现的内容同样是把那些勇于探索、善于思考的人投入火中焚烧，打断他们的脊骨，锒铛入狱。统治者任何时候都不能容忍那些比他们聪明、比他们勇敢的人。他们挖空心思臆造出了一个词儿：退化者。人们不是去反对战争、灾难和疾病，而是自己助长自己的死亡，数千年来他们使用暴力相互残杀。

---

[1] 在俄文中巨蟹与癌症是同一个词。

在美国，人们说：我们没有进行爆炸，只是爆炸了氢弹的弹头。谢天谢地，幸好仅仅是弹头，如果是氢弹本身爆炸呢？它必然也会引爆其他炸弹。那时世界上最大的城市纽约将不复存在。可能这还只不过是可怕战争的开端，紧接着，一切——笼子里和笼子外面自由的野兽、玻璃柜中的毒蛇、统治者和平民、杀死儿子的沙皇、急忙吃着冰淇淋的孩子们——都将化为灰烬。他们怎么会突然消失了呢？哪里去了？没有人能够，也没有人愿意回答这个问题。

人们喜欢目睹死亡，但不喜欢去思考死亡。

天文馆里的天空上天体在移动，那是太阳。太阳赐给万物以生命。太阳沿玩具一样的天空滚动，在玩具一样的莫斯科上方高悬，而太阳本身却也像玩具似的。太阳沉落在齿状的房檐后面了。大厅里一片黑暗，闷热。丽娜用报纸扇着风，她在猜测究竟在这闷热的大厅里还要坐多长时间？

忽然，大厅圆顶上空繁星闪烁，这些星辰与她平时在外面天空上看到的一模一样。高空的什么地方响起了音乐。乐声飘荡，传送到远方。

丽娜不止一次听过这只乐曲，她知道这是柴可夫斯基的作品，就在这一瞬间，她看见了仙境中的天鹅和扼杀她们的恶魔。不，这部作品不是为了天鹅之死而写的。那么，它刻意表现的是什么呢？它是歌颂繁星的乐曲，它是歌颂生命永恒的乐曲。这乐曲宛如光亮，在遥远天际响起，飞到这里，飘向丽娜。这乐曲遨游了很久很久，也许，比星光还要久长。

群星闪耀、群星放射光芒。群星不可悉数，群星终古不息。乐声激越，响彻四方，向天空升腾，越飞越高，越飞越高。在星空之下诞生的人们向碧空带去他们的问候，赞美了永恒的生命和地球上的万物。

星星啊，永恒的星星，你们是这般遥远，又是这般相近！难道有什么力量能够毁灭你们，遮挡住天空的光辉吗？没有！没有这种力量，将来也不会有！人们不愿意，也不可能愿意星星在他们眼前泯灭消逝。

乐声响遍苍穹，它冲向相距最远的那颗星，震撼着广袤无垠的大地。

丽娜真想纵身跳起，放开喉咙高喊："人们、星星、天空，我多么爱你们啊！"

她举起双手，从座位上站起来，她全身竭力向上伸展，并且反复祈祷：

"活下去！活下去！"

在她的头顶上奏起音乐，乐声高亢，昂扬。那是生命礼赞。

永恒的群星由于乐声而更加璀璨。它们近在咫尺！

俄罗斯田园颂

俄罗斯田园颂

记忆啊，我的记忆，为什么要这样地拨弄我呢？记忆啊，你的路，越来越僵直、狭窄，边缘也越来越不清晰了，而远方的每一个高坡，都令人觉得是一个个预示着安谧的小教堂。路遇的行人中，我想要行礼问好的人已经很少了。然而，回忆却有如秋叶散落，生机勃发的心灵缺少不了回忆。我像是一株光秃的树，迎着平常的风儿伫立，罡风在我的胸中呼啸着，吹走了我过去生活中的声响和色彩。可我依然无比地热爱过去的生活，甚至当我置身于艰辛的岁月时，我也能够在那种生活中寻找到快慰。

战争，仍然滞留在我的心间不能泯灭，战争仍然振荡着疲惫的心，血红色的光亮穿透了时间已经哑然无声的厚层，而战争，尽管已经被压扁挤平，变得麻木呆滞，可硝烟并未散尽，血腥气味难消，战争仍然在我的心中辗转翻腾。

渴望安谧。哪怕是些许的宁静也好。可是甚至在依稀梦里也得不到安宁。梦境里我也是吃尽了苦头，到处躲避枪炮的轰鸣。后来终于在夜阑人静时我才开始吃惊地发现：这已不是过去的那一场战争了。现在枪炮轰鸣是难以回避的，要想逃脱也是枉然。于是我只好听天由命，困顿司时又泰然地等待着火光的最后闪现——会忽然掠过一道白光，明亮而且耀眼。这是最后的一次抽打，直打得我紧缩作一团。它将要融化掉我，把我像小火星儿似的卷向深不 可测的远方，带向我的理智还难以了解的宇宙中去。要知道，我看到了，已经清清楚楚地看到了小小的火星儿，感觉到了它的运行，我也因之看到了我自己只是无比巨大的暴风雨中的一小颗沙粒，只能够随着风雨飘摇，回旋在生与死之间的某处。我没有被另一个世界夺走，而是被掷给了遍体疮痍的大地，完全是事出偶然：这也许是命运乖戾无常，也许是适逢天时的缘故。

在一个个备受折磨的梦里，我已经死去过多少次了！然而我毕竟是一次再次地复活了。令人可怖的大火漫天哄哄地鸣叫，爆炸声轰隆隆地响彻，但是硝烟终于已经消散，不期而至的是五颜六色的林间空地上百花争芳，白桦树丛枝叶喧哗，雪松林在多苔的山顶上悄然无声，河流里浪花翻滚，彩虹像是天平吊杆一样横跨河面，小岛被柳树丛的绿苔锁住了周边，还有农家院落附近老式的乡村菜园……

还有，一个个人的面孔，数不尽的面孔……

我渴望遇到的女人，我渴望爱恋的所有的女人都浮现在眼前，只因我自己持重，对她们宽厚才没有向她们伸出手去。我回忆起的是我真正邂逅过和爱恋过的女人。伴随着逝去的年华，我学会了安慰自己和欺骗自己——对于相逢的回味远比相逢本身更甜蜜、更纯洁……

我的记忆，你再创造一次奇迹吧！排遣我心间的惶惑，驱散疲惫带来的隐约的压抑吧！倦怠令人心情郁闷，毒化孤独中含有的些许甘甜。让我再复活一次吧，记住，把我幻化成一个小男孩吧，好让我在他的周围得到安宁和净化。你如果愿意，我这个不信神的人，想以上帝的名义祈求你，就如同有过那么一次一样，那时战争震聋了我的双耳，让我双眼暂时失明，我曾经祈祷过，让我从死亡深渊的最底层立起身来，哪怕是从黑暗的坏死的自我内在中再找寻到一点儿什么东西也好。我遐想着、回忆着，想到了这是有人企图扼杀我心中的渴念。想到这一切，一个小男孩的形象浮现在我的眼前。这时候，各种各样的声音、色彩、气味重又填补了空虚。

人们对我说，如此黯然神伤，不会有好结果！我还会因为过度紧张而生病，会活不到该活的年龄就死去。可是，如果没有我的这个小男孩，我干吗要活得那么长久呢？我们命中注定活多大年岁，这是由谁来计算呢？

记忆啊，照亮这个小男孩吧，照出他的每一个雀斑、每道伤痕，直到上嘴唇的一块白色的疤痕——小时候学着走路，把嘴划到了木板条上。

这是生活中的第一块伤疤。

后来，身体上、心灵上伤痕累累，数也数不清呢！

……在遥远的地方，有什么东西在轻轻地活动，一根银线微微颤抖着、颤抖着，随后又消失了，和天空中的蜃景融化为一体了。忽然间我的全身又为之一振，响应着记忆传递过来的略能感受到的闪现。一个农家小男孩，全身披着阳光，屏住呼吸，向我这里走来。他走着，处于渐渐接近现在的过去之中，他循着马上就会扯断的蜘蛛网，在苍穹之下向我走来。

我也急忙地迎着他走去，气喘吁吁地奔跑着，笨拙地挪动着身躯，我好似一只脱了毛的鹅在冻土地带蹀躞而行，光秃秃的躯体拍打着长满苔类的冻土。我急于举步前行，想要快步越过流血和战争，越过钢水沸腾的车间，越过那些在人间制造地狱的智者贤人；我要越过那些暗藏的敌人和虚情假意的朋友，越过让人喘不过气来的大大小小的火车站，越过生活当中无谓的争吵，越过天然气的火把和重油的河流；还要越过伏特和吨位、特快列车和卫星，越过天空之中的电波和恐怖影片的一个个镜头……

把这一切一切全穿越过去！穿越！到达真实的土地上生活着实在的亲人那里。他们善于爱护你，爱护这个真实的你，他们知晓唯一的酬谢是以德报德，投桃报李。

病痛的双脚走过了许许多多路程，脚掌在战栗，皮肤感受到的不是冻土的冰冷，而是菜园田地垄沟里散发出来的沁人心脾的温馨，脚掌触到了劳动土地的那娇柔的肉体，感知到了它的激情。看，洁净的露水已经在医治一块块擦伤了。

无数年后，我的小男孩将会知道，和他一样的另一个小男孩，在完全另外的地方，在享受到与故土完全融合激动人心的时刻后，曾经充满深情的喁喁低语："我听到了谁也听不到的哀音……"

……我把小男孩的手放到自己的大手掌里，长久地凝视着小男孩，这个头发剪得很短的、长着满脸雀斑的孩子。时间长久得像是在折磨人——难道小男孩真的是我，而我真的是这个小男孩吗？……

小男孩的家就对着小河。房子的窗户和房子四周的土台都悬垂在河水冲刷陡峭的岸上，岸边长满了菟丝子、艾蒿和到处攀缘的荨麻类植物。用围墙隔起来的菜园紧贴在房子的右面。围墙沿着宽谷延伸，歪歪斜斜，一点儿也不稳固。春汛时节，凶猛的河水会漫上缓坡，大水退去后往往留下薄薄的一层冰和清汪汪的水洼。大地的伤疤很快就蒙上绿色霉层。有些年的春天，河水沿着不易发现的浅滩，穿过房后围墙的小木杆，一直漫到山脚下，它填满了过去因为修建用土而挖出来的一个个大坑。如果这一年天气不干旱，这些深水坑直到初冬时还是灰土土的，结了冰后也凹凸不平，呈现出毫无希望的黑颜色。在冰上步行也让人觉得非常可怕。深水坑的周围有小松鸟栖息，这些小松鸟远远望去好似一把把折叠的小刀，还有错过了大水退去这一机遇的小鮈鱼。小松鸟很快就制服住了小鮈鱼们，可是小松鸟有的时候也会被顽童们用捕鸟网扯着四处跑，或者被小鹰、乌鸦捉去果腹。这种情况的发生多半是由于小松鸟被熏得窒息而肚皮朝天地跌落到地上的缘故——深坑里倾倒了数不清的垃圾废物。

夏天时候，深水洼上覆盖着一层浮萍。水洼里横七竖八地长了许多绿衣。只有蛤蟆、灰鹡鸰和宽臀的甲虫在这里栖身。有时候，会从河边飞来一只有洁癖的鹬，它会大发雷霆，说：“你们怎么能够在这里生活下去？这里泥潭遍地，臭气熏天，一片荒凉！”鹡鸰坐在这里，一动也不动，转眼之间又升上天空，向这位来客发起进攻。鹡鸰飘飘摇摇，上下翻飞，像是一只只揉皱的风筝，倏忽它们又收起翅膀，落到露出水面的树墩上，或者如一只山雀呆坐在石头上，摇动着尾巴，捕捉蚊蚋。如果运气好，还能捉到些苍蝇充饥呢。

菟丝子伸出一条条藤，从山上一直攀缘着菜园子的栅栏，直爬到夹住栅栏的长竿上，那菟丝子像是爷爷的卷发，也像是啤酒花呢。勿忘草有时候也生长在深水洼附近，还有紫红色的毛茛草，还有苔草。怎么能够没有苔草呢？盛夏时节，金光闪闪的五虎菜毛茛、露出耳朵来的洋甘菊和淡紫色的榕茛点缀着菜园的空地。而在竞相开放的花朵和香馥扑鼻的小草下面隐匿着马先蒿、憔悴的草苗和不能吃的棘草。人们并不割去菜园空地上的杂草，常常把马拴在草地上，马儿懒洋洋地嗅着嫩绿的小草，那是饭后的一种休憩，它们就这样经常伫立在草地上，沉思着瞭望远方，或者就这样立着睡去。

菜园里的空地、菜园的地界，都可以栽种蔬菜，有足够的空间提供给所有的人使用，虽然高山像是一根扯着的细绳，把延伸得很远很远的小村子挤到了河边。

菜园的左面没有围起来。小男孩家恪守的信条是：“别只抱着粮囤过日子，还要和邻居和睦相处”。所以他们家房子和宅院全都没有用栅栏隔离起来。其实，地界宽阔无比，长满了各种各样的草木，诸如牛蒡草、大麻、匙荠和几种苍耳，根本用不着修建什么栅栏。仲夏时节，深红色的柳叶菜和肥厚的蓟草层出不穷，地界像是泛起了泡沫，在无人光顾的僻静处，狗儿、鸡儿、鼠儿，甚至是爬虫都可以自由自在地穿过来穿过去。有时候，小男孩在地界里找一只球，或者寻一只走失了的小鸡，全身上下会沾满蜂蜜汁，真可以把他舐个够呢！胡蜂、大肚子的黄蜂和难看的野蜂在地界里嗡嗡叫着，蜂房如同是烧焦了的胶片，高悬着，露出一个个乳头。那里有什么东西在蠕动，发出单调的声响。男孩子们受难以战胜的好奇心驱使，用钓鱼竿捅了一下这个神秘莫测的长满了洞的“结构”。结果如何，最好还是不要去回忆了……

澡塘已经向宽沟方向倾斜，一条条木杆已经脱落，好似老马脱离了旧挽具一样，只有长得密密层层的野蒿草从四面八方支撑着澡塘，好像坚决不允许它滑下斜坡。也有一定的好处，可以就近挑洗澡和淋浴的水，森林近在咫尺，熟透了的草莓、麝香草莓、悬钩子、毛山楂就在栅栏外边。

小男孩家的宅院就坐落在这块空旷地上，虽然多少有些荒凉，但土地非常肥沃。在这个小宅院里老老少少，一大家人，生活得虽然并不富裕，却是充满信心。这个家庭里的人能歌善舞，好玩好闹，性格豪爽，无论是做事或者休息，都颇有一番韵味。

要想从澡塘走到院子里，必须先经过一片广阔的菜畦，横穿整个菜园。越是到夏天，长势繁茂的蔬菜越是把菜畦关闭得严丝合缝。从圆白菜叶子上、胡萝卜刚刚长出的缨子上、四处乱钻的豆科作物上——从所有的地方都往下滚动露水珠，露水刺激着洗浴干净的皮肤，小叶的荨麻也灼得人疼痛难忍。

但是当小男孩在澡塘里遭受了一连串的侮辱后，这又算得上什么疼痛和苦难呢？

鼻孔里、喉咙里多余的晦气终于吐了出来，耳朵里的鸣叫停止了，再也没有刺人的尖叫在耳鼓里响彻。眼前明亮多了，看东西更清楚些了。他觉得整个世界都是重新创造过的一样。过去的时候，小男孩总是以为在一个个用粗桩加固了的篱笆墙的后面不会再有任何居民，也没有任何土地——一切一切都包含在菜园这个黑暗的方圆之内。他觉得森林后面，还有宽谷和连接慢坡的围墙后面连高山也是虚幻的，就如同挂在放木排办公室墙壁上的电话一样：电话里在说话，可是里面却装不下人。真不好理解呢！

然而事实却是这座菜园外，还有许许多多菜园；还有许多院落，里面的牲畜不吵不嚷；还有一座座房子向河水里倾泻昏暗的灯光；还有许多人。他们一个个不慌不忙地恬适地享受着周末的沐浴。可是在这样的时刻又似乎是什么也没有发生。小男孩也许会在星空下夜的世界里惘然若失，会忘掉自己，忘掉人间的一切。但是由于水蒸气的缘故而变成了牛奶色的澡塘窗户透露出来的光亮是浑浊的，映照出了土台上生长着一束冰草。

一群妇女正在澡塘里大声说话，用桦树条抽打自己，还不时发出懒洋洋的尖叫声。在澡塘里有两位结了婚的大婶。三个邻居家的姑娘也钻了进去。邻居家各自有自己的澡塘，但是这几个姑娘要了一点小计谋，假托提水方便，挤进了这个地处边远的澡塘。“挺大的姑娘，不知道羞耻！她们是想汉子了！”一位老年妇女这样说。说是想，就是想！钻进澡塘和已婚妇女一起洗澡，女孩子们有两个或者三个小心眼儿：想探听一下夫妻生活的种种隐秘，尽情地玩闹一通，说不定还会碰上可以消遣一番的美事。

该死的丫头们，这里成了她们的俱乐部！

澡塘里有五个大人，还有他，小男孩这算是第六个人了。他在这里碍手碍脚，让姑娘们有说不出来的拘束。姑娘们很快就把小男孩支使开了，她们想在澡塘里单独留下来，并且等待着，看是不是有男青年向澡塘窗子里窥视。男青年们往往用这种办法瞄准天然状态下的交友对象。

玻璃蒙上了一层水蒸气变得昏暗混沌。应当用手擦净，或者是用衬衣下摆擦一擦。男青年们一个人压在另一个人身上，挤作一团，不管是看见了什么还是没有看见什么，反正胸口闷得慌，喘不出气来，两只眼睛什么也看不清楚，脑袋里像是在敲大钟。心情无比激动，再加上黑糊糊的，还能不压坏玻璃嘛！真是造孽！也算他们倒霉！小伙子们压坏了玻璃，姑娘们则给父母丢了脸。有的人家，父母要是管教严格的话，姑娘还可能被揪着头发痛打一顿呢！但女孩子们可是又谨慎又机灵，别说她们有多么机灵了！还在小伙子们走近小窗户之前，就已经捕捉到了一个个点燃着贪欲的眼神，最初她们因跨越了禁区而过分激动，感到浑身发冷，几乎失去了知觉，她们不约而同地大声尖叫，互相挤在一起，接连从蒸汽浴床上摔了下来，赶紧吹灭了灯。在黑暗之中女孩子们已经完全昏了头，把开水向窗口泼去，可是一桶桶开水无论如何也泼不到窗户孔里。上帝保佑，千万别烫伤男青年正在窥视姑娘芳心的眼睛！

小男孩的头和已经变得柔软了的身体正在逐渐冷却，体力也在恢复，热昏了的意识也开始走上自己的轨道；变得有弹性的脖颈、后背和双手重又感觉到了紧紧裹住身体的粗麻布衬衣僵硬的边缘。身体的所有毛孔都在散发洁净而又令人不满足的气息，心儿，刚刚还像一只小鸟在胸腔的牢笼里跳跃，现在这只鸟儿已经收敛了翅膀，回到了原来的位置，好比鸟儿回到了铺着羽毛和草茎的松软的小巢里。

澡塘里的玩闹、吼叫、打斗和惊心动魄的经历，小男孩已经开始觉得是简单而平常的嬉戏了，他甚至开口笑了笑，如获重释地长吁了一口气，把所有的屈辱和不满意全都吐了出来。

他现在张着嘴呼吸空气，像是吮着甜丝丝的水果糖。小男孩觉得在这种清新和凉爽中饱含着各种气味，它们在菜园的上方缭绕，就如同是在一个深不可测的漩涡上回转：这是生长着的菜蔬清香，是花粉的芳馨，是潮湿土地散发的气息，潮湿的土地上弥漫着许多草籽，还有从野蒿丛里飘溢出来的阵阵诱人的蜂蜜的甜香。

在另一家菜园的角落里，发出一声生硬不自然的牛叫，这是小牛犊在澡塘里发出的哞哞叫声。人们用指甲给它搔痒，用鬃毛刷子给它刷背。不知是谁使劲地带上了门，澡塘的门吱吱地响了响，又砰的一声关上了。逃跑者可怜巴巴的说话声消失了，这声音是那样的孤单，没有一点儿回响。这就是周末！备受折磨的孩子们在一个个农村的澡塘里号叫和呻吟。这些小心肝儿，今天到底挨了多少下敲打，大概这一周里也消受不了。

小男孩高兴地提了提裤子——他的这一切经历都已成过去了。他从菜畦里抠出了一根胡萝卜。正如谜语中所说，这种蔬菜是“大姑娘坐在黑屋子里，长辫子露在大街上”，可是现在“姑娘”还没有长成，本来不让把它揪下来。但是现在谁也看不见。他把胡萝卜在裤子上擦了擦，咬了两口，把剩下来的胡萝卜和缨子绕在一起，一甩手扔到了黑暗中。

这真是一种享受！

要知道，就是在刚才，在几分钟以前，几乎就到了世界末日。他所处的境地可谓狼狈之极，既喘不出气来，也喊不出声音来。一位大婶把他往炉子的石板上推，另一位大婶往大木盆里倒水，三个臀部肥大的泼姑娘扒他的衣服，把他往木盆里塞，用石头一样硬的肥皂头往他身上各处涂抹。裤子还没有完全脱下来，他还没有思想准备，已经开始给他沐浴了。东躲也好，西躲也好，最主要的是要紧闭起双眼。可是不论他怎样闭住眼睛，肥皂还是钻到睫毛里，弄得他龇牙咧嘴，很不好受。因为肥皂是由臭味难闻的动物内脏熬成的，还加上一些白色粉末和其他原料，总之是些乱七八糟的东西。据说，往熬肥皂的大锅里要投放明矾，还要扔死狗，甚至好像还扔死孩子呢……

小男孩使劲挣扎，几双有力的手又掐又抓，擦来捏去。他已经什么都看不到、听不见了。他大声地吼叫着，整个澡塘、整个菜园，甚至更远的地方都听得到他的喊声；他想逃掉，但是绊到了木盆上，摔倒了，碰痛了。两位大婶嘴里不停地骂骂咧咧，干瘪的奶头碰着他的鼻子、脸颊、嘴巴。她们把小男孩推来搡去，给他搔痒，搔得好痛呢！小男孩讨厌大奶头更甚于讨厌肥皂。他啐着唾沫，躲来躲去，可是总也躲不过这几只奶头——在澡塘里妇女比男人要占更多的空间。小男孩求救无门，感到孤立无援，便大声哭了起来，希望这场刑罚终于能够停止。到后来，把他推到了蒸浴床的小台阶上，用件东西来抽打他。用什么呢？妇女们有一套顺口溜编成的谜语。是这样说的：田野里斜坡上，有那么一个土坯房，土坯房里有个石头床，有那么一个少年郎，坐在床上打响指，他专门抽打所有的人，抽得人人直冒汗，别看他这个“人”不大，他也敢来抽皇上。是的，皇上有什么了不起！照抽不误！管他皇上不皇上……

有个短暂的时刻，呼吸变得轻松些了。点起的一盏小灯如同是遥远的夜空里闪烁的一颗星星。年纪大些的那位婶婶给这个讨厌的小侄儿从头到脚倒了一桶水，水是软绵绵的，散发着桦树叶的气味。大婶一边倒水一边说：“给大雁洗干净了，给白天鹅洗干净了，也给咱们的小可怜儿洗得干干净净没事了！”说了这么一段俏皮话，大婶的心肠软了许多，她从一只烧坏了边儿的小木桶里舀出水来，把冷水抹到小男孩的脸上，擦了擦他的眼睛，和善地低声说："行了，行了！快别哭了！别嚎叫了！不然的话，让喜鹊乌鸦听到了，会把你这个洗干净的漂亮孩子叼到森林里去的。"

澡塘里什么都看不清楚。姑娘们结实的身体躺在黏腻的蒸汽浴床上，先前好像是挤在一起，现在看又各在一处了。熏得黝黑的天花板下面显现出来的不仅有她们的乳房，还有一个个毛蓬蓬的脑袋。小男孩伸了伸拳头吓了她们一下。

女孩子们大声尖叫，一双双脚高高地抬向天花板，开始互相用桦树条抽打起来，发出惊天动地的响声。她们又扭在一起厮打，一直从浴床上滚到地上，差一点儿把灯弄灭了。在农村里流传着这样的话题：女孩子们喜欢和小伙子藏在温暖的澡塘里谈情说爱，妒忌的情敌用木棍把澡塘的门从外面顶起来，故意让别人出丑。母亲闻声之后急忙赶来，当着村里看热闹的人的面揪着女儿的头发，而姑娘像挨了刀割一样哭嚎："妈妈，我是让鬼迷住了，一时不知道是怎么回事……"

小男孩一肚子的委屈在澡塘里折腾了一阵后，身体虚弱极了，关节也痛、头也痛。现在，他已经完全被人们遗忘了，他抽搭着鼻子，在炉子旁边僻静的角落里寻找自己的衣服。他看灯光，灯花也是碎裂的。躺在浴床上的姑娘们，一会儿跳起来，一会儿又安静地待在那里一动不动。而小男孩太可怜自己了，可怜到他向姑娘们招了招手，已经不再生她们的气了。他不仅没有力量再生气，而且连穿衣服的力气也没有了。

邻居家的那位姑娘，还没有领略过女人的烦恼和悲哀，在这个澡塘里顶数她最喜欢恶作剧了。她把小男孩从角落里拖了出来，用手指头把小男孩像豌豆荚一样翘着的小东西拨弄得直响，而且故作惊讶的样子问：“姑娘们，这是个什么东西？他这里长了个什么？怎么这样有趣呢？！”小男孩的痛苦转眼之间就变换成了乐趣，他已经预感到了开玩笑的快活，于是急忙用仍然有点喑哑的声音说：“这是烟卷头儿！”

“是烟卷头儿吗！”邻居家的姑娘在继续“表演”：“我们这些人也太马虎了，怎么没有发现呢！快来，让我闻一闻这烟是什么味道！小男孩已经彻底忘却了带给他的羞辱，尽全力控制住那差一点儿没有发出来的笑声，用小手遮住眼睛，顺从地挺起了小肚子。

姑娘们把湿乎乎的鼻子埋进他的小肚子下面，痒得他好难受。姑娘们大声打着喷嚏，小男孩简直再也忍受不下去了，一双手无力地垂了下来。小男孩由于发痒和发笑而泪流满面，不住地呻吟，姑娘们还是不停地打喷嚏，并且像打仗一样摇晃着脑袋说：“好一个烟卷头！好好抽！味道真好！”当然，她们也没有忘记应当做的事情，一面笑着，一面给他搔着痒，不知不觉地也给小男孩穿起了裤子、衬衣，最后，像是结束了一场战斗，照着小男孩的屁股拍了一下，把他赶到澡塘的前厅里。

澡塘外面万籁无声，周围的一切善良美好，以至于小男孩不能够马上走出这个菜园。他站在那里，浓郁的空气，田园的风光，从四面八方包围着他，他陶醉了。他恬适地吮吸着这无边的寂静，享受着悄悄运行着的大自然散发出的生命力。

无数个夜晚已然逝去，岁月蹉跎，沧桑历尽，孩提时遭受的羞辱早已淡忘，同现在受到的侮慢和灾难相比较，那些过去的事情已经令人感到十分可笑了。然而一个个周末澡塘里度过的夜晚却仍然融为一体，存留在记忆之中，仍然如同美妙无比的幻景一般。

……一个小人儿坐在爷爷的膝盖上。爷爷正在用一把旧刀把芜菁甘蓝削成两半，然后用被卷烟熏成褐色的手指把沾在刀刃上滴着鲜汁的甘蓝肉拿下来，放到贪婪地张开的小嘴巴里。小人儿一动舌头一吸气，好吃的东西就钻进了他一鼓一动的小肚子里，凉丝丝地在血管里流动着。“你这个小强盗，好一个大强盗！怎么不嚼一下就咽下去了？！”爷爷心痛地说，用胡桃样的眼睛斜睨了小家伙，同时加快了削甘蓝的速度，老人家也想自己吃上一片芜菁甘蓝呢。可小孙子一点儿也不让爷爷消闲，他不知疲倦地张着非常好用的小嘴巴，就算是爷爷想要把带着一小片甘蓝肉的小刀往自己胡子跟前递过来，小孙子也会一拱嘴地从刀刃上把甘蓝片叼下来，像小猫一样舔舔嘴，把东西吃到肚子里。“你会让刀碰伤的！”爷爷用刀把儿朝他的前额上敲了一下。接着爷爷吃惊地发现，这颗芜菁甘蓝已经徒有其表了，两半芜菁甘蓝都变成了空壳壳。爷爷把一个空壳套在了孙子的脑袋上，把他从自己的膝盖上推了下来，向菜园里走去，嘴里不住地唠叨着，使劲地摇着头。

小男孩在晒了一天已经发热的门廊厚板上稍坐了一会儿，

便把头顶上戴的“法帽”扔掉了。一群小鸡蜂拥而来，继续啄着这个硬壳壳。小男孩把牲口饮水的木槽翻了过来，爬了上去，伸长脖子，从院子里透过栅栏向长满了这种植物的菜园望去。

爷爷一面走一面顺手拨开繁茂的菜叶，他弯着腰在菜畦里行进着，在寻找比较圆的、没有裂纹和秃斑的芜菁甘蓝。“爷——爷——！”小男孩呼唤着，让爷爷知道他在看着爷爷，在等待。爷爷举了举拳头，吓唬了小孙子一下。后来，他终于发现了一个理想的芜菁甘蓝，揪着咯吱咯吱响的菜缨子把芜菁甘蓝从松软的土地里往外提，接着又使劲往大腿上一靠，把它拔了出来，他仔细端详着这颗长着肮脏胡须的白脸庞的菜蔬，看一看有没有虫蛀的洞和其他毛病。小男孩不耐烦地踢蹬着两条小腿，喊叫着：“爷爷，快一点嘛！”爷爷似乎根本没有听到他的召唤，在已经长得严丝合缝的菜园的垄沟里徐徐走动，就如同是在碧绿色的小河里游荡一样。叶浪在他身后窸窣，像是一条大船开了过 去，留下的是搅起了泡沫的水浪，一条条水纹在远处渐渐消退——菜叶、菜茎、杂草的穗花花序发出阵阵不满的声音，接着一个个又重新挺起腰身起来反抗，为的是牢牢地占据自己在大地上应有的一席之地。

爷爷又把小孙子放到自己坚硬的膝盖上，爷爷的裤子上打满了补丁，现在爷爷又在给他削芜菁甘蓝了，嘴里仍旧不住地抱怨，有时还用小刀柄敲打小孙子的脑壳，直到这个讨人喜欢的胖孩子吃饱了之后，不再懒洋洋地翕动嘴唇，一对眼睛粘到了一起，身子像是一根被露水压弯了的柔弱的小草，紧紧贴在爷爷鼓起来的胸膛上，就在这胸膛的庇护之下，他信任地、有保障地、彻底地放松了……

只有在这时，爷爷才小心翼翼地，几乎是完全没有声响地用小刀削着芜菁甘蓝。爷爷也是个喜欢甜食的人。他蠕动着没有牙齿的突出的颌骨，嘴巴一动一动地，他四下张望着：是不是有人看到他现在又返回到了童年。为了掩饰这一切，他低声咕哝着：“你这小强盗！你这不听话的孩子！看，累坏了吧！”他想在吃甘蓝的同时还唱歌，于是用膝盖摇晃着小孙子，唱了起来：“菜园子里面我好自在，当着老实人的面，当着父老乡亲的面，我可要……”但是，他马上又刹车了，下面的歌词是不能够唱给孙子听的。小孙子会长大的，会懂得很多事情，会说老家伙们都给了他些什么东西。现在，先停止吧，住口吧，我说老家伙，上帝保佑别让老太太听到了！

小男孩还不能够理解自己是否已经入睡了，他在膝头上感到很舒适。爷爷的长胡须弄得他发痒。为了表示感谢，本来应当揪一揪老人的胡子，但小男孩太困乏了，他连举手的力气也没有了。现在，出现了一个非常熟悉的光屁股的小人儿，这小人儿想要用双手攀着栅栏，越过这个栅栏，喘息着奔向栅栏的小门，玫瑰色的脚掌迈起步来很不稳，也许是脚趾无力的缘故。小人儿摇晃了一下，直挺挺地摔倒在荨麻地上。他大声哭着，满脸是泪水。老奶奶从笤帚里抽出细条子抽打着荨麻，嘴里还说着：“打死你，打死你这长刺儿的毒蛇！……”又把树条递到小人儿手里。他抡圆了肩膀使劲地抽着荨麻，连荨麻叶都飞了起来。他受到安慰，流出的泪水还顺着两腮流淌。他用舌头舔了舔略带咸味的泪水，又做了一次努力，想要站立起来，他沿着栅栏蠕动着，弯曲的双腿颤抖着、蠕动着。

身后，有人在夸奖他、鼓励他、不住地打扰他："小家伙，这样爬！""不对了，要那样爬！"

终于，开始体验到了一种惊心动魄的幸福，一种令人头晕目眩的幸福：他迈出了独立的第一步！小男孩的双手脱离开了栅栏，一拐一拐地迈动着不坚实的脚步。他身上的一切全都停止了、僵死了：眼睛、心脏全都已经凝固。他喘不出气来。只有脚，两只脚向前移动，迈出了两大步。这可能是一生中最大的两步、最幸福的两步！

他已经快要跌倒在地了，不知是谁的一双手托住了他。从下面把他牢牢地托住了，而且热情洋溢的呼唤："向前走啊！向前走！"他被扔了起来，扔到了空中，他于是就在天空里飞翔、翻跟头。而太阳呢，太阳忽而落入庭院里，忽而直接贴近他们眼前，忽而又如同小球一样滚到了菜园之外，奔向森林，奔向山巅。由于胜利的喜悦，小男孩在空中被呛得喘不出气来，他惊叹着、欢笑着、尖声呼喊着。他还没有意识到，他这是第一次领略到了生活的甘美，这甘美是由这种危险的飞行所构成的。他心中只有一种感受、只有一种永恒的希望：你的下面有许多坚强有力的手，它们随时准备从下面托住你，使你不至于跌落，摔到坚硬的土地上。这种希望就产生了生活的信心，于是已经中止了工作的心脏、已经滚落到遥远的某个角落里的心脏又重新收缩了，重新返回到自己的位置上。你自己也不会飞到“妖婆儿”那里去。奶奶说这是不知改悔的爱骂人和爱亵渎上帝的爷爷的说法。

挨着院内附属建筑有一小块肥沃的土地，由栅栏隔离着，它们施了草木炭肥和骨肥。从外表上看，这块土地既平常又实用。只有在宽阔的地界上有高低不平的杂草丛生，罂粟花颜色鲜红，然而它的花期却不长，它们只有在仲夏时节才会使菜园处处生辉。罂粟花的长相并不出奇，或浅灰色，或深红色，或者那颜色就像是灯光一样。花蕊中间有一个小小的黑十字，十字里垂着一粒钻石样的罂粟籽，毛茸茸的。罂粟籽的茸毛里总有一些熊蜂飞舞。种植它们时，老奶奶就念念有词：“我种上一把籽儿，它长出一大片来。”这里还有另外一种奢侈品：菜园子中间是一大片豌豆，构成了一个难以逾越的小岛。豌豆秧没有腿也没有手却爬上了小树。有的夏天，马铃薯地里会长出十几株黄耳朵的向日葵，葵花籽儿常常长不成熟，但是它们也会给小孩子们带来不少麻烦，让他们流些眼泪。大脸盘上长着麻子的向日葵招引来许多蜜蜂、熊蜂，它们嗡嗡叫着，碰掉了胚珠里的花粉。不仅如此，向日葵还引逗年轻的爱洗劫菜园的人跃跃欲试。小强盗们钻进菜园之后，先是抓住向日葵粗糙的后脖颈。一颗颗向日葵的脖颈就像是士兵们剃光了的后脑壳，小强盗们把向日葵按倒在地上，向日葵脸庞朝下，黄耳朵向四处伸开着，小强盗们使劲地扭动着像鹅的长脖子似的向日葵秆儿，终于在折断了之后把向日葵盘儿塞到自己怀里，然后就一个个逃到森林里去了，裤子刮到栅栏板条上破得一条条的。到处都是如此，人人都知道，萝卜和豌豆是给小偷儿种植的，向日葵是为小孩子们种植的。只是有一件事情令人百思不解：一旦在菜园里捉到了小强盗，大婶们，特别是大叔们，尽管过去也曾经干过洗劫菜园的营生，现在却以一种愉快而又凶狠的甜蜜感，用带刺的树条抽打小歹徒们毫无遮掩的屁股。

要是和挨西伯利亚树条的抽打相比，中世纪的火刑都可以说是一种游戏。真要是受火刑，如果是干柴烈火，点着之后冒几次火苗就完事大吉了！可是屁股上挨鞭子，大约会有两周时间是不能见人的。坐也坐不下，躺也躺不住，痛得直喊叫，流眼泪，还要在奶奶面前忏悔，哀求她往挨抽的地方涂上一点酸奶油。

菜畦里还有什么美丽的东西吗？有的，那就是金盏花！真不知道它们是从哪里飞来的，又是怎样生长起来的。有时候，直到大冷天，它们还像煤火炭一样照耀着绿色的草丛。烟草则是在不适于耕种的土地上偷偷开花。好的土地任何一位农妇也不会种烟草的。她们认为这种植物毫无用处，之所以给农夫们种上一丁点儿，那叫做略施小惠，因为没有男人，什么事业也经营不成，什么人也生育不出来，连人类延续后代也会停止。

垄台上的一切都是那样丰富多彩和自由自在。有的植物被其他植物压扁了，可是被压扁的植物仍然还能生长，并且为自己的胆大妄为不屈不挠而洋洋自得。一点儿也不错。大麻、艾蒿、荨麻、牛蒡草、梯牧草和冰草欺住了其他所有的植物，让它们难以生存。可有的时候花忍草、艾菊莲叶座的叶梗会忽然拔地而起，如同是钻出来的野蒿草一样，或者大翅蓟乘机显示出了生机。大翅蓟伸展出所有的刺儿，用它肌肉发达的身体大模大样地把小草挤到一旁，它身上挂满了淡紫色的刺果。这种大翅蓟生长期很长久，花儿开得充满信心；或者，有的时候盛装打扮的毛蕊花忽然也冒了出来，活脱脱是个傻乎乎的未婚夫，容光焕发而又孤芳自赏。

从早春天气到严冬时节，只有洋姜是坚强不屈、无比忠贞。铁锹砍它、猪儿拱它，它被排挤得无处安身，只能在板墙外面栖息，在犁沟里，地界边缘，它伸着长长的耳朵簌簌作响。

这也许就是俄罗斯田园的全部娇美、全套盛装和所有魅力之所在。春天里小男孩家乡的自然景观更加妩媚，美景就在菜园里、在山冈、河滩、草地和荒原里。春天的菜园空空落落。

爷爷把一支蜡烛放在教堂里，对着马匹的保护者圣父做了祈祷。在俄历五月的第一天，把马拉到了菜园里，套上了犁杖，而在这个时候在门廊里的奶奶向爷爷——种地人深深地鞠躬行礼，她在为土地、田园和森林祷告。犁铧轻而易举、冲劲十足地伸入到菜园松软的腐质土里，几匹小马拉犁像是玩耍一样，它们轻松地走着，不经心地摇动着尾巴，打着鼻响，似乎在说："难道这叫干活吗？！开生荒地，那才叫活儿呢！"

一眼望去，爷爷汗渍的背后已经发黑了，他灰色的身影伏在犁杖上，皮鞭好似一条卷曲的蛇在他的身后旋转。难以忍受住诱惑，真想用脚去踩住皮鞭。爷爷生气地收住鞭子杆儿，想要抽小孙子一下，如果不是他跳到了松软的垄台，说不定真的抽着了他呢，“你等着瞧，看我不抽你一鞭子的！”

在地头上，爷爷把犁铧从地里拔了出来，又转了过来，在水洼旁休息了一小会儿——他要抽根烟。奶奶手搭凉棚遮住阳光，站在门前自言自语地议论着爷爷的行为：“刚刚犁了一点儿，就要抽上一根烟，刚刚犁了一点儿，又要抽上一根烟！这活儿你到圣彼得节[1]能干完吗？”“干不完的，如果上帝肯帮忙，我得到伊利亚节[2]才能把活干完呢！”爷爷冷冷一笑，亲昵地对小孙子挤了挤眼睛，意思是说：瞧，我们整了她一下……

老奶奶使劲地关上了小房的门，砰的一声，像是枪响，椋鸟和慈鸟被震得跳了又跳。老奶奶走开了。小男孩和爷爷在欣赏菜园：一半土地像是披了一张黑羊皮，另外一半没有犁过的，好比仍被一层薄薄的白雪覆盖着。

犁翻的土地上正进行着大聚餐。椋鸟、慈鸟还有乌鸦不停地啄食犁铧切割过的地方露出来的像凝胶一样的蚯蚓。胆小的灰鸟也对这些土地打起了主意，它们在田垄上空盘旋不止。连小不点儿的鹡鸟也坐在栅栏桩子上，等待时机好飞下来，从地里叼走些什么东西，然后再飞回栅栏上去，急忙吃到肚子里。大森林的鸟儿也从山里飞到了菜园，不耐烦地守候在一旁，它们在看着盛装打扮已经吃得很饱了的椋鸟，椋鸟煞有介事地东

[1] 圣彼得节，东正教节日，俄历 6 月 29 日。

[2] 伊利亚节（又译作伊林节），东正教节日，又称雷神节，俄历 7 月 20 日。

走西走，看上去十分像农村里的商人。它究竟什么时候能够吃腻了去打个盹儿呢！几只小鸟忍受不住诱惑，在田垄上转了一圈，从地里叼走了一只小甲虫、小毛虫之类的东西，这时候，椋鸟一定会去追赶——椋鸟真是贪婪霸道！可是椋鸟怎么能够追得上小鸟呢！小鸟一钻就进了树丛！

耕黑土壤的菜园很轻松，耙地更是一种享受。男孩子们争先恐后地爬到马背上，马儿拉着木耙在菜园里来回走动。接下去男孩子们也学会了使用犁。将近十岁时，在耕种和割草时他们都学会了和马打交道。坐下来吃饭时也不被认为是多余的人了，他们稳稳当当地坐在干活人们中间吃着面包和自己劳动获得的蔬菜。

从古到今，这里没有人知道什么是小锄头，完全是用手来给马铃薯培土。也从来不往地里施用粪肥。粪运到牧场以外的地方去，只有一小部分施在黄瓜地里，因为黄瓜秧需要保暖，经常要把地翻得有半人高，掘的坑里能够推进去一个小推车。

为了不让人看见，奶奶在夜里把一根小木棍埋在菜畦里，口中还念念有词。小棍好比是能够促进肌肉组织发展的哑铃。把这种小棍埋在菜畦里，据说是为了黄瓜能长得很大很大。

暖畦里一些灰土土的小菌类刚刚破土而出马上就死掉了，它们像是小冰槎儿一样，融化净了，全然没有留下一儿痕迹。出现了小草莓，菟丝子也悄悄钻出了土层。这时候，不由自主地产生了怀疑：黄瓜秧会长出来吗？但是，看，一个个小圆坑里有了一只只黑眼睛，那瞳孔细得像猫眼睛一样，一条条的，慢慢从土里露了出来；这瞳孔样的东西适应了气候，对着光亮眨了眨眼睛，开始放大了，但它并不是一下子就宽阔起来的。两片试着长出来的苍白小叶儿，也并不是忽然间被发现的，这两片小叶儿惊魂未定，随时准备在恐惧面前再闭合起来，它们，把黄瓜秧的肉体，也就是黄瓜秧柔弱的幼芽包藏在温暖的深处，这幼芽就是未来植物的羞怯怯的萌芽。稍稍习惯了些、稍稍强壮了些，养足了精力后，两片小叶又释放出一只更活泼更茁壮的叶子。这两张最初生长出来的叶片完成了使命，贡献出了自己的全部力量和精诚，它们俯在大地上，枯黄萎蔫了，逐渐死去了。谁也不再关心它们，谁也不再对它们感兴趣了。新跳到世界上来的黄瓜叶，由于孤单，由于土地辽阔和绿阴处处而感到怯懦，它以不信任的态度审视夏天，并且由于夜里出现雾凇而蜷缩起身子，变得全身僵硬了。

不，黄瓜叶没有被冻死。它经受住了霜冻，叶儿沿着绿色的绳索从埋藏着粪肥的深处一个接着一个地伸出头来，在绳索的端部开始长出了打卷的小胡子。一堆堆的叶儿在垄沟里爬着，互相缠绕在一起。随后，总是那样突如其来：一个小窝窝里忽地有一朵小黄花闪烁，小黄花就处在绿色包围中，像是绿色的河水当中浮标的灯光在闪亮一样。

活生生的小花——夏的第一个信使！这第一朵花，通常总是谎花，因为阳光、温度和它本身的气力仅仅只够让这朵花儿绽开。谎花很快便萎蔫卷曲了，让位给那些更顽强的、更能结出果实来的花朵。一朵朵黄花被地上的蚂蚁撕碎了，吞食了。

在一个个筋脉显露的叶子下面，在一条条长满胡须的绿茎下面，一朵朵小黄花闪光，黄瓜畦好似一个生日蛋糕，缀满了耀眼的花朵，蜜蜂、熊蜂、胡蜂和黄蜂组成的合唱队在这些花朵上进行着热闹而忙碌的工作。瞧，在丝毫不喧闹的绿颜色的遮掩之下，有一个小黄瓜纽儿狡猾地隐藏着。小黄瓜上面有许许多多的小刺儿，还有几个棱角。黄瓜尖上，枯萎了的小花耷拉着，很快小黄瓜花儿也掉了，黄瓜堂堂正正地露出了自己的脸庞，看上去既朴素又淡雅，阳光照射着，它显得很丰满，怕冷的小刺儿，把皱褶舒展开了。黄瓜充满了汁液，晶亮闪光，四周开始变圆，在叶子下面黄瓜已经感到了拥挤，它想要得到自由。这根富有弹性的嫩黄瓜，终于把头伸到了菜畦边上，油汪汪的，容光焕发，丰满而结实，似乎还想要跳到什么地方去。

这根黄瓜好比是一条好汉，就躺在那里，它让人垂涎欲滴，全家人都在妒忌地相互照应着，特别是担心小男孩会摘下这根黄瓜，躲在什么地方把它吃掉了。任何人都想吃上一根黄瓜，不论怎样具有控制能力，不论怎样想要躲开，只要一经过菜园子，总是要用双手拨开各种各样粘人的叶子，惊奇地看上一看这个在绿阴下自由自在躺在那里的流浪儿，接着便又急忙远远地躲避开它的引诱。

但还是要感谢上帝。谁也没有看到黄瓜就起什么歹心，谁也没有搞阴谋诡计。这条了不起的好汉保全住了！老奶奶亲手摘下了这第一根黄瓜，小心翼翼地捧在手上，好像是托着一只小鸡雏。奶奶给孙子们一人切了一小薄片，为的是让大家闻一闻味道，尝上一口，也算是解了馋。还留下半根黄瓜，要在做冷杂拌汤的时候加进去，提一提味儿。

加了黄瓜的冷杂拌汤！善良的人们！你们可曾知道新摘下来的第一根黄瓜做的冷杂拌汤是什么味道吗？不，我还是不说这些了。你们不会理解的！说不定还会嗤之以鼻，说什么："这有什么稀罕的，不就是黄瓜嘛！我只要到市场去，就可以买上许许多多又大又长的黄瓜，而且是暖房里生长出来的……"

黄瓜畦的位置距离菜园的大门比较近，离其他菜畦稍远一些，所以它有些像是横在其他畦田头上一样。菜畦一排排的，恰似城市码头的台阶，整整齐齐地排列着，直到整个菜园的中央。其中有一处种的是胡萝卜，胡萝卜与其他蔬菜不同之处是它不怕践踏，它也是孩子们喜欢吃的好东西，现在长得绿油油的，很茂盛。有两三个菜畦里种植着圆葱，它们的叶子尖尖的，像是一枝枝长箭。接下去是有股辣劲的蔬菜——大蒜，它们释放出灰颜色的起棱的叶茎，正在偷偷地发出沙沙的响声。西红柿秧远远离开拥挤的地块，也离黄瓜秧很远很远。据说是西红柿和黄瓜在菜园里不能够和平共处。西红柿秧需要光线直射，特别眷恋太阳，西红柿秧细长的茎儿上面生长着瘦弱的叶子，发出一股药房里才有的气味。灰色的西红柿秧苗在草房里阴冷潮湿半明半暗的环境下，在木箱和瓦罐里被培养出来，现在它们似乎面对生与死的问题犹疑：是反抗，还是就在这个容易遭受风寒的角落里死去。可周围的一切都破土而出了，向太阳亲昵地献殷勤，于是西红柿秧也谨小慎微地用带花边的叶子把自已装扮起来，试探着点燃起一个又一个像星星一样的苍白的花朵。在领略到开花的喜悦后，西红柿秧便更大胆些了，它体态更丰满了，身上长出了绿色的小瘤瘤，后来就在菜园的喧嚣吵闹声中，在倾听土地的轻声絮语过程中，小瘤长成为一个个胖乎乎圆墩墩的果实。长着长着，就该给西红柿秧打杈了，折掉新长出来的多余的叶茎，用木棍把秧支撑起来。不然，西红柿秧会被果实压断的。

“小小橡树下，长个大芜菁”，芜菁叶子上面总是有很多大大小小的窟窿，叶子四周总是被咬过——蚜虫不停地向它进攻。有时候，芜菁只剩下一片片叶子和一根根秆儿，但它仍然毫不顾及这一切，而是更顽强的生长，展示自己结实的肉体。它非常清楚，小孩子们特别喜欢它。不知为什么甜菜是在孤独中长大的。但它却生长得有气势，在一段时间里甜菜默默无闻，不引起注意，但它终于变得脸颊绯红，充满血液；圆白菜散乱着，喧闹着，慢慢长成，它一直努力想把自己包成一个紧缩的小包。“不要你是细长腿，但愿你长得圆又胖”想当初奶奶一面这样叨念着一面栽下纤弱的秧苗。她做这件事情一定要在星期四这一天，她说只有这天里栽种下的白菜秧蛆虫才不咬。芜菁甘蓝向四面八方伸出富有弹性的叶子，叶子发出簌簌的声音，地上已经露出了像小圆面包一样的芜菁甘蓝了。菜圃的边缘地带黄豆花开得像是浮泛起一层泡沫。茁壮的小萝卜独处在一个角落里，完全不理会对它的不重视，粗鲁地、放肆地、无忧无虑天天成长。奶奶把萝卜叫做“不管不顾不正经的婆娘”，叫“辣婆娘”。人们谴责一个不务正业的轻浮女人，把这个女人叫做不管不顾不正经的婆娘，人们把她赶到村子边上去住，她几乎住到了灌木丛里，可这位泼辣女人在自己的小房里仍然自得其乐，照样贩卖私酿酒，而且坚定不移地履行女人的“天职”。妇女们愤怒地斥责她：“你连牙齿都快掉光了，还一次次地怀孕！”而她却回答说：“只要我愿意，反正能够找到相好的男人！”

澡塘后面，在一棵老丁香树后面有一块长得非常好的菜地，里面的蔬菜应有尽有。这是奶奶信手造就的——她把种剩下的菜子儿随心所欲地抛撒在这块“不宜栽种”的土地上，而且高声宣告：“这是给要饭花子和小偷儿准备的！”

树林从山里延伸下来，它们隔着这里的栅栏在雾霭中蒸腾。在这里命运辛酸的马铃薯枝叶暗地生长。马铃薯也开花，而且花儿很美丽，是淡紫色和白色的，小花上有蓓蕾，像是老鹳草。棕红色的雌蕊春情勃发，整个菜园在两周的时间里全是一片马铃薯花的海洋泛起的泡沫。但是不知道为什么任何人也没有注意到马铃薯是怎样开花的，只有奶奶采集了一箩筐马铃薯花，为的是泡一种治疗疝气的药酒。人们期待的不是马铃薯开出什么花来会使人大吃一惊，而是注重马铃薯秧会养育什么样的果实来。生活，亦然是如此：并不要求劳动者游手好闲、穿红戴绿、吃喝玩乐，只要求劳动者做些实际的事情、做些好事。没有什么人给劳作者唱赞美诗，没有人把劳动者吹捧上天，但一遇到什么灾难，指望的却只能是劳动的人们，向他们鞠躬行礼，请求帮助。

唉，马铃薯啊，马铃薯！难道能够一走而过，不在这里停下脚步，不追忆点什么吗？

我的这个小男孩没有在列宁格勒因极端虚弱而死去，甚至他忍受饥饿的时间也不很长，但他却听说过，也读到过有关这座被围困的城市里菜园的情况。菜园就在街道上、在公园里、在电车轨道旁，甚至就在阳台上。是的，他在自己的家乡也看到过战时的菜园，这些菜园是由一些不会耕作的人开垦的，这些人完全不懂得农活。并不仅仅是列宁格勒在1942年的夏天的时候对马铃薯丛毕恭毕敬，那时人们呼吸着每一个破土而出的根茎散发出来的最后一点儿清香。

战争开始后的第一个夏天，我笔下的小男孩已经成长为少年了。他在城里学习，经常和厂办学校里的一些无事可做的孩子们一起，拿着捞鱼的大网在冰冷的山间小河边游荡，把又黏又滑的鲃鱼、鮰鱼扔到岸上来，有时候还会捕到鮰鱼或者细鳞鱼。渔夫们做自己的事情，小掠夺者们也做自己的事情。他们钻进已被铁锹翻过的山坡里，从小坑里掘些马铃薯做汤吃，马铃薯经常是半个或者小半个。夏天马铃薯秧随处可见，甚至在别墅区的松树林里，在一棵棵树木中间。这时候，那些战时疏散来的妇女们、被痛苦熬煎得白了头发的妇女们，发现自己的园田地里马铃薯没有长出苗来，一个个竟号啕大哭起来，不住地揪着自己的头发。她们很多人栽下的是马铃薯种，这是用最后的一些什物换来的，甚至拿出了小孩子的鞋和小衣服……要知道，被泪水洗过的马铃薯是难以下咽的！

真的能够忘掉那些阴暗的事情吗？能够从心灵里卸掉沉重的负担吗？难道在独处自省的时候对自己也可以撒谎吗？

凭智慧、良心和荣誉而论，我们的救星是一个个菜园！这是用不着伤脑筋去考虑的。在菜园里，最主要的救主又是质朴的、极其富于耐受力的马铃薯，而马铃薯的命运又酷似俄罗斯的妇女！

在俄罗斯，应当给马铃薯竖立纪念碑。给拯救了罗马的鹅修建了纪念碑。在澳大利亚好像给绵羊也建立了纪念碑。人们还给欧洲的最后一只狼塑造了雕像呢！如果给普普通通的马铃薯立碑觉得不甚方便，有人也许会说三道四，说它只不过就是一种果实、一种蔬菜，那么好吧，就给在异国他乡发现了这种菜果的人建一座纪念碑吧。他在许多野生植物当中发现了马铃薯，带回了俄罗斯，冒着杀头的危险，在俄罗斯的土地上培育了这种植物。在过去黑暗的年代，还发生过马铃薯暴动呢！

这种植物自行来到这个世界上，自主地生长，几乎不需要照顾和关怀，不要除草、培土和侍弄。它们生长在山上和山下、在沼泽地和砂岩地、在黏土地和石滩上、在林木间和新垦地上、在地头田边、废土场、采伐迹地、火烧迹地——在所有的不适于耕种的土地上。有这样的地块，被烟和烟油熏得一切都已窒息，任何有生命的东西都难以成活，连荨麻和其他带刺的草都退避三舍，只有马铃薯使出浑身解数开出了花，随后这花儿马上就变黑了，变得像破布一样，花儿尽管是凋谢了，马铃薯仍在地下生长，还是在养育人们！请告诉我，有比它再好的植物吗？你会说有，那是谷物，是吗？是的！可对谷物已经有了够多的赞美了！对谷物写过多少颂歌！我们俄罗斯人，被马铃薯从饥馑和瘟疫中不只一次两次拯救过的人民，我们为什么要忘记它的恩德呢？顺便说一句，我们的士兵，俄罗斯的士兵，更应当对可爱的马铃薯感恩不尽。这一点，不论在什么地方我都愿意加以论证。

通往战场的道路，漫长无边，泥泞不堪。火炮或是自己行进，或是被拖着走；坦克开动着、汽车开动着，马匹也在跋行。战士们步履艰难的向西挺进。间或追忆起已经阵亡的人，有的值得回忆、有的不值得回忆。可是，炊事车掉队了！炊事车总是掉队车，可恨的炊事车，不论什么时候，在所有的战争中总是落在后面。而战士们应当在一昼夜里哪怕是吃上一餐饭。吃三餐也不错。像规定的那样一日吃上三餐，当然是很好的。但吃上一顿饭，根本就是必需的。

战士们放眼向左望去——有一片马铃薯地！又向右看去，还是一片马铃薯地。手里有铁锹。他们把这一片片茂密的马铃薯地块当作哺育自己的亲娘，于是用铁锹掘了起来，从地里把马铃薯秧拔了出来。快来欣赏一下吧：一个个马铃薯要么是浅玫瑰色的，要么是淡灰色的、黄色的或者是像新嫁娘的肌肤一样嫩白色的。出土的马铃薯，撒到了各处，他们一个个地待在那里，准备连灵魂和肉体一起都奉献给战士们。

没有烧柴，甚至连干草也没有！怎么办？没有什么了不起！俄罗斯的土地上时时处处都有野蒿草，拔掉它，不必在乎，可以当柴烧。

马铃薯在小锅里沸腾、呢呢喃喃，它在为自己亲近的一切而自言自语，为房屋、土地，为田园，为家庭里节日的酒宴。小伙子们把吱吱作响的马铃薯不停地从这只手扔到那只手里，嘴里还不停地吹着气，然后蘸上一些盐，把马铃薯就那样扔进嘴里，那股暖人又饱人的热气噎得人喘不出气来。

这时候，战士心中已不再有任何毫无希望的感觉。战士们不再情绪消沉，只是眼睛多少有些湿润。但是眼睛总是要一眨一眨地闪动啊！战士们吃掉了马铃薯，没有就面包，有时候甚至连盐也没有。但毕竟是填饱了肚子，可以继续进军去打击敌人了。

也有这样时候，连一滴水也没有。那就烤马铃薯，放在柴火里、火炭上直接烤熟它。这可是个慢功夫。总得照看着它们，免得烤焦。可哪里有这样的时间呢！肚子里饿得直抽搐，眼睛也累得不行，看着看着就睡过去了。这时候就需要表现出机智来了。把马铃薯全部都倒在小铁桶里，在桶里要撒上些沙粒或者土面儿，为的是不让热气发出吱吱的叫声。烤上几分钟后，就可以尽兴地享用这种妙不可言的食品了。这是马铃薯用本身的热气烤熟了自己！还有最简单不过的方法：把马铃薯装到炮弹壳里，装得满满的，把炮弹壳顶部朝下，火帽部分朝上，埋到地里，然后烧起火来烤炮弹壳，而人完全可以毫不担心地睡大觉。不论你睡上多少时间，不论你纳了多么久的清福，炮弹壳里的马铃薯都能够烤得恰到好处，根本不必用刀子削皮，皮自己就褪掉了！

不，我还要重新提起纪念碑的话题！世界上的人们学会了用马铃薯做两千多种菜肴，可对于我们生活中的支柱——马铃薯却没有加以任何关心。只要从每一个劳动者那里收取十个戈比就足够了，要知道这些人是马铃薯的主要食用者。请最有才华的艺术家、最有天赋的雕塑家设计一座纪念碑吧！那些会撰写赞美歌的人，应当选用最庄严的词句，歌喉最美的歌唱家应当在最宽阔的、万头攒动的广场上，为马铃薯高唱一曲颂歌。

我不知道别人如何，我在谛听这首颂歌时一定会涕泪交流。

小男孩从长满青草的小径走过，小径从澡塘延伸出来。嫩草的叶脉、车前草的茎儿从手指旁滑过；扁竹开出纤弱的花朵，野三叶草的茎头刺得刚刚洗过的敏感的脚掌直发痒。大麻在地界上闪动。滨藜和蒿草甩下成熟的种子；牛蒡草和苍老的光胡萝叶子发出沙沙的响声。荨麻、白芷、鼬瓣花、艾蒿在窃窃私语，而莨菪和宽叶的洋姜却好似穿了一身湿的皮衣。小男孩想侧身穿越过去，但是没有成功，裤子被弄湿了，显得很沉重，从小肚子上直往下坠。

看，菜地的垄沟和宽阔的大路一样，也长满了荠菜和善于攀缘而且有黏性的繁缕。小男孩走出了很远的一段距离。这里再也听不到水声溅溅，听不到了往澡塘石板上泼水后蒸发出热气时的嗞嗞叫声，听不到了桦树条抽打时发出的哎哟哟的呼喊，也听不到女孩子们调皮的尖叫。这时，小男孩小心地向四处瞭望，蹲在了与邻家菜园交界的地方。他透过野蒿和牧草丛屏住呼吸向地下望去，像是透过浓密笔直的雨帘，窥探只有他一个人知晓的秘密。

他当然和所有规矩的人一样也有许多秘密。这些秘密他不能透露给爷爷或者朋友们。比方说，澡塘后面有一棵稠李树，老干已经枯死，树冠也已折断，倒在了地上，把缠绕着它的葎草也都扯乱了。现在稠李树正在地界深处腐烂，但从树根处争先恐后竞相钻出一根根褐色的脆弱的嫩芽。倒木的树皮已经变成了黑颜色，被风撕扯得七零八落，树干下部也被啄木鸟啄遍了。小蠹虫和蚂蚁也把它们掏空了。

在树根的窝窝里，在褐色蘑菇的遮掩下，一种不吵不嚷的红肚皮的鹟鸟安了家。雄鹟鸟转来转去，像是个花花公子，它又想唱歌又想玩闹，而善于操持家务的、文静的雌鹟鸟在劝说它，雌鹟鸟伤感而又耐心地对它解释，它们是和人们相邻而居，应当老实一些才好。雄鹟鸟忍受不了家庭生活的“夹板”，跑到更能行乐的地方去了。

雌鹟鸟成了一个屈从命运的寡居者，它把弱小的身躯伏在鸟巢上，很快它身下就出现了一些比豌豆粒稍大一些的鸟卵。一些小家伙从这些豌豆粒里破壳而出。刚刚来到这个世界上，一个个小鹟鸟面目可憎，完全不像它们的妈妈那样美丽，但他们很快就长得好看些了。先是在头上长出了几根羽毛，后来过了一段时间屁股上也有了几根羽毛，弯曲的喙干瘪了，头也伸得更直了些，像是小鹟鸟了。空落落的鸟巢仍然在稠李树根上，而雌鹟带着它嗷嗷待哺的一家迁到地界边上的灌木丛里去了。它说：孩子们，去自己领略一下找食吃的艰辛吧！没有丈夫的生活已经把我累坏了。现在，雌鹟鸟仍然在野蒿丛里尖叫着，“吱——吱——吱！”“快去睡觉吧，快去睡！”它在这样地告诫小鹟鸟们。小男孩也打了个呵欠——他也该去睡觉了。

是的，鹟鸟使他想起了另一种鸟——白胸脯的小燕子，它每年夏天都在粮食组合的屋檐下筑巢。

小燕子在河上快乐地飞翔着，一会儿冲上云端，一会儿又伏身掠过水面，在屋顶上方、森林上方、高山上方盘旋，接着它又轻盈地飘入庭院。小燕的那副样子就好像是偶然造访此地，它在大街上风驰电掣般地穿行、尖叫，向所有的人宣告，它这是刚从遥远的地方飞回来，它非常想要急于飞到这可爱的西伯利亚小村庄。它穿越过千山万水，遭遇过狂风暴雨，经历过灾难的考验。它想说它现在很幸福。庆祝完了归来，欢欢乐乐地玩够后，它会立即动手去做事情。它会把屋檐下的巢修理一番，还要孵一窝小燕，它还要捕捉蚊蚋。它要让人们放心，它不会总是玩闹，无所事事，完全忘乎所以。

燕子没有忘乎所以，它仍然记住自己的使命，考虑后代的未来。但尽管如此，归来的幸福还是冲昏了它的头脑，它陶醉了，忘记了忧愁。而弱小无助的生物无论什么时刻也是不应当忘忧的。

小男孩眯缝着眼睛瞄准，扔出去一块石头，把菜园上空飞行的白胸脯的燕子打了下来。小男孩怀着一种猎人才具有的狂喜，从地上把燕子捡了起来。他的手掌感受到了羽毛里包着的小小的心脏跳动得多么激烈、多么急促。燕子的喙无声地闭合着，圆眼睛望着小男孩，充满恐怖、疑惑和怨恨……

小燕子的头在小男孩手里已经不再摆动了，眼睛抽搐着，蒙上了一层薄雾，小脑袋也垂了下来。小男孩用手指掰开了紧闭的喙，向里面送去了温暖的口水，拨弄起燕子的头和翅膀，他把燕子又抛了起来，希望它能重新飞上天空，但是燕子像一个揉皱了纸团一样，掉到了地上，一动也不动了。

小男孩用玻璃片在稠李树旁掘了一个小小的坟墓，里面铺上了掉下来的羽毛，又把燕子裹在一块破布里，埋葬掉了。“尖尾巴，尖尾巴，飞行在天空，唱起歌来像纤夫，哭起灵来像士兵……”他想起了奶奶常常叨念的顺口溜，回忆起奶奶站在门廊里，手搭凉棚望着兴高采烈的燕子，在胸前划着十字：“燕子又把一个夏天带到了我们家里……”奶奶怜悯地微笑着，同时用手帕的一端掇弄着眼角。

小男孩久久地坐在稠李树下的燕子坟旁，呆然不动。他还不能够理解死亡，但是第一个明确的思想总算是在他心中成熟了：“我从今以后绝不再杀生！”

多么天真的孩子！如果能够按照不知道丑恶的孩子的愿望来创造世界上的一切，那该有多么美好啊！

第一个春天里燕子坟墓上就长出了青草，又过了一个夏天，多姿多彩的百合也长了起来，开放出一簇簇鲜花。“这是燕子的灵魂从黑暗土地里飞了出来。”小男孩这样想着。

菜园里的秘密比比皆是！在垄台上、在小房子里、在澡塘后面、在栅栏远处都有秘密存在。就在那里，在板棚的霉烂墙壁旁边，有一棵接骨木，它娇小玲珑，却已经是枝叶繁茂了，不论是谁也没有发现它。当接骨木长得已经比小男孩高了，枝头已经结出了红色果实的时候，它才被爷爷发现。还有，在远处，在澡塘对面的地块里，每次犁地后小男孩都能够发现一些蹄腕骨，如同是谁把它们生在那里而春天到来时它们又一个个像士兵一样跳了出来。还有一个秘密，山脚下有过一个黄鼠狼的洞穴，每年春季，山泉夹着雪水从山上泻下。泉水像是醉昏了头，喧嚷着飞向宽沟，气势凶猛，浩浩荡荡，似乎不仅要冲垮小男孩家的院落，而且要席卷整个村庄，把村庄全都推到河里去。每年春天山洪都把黄鼠狼从洞穴里冲出来，这些耐性十足的小兽忍受不了煎熬，有的在风寒中死去，有的从这个瘦瘠的角落跑到了山上，跑到耕地里去了。

桃花水也把许多乱七八糟的东西卷进菜园：小石子、草籽儿、奇形怪状的树墩、马鹿角、死鸟骨架，甚至还有花朵的鲜茎。

不知什么时候栅栏杆坏了，把一株醋栗抛进了菜园里。醋栗湿漉漉的，还活着，它把根子扎进深坑旁边，便开始生长，一天天地茁壮起来，越来越成熟了，长出了黑色的果实，但它们没有来得及长成，没有来得及摘掉，就被乌鸦和鸫鸟啄食了。深秋时节，深坑里的水波荡漾，追赶着醋栗树叶。但更倒霉的是有一群小青蛙在醋栗树下度夏，而黑色的小蛇又要捕捉青蛙。所以，要到醋栗树跟前去，小男孩先要往树丛里扔石头、喊叫、跺脚，先要驱赶掉身上的愤怒。

整个世界都在生生息息，繁衍后代，活跃骚动，纵情欢唱，放声大哭，躲进菜园闭锁的绿荫丛中。螽斯可并不消闲，齐根吃掉了四周的青草。

有一只螽斯可能是睡过了头，烤热了自己身上的“小机器”，在圆白菜心里发出了气恼的叫声“吱—吱！”人们说，这种跳跳蹦蹦的虫儿发出的叫声来自于它们的羽翼，但小男孩却坚定地相信：“螽斯的肚子里一定有一个玩具大的刈草机。

村里并不是所有人家的菜园都是那么规整、精细，令人产生深刻的印象。外来户来这里定居的人各种各样，每个人莳弄土地的方式都是各随所愿。

如果说农家房舍好比这家主人的脸面，那么农家菜园总是随这家的女主人，反映主妇的性格和能力。菜园一个个挨在一起，土地是一样的，太阳一样照射，连天上落雨掉到菜畦上的雨滴也是一般多，从同一条河里挑水浇灌土地。可菜园的样式、收获却是大不相同。不同家庭里生活的是大有区别的。

有的家庭的菜园像是小姐的闺房，一垄一垄地铺展着，仿佛是一块块平坦而又豪华的地毯。胡萝卜地里撒上了一层锯木屑，为的是不让蚜虫咬坏了菜苗。地里各种蔬菜长势良好，看上去像一块块大蛋糕。苗床之间的垄沟很深，栽种的菜全都整整齐齐，亲亲密密。有的菜喜水，就把它们栽种在离大门很近的地方。有的菜不下雨照样生长，就让它们离大门远些，为的是不被揉皱，土地不被无端地践踏，垄沟不被脚踏实。

有的婆娘，你只要看一看她的菜园，马上就能够判断出她一定是一个邋遢女人、走街串巷不着家的疯婆，也许还是个酒鬼。她菜园的畦地一点也不规矩：有宽有窄，垄沟也没有掘好，被踩得乱糟糟的；有的地方菜种得很密，有的地方又是空荡荡的，风儿可以自由徜徉。她还不加区别的浇水，水浇得毫无章法。有时候一天浇两次，有的时候一周也不浇上一滴。很明显这样的菜园里杂草丛生，从垄沟里直钻到苗床上。莠草欺负所有有益的植物，吸收掉它们的养分。这样的菜园里，自家的孩子和别人家的孩子可以为所欲为地开展“游击战争”，菜还没有长成就被拔掉了，被偷光了。这样的人家，日子想要怎么过都“悉听尊便”，也许只能是就着杂草吃面包了。在新粮收获前如果不好好调剂连面包也未必能够吃上呢。

时时处处都需要爱意。园田地里的活儿尤其需要悉心关怀。田园里的美好、舒适、明智会转化成整个家业的兴旺和安康。有面包、有蔬菜，干活的人和孩子们都吃饱一肚子，家畜得到了照料，这样的家庭里一切会都井然有序。没有吵骂、没有纷争，大家都对自己满意、也对生活满意，能和邻居和睦相处，丝毫也不贪婪，摆得起丰盛的酒宴接待客人，在人前人后自己毫无愧疚。那么，衣装、鞋帽、人们的尊敬是怎样得来的呢？靠热心关怀！靠诚实劳动！井然有序的田园劳作使人生活得有信心，有气派！

应当说，不认真侍弄土地、经营马马虎虎的人往往是一些随风飘荡的移民。有时候，他们连简陋的房子也搭不好。本来是应当种植一些西红柿、黄瓜之类的蔬菜，但是需要花费很多气力，需要浇水、侍弄。于是他们就不种这些蔬菜，而是种了些花草。有一个过去的流放犯，倒是很乐天知命，竟种了些浆果。当地都是到森林里去采野果，而他却让浆果占据了菜园的土地！这种浆果既不叫黑果越橘，也不叫草莓果和越橘果，而是叫什么白色凤梨莓。

农村里，喜欢恶作剧的专门扫荡菜园子的人，在白色凤梨莓还是青绿色的时候就把它们连根拔了出来，全都给吃掉了。这种浆果吃起来还可以，脆生生的。但是不能和林子里的浆果相比，水分太多，香味不足。

此后谁也不再种白色凤梨莓了，渐渐地人们把它忘记了。如果小男孩的奶奶不是爱出怪点子的人，如果她不从菜园里弄来些稀奇的种子，也许菜园里就不会再发生什么古怪的事情了。奶奶发现的种子有一种是扁扁的，酷似黄瓜种子，只不过比黄瓜种子大多了。奶奶把它种在了苗床的边缘，澡塘附近。由于不相信这种子有什么优点，种完了也就把它忘到脑后了。另一种菜籽，可比前一种厉害！ 有点像爷爷抽烟抽得变成了紫绛色的牙齿，又硬得像骨头一样。奶奶把它们和黄豆种一起放在碗里，泡胀了后，不经心地栽种在葱头中间。

很长时间，地里什么也没有生长出来。杂草好比是一团团苍蝇爬满了菜园。这些草是对大人和孩子们的惩罚，该死的莠草，你就尽管去薅好了，一个夏天累得腰酸腿痛，手上裂了口子，荨麻扎得人满手是伤痕……

农村里的小孩子也可以说是在菜园里长大的。把他们留在家里，没有人照看，院子里很肮脏，又是牲畜，又是狗。于是奶奶或者婶婶们便带起小男孩到菜园里来。小家伙就如同是在难以通过的莽林里穿行，一不小心就找不到他了。这对姑娘们可成了一件消遣的事情：婶婶们从苗田里仰起头来，望着菜园外面的森林，喊叫着："姑娘们！我们的小男孩在哪儿？没有看见吗？是不是他走丢了？可别让鸡儿把他叼着呢！唉！唉——！"

小家伙才不会丢掉呢！他自己一下就滚到了垄沟里的菜叶下面，一点声响也不发出来。而婶婶们找呀找，找个不停！奶奶咒她们，骂她们："你们这些泼妇！就知道发疯，取笑逗乐！谁来干活！你们这些捣蛋鬼！"

躺在垄沟的菜叶下面可真够可怕的了。毛毛虫就在眼皮底下一口口地咬菜叶，毛毛虫有许许多多的手，连一只眼睛也没有。长胡须的黑甲虫用尖尖的牙齿撕咬苍蝇。金龟岬在蛀食芜菁甘蓝，把头一直钻进菜壳里。灰色的盲蝽使劲扎小男孩，都扎出了血。小蚋虫也没有打盹儿，直往小男孩的鼻子里、耳朵里和眼睛里扑、叮咬。简直再也忍受不住了。应当从隐蔽的地方跳出来。就在这时候，阴凉的遮盖物被揭开了，太阳直射到眼睛上，头顶上响起一声叫喊："瞧，他在这儿！这个小逃犯，抓住他！"

小男孩哈哈地笑着，快速地在菜园里跑了起来。婶婶们追逐着，叫嚷着，想要捉住他。终于在河边捉住了这个已经跑疯了的小家伙。大家又往他身上弄水，又撕扯他，想把他按到河里去。小男孩拉住了一位婶婶的手，死死地握住不放，呼叫着让奶奶来救驾。奶奶三步并作两步应声赶到，几乎就是从陡岸滚落下来的一样，她手里挥动着树条："你们这些母马，我非得收拾你们不行！非抽你们不可！看啊，把孩子都吓坏了！"

女孩子们一面奔跑着，一面胡乱甩掉上衣、裙子，一个个扑通通地跳进水里，踢蹬着脚，挥动着手，她们这样游泳，水星子都溅到天上去了！奶奶在岸上奔跑着，手里挥动着树条，谁也够不到，谁也打不着。

干活的人们在河水里洗浴一通后，安静多了，又重新在菜园里在烈日的暴晒下慢吞吞地劳动了。小男孩也一拐一瘸地跟在后面。蚋在叮咬，虻虫像子弹一样扑面射来，蚊子也不甘示弱，乘着晚霞迷茫的时候出现了。

玩玩闹闹之余，也轻轻松松地教会了小男孩干些菜地里的活。这是不知不觉之间完成的，像是做游戏一样就对他进行了"职业取向"教育：教他区分莠草和蔬菜。"看，甜菜长出来了，滨藜、艾蒿和野荞麦也同时生长出来了。它们的颜色、模样都和甜菜差不太多。但是他们瞒不过人的眼睛。你如果从下面看，甜菜的花粉颜色发灰，而其他草的花粉是淡红色的。繁缕、女娄菜、斗篷草打扮成洋萝卜和芜菁，它们想要更快长大，结果就暴露了自己的真面目。几乎所有的杂草乱草都要冒充胡萝卜，不论是鼠尾巴草、稗草，还是独行菜，以及各种各样的废物都打扮成天真无邪的漂亮眼睛来到这个世界上。真的让这些漂亮眼睛为所欲为，那么肯定胡萝卜的小爪子也生长不出来了，别的菜的绿叶也不会有了……”

原来任何一种蔬菜、任何一种作物都存在相似物。有时候甚至有很多的吸血鬼相似物。它们全都狡猾、贪婪、来势咄咄。在被人们娇惯坏了园田里的植物还立足未稳、还未振奋向上前，经过长期竞争锤炼出来的野草是从不消闲的。它们扎根向下，占据空间，不论在地上还是在地下，只要有什么东西能够被它们抓住，它们就钳得紧紧的，毫不放松，它们吸干蔬菜的汁液，使菜园失去血色和生机……

由于干一些费事费时的活儿，小男孩有多少游戏没有来得及玩？！又有多少孩提的欢乐没有享受到啊？！因为，在“职业取向”后，接着便开始了劳动教育。这种教育办法很简单。正如智力超群的教育家们说的那样，“很有作用和效果”。当小男孩想借故逃脱繁重的劳动时，就揪住他的耳朵说：“想吃菜吗？想吃就得干活！”

有一天小男孩正在给葱地锄草（不相信他会侍弄胡萝卜地块和其他矮棵作物，所以不让他干这样的活；而葱地可以，葱很容易辨认）。他一面锄草，一面低声哼着单调的小曲，用脏乎乎的手不停地驱赶着蚊蚋和发出嗡嗡叫声的胡蜂。忽然他的手指触及到了一种坚固的植物，手指碰上这东西很不舒服，它牢牢地扎在土里。小男孩看了看，明白了，原来是麦仙翁破土而出了。真有它的！起初全然不敢相信在坚硬的籽瓤里竟然蕴蓄着如此巨大的生存和生长的活力，现在它发芽了，成长了！

小男孩关怀这棵植物可真够精心细致！而这棵植物又欢迎关怀、浇水和摆脱了莠草干扰的黑土地，它不停歇地向上延伸，派生出一片又一片像皮带条一样飒飒作响的叶子。“哎呀！我的妈妈！”小男孩为造物主的神奇而惊叹不已，同时又在跟大自然界里神秘莫测的创造力暗中较量：那棵植物努力想要长高，要长得比小男孩还要高一些呢！当小男孩发现沙沙作响的长长的叶腋里有卷成襁褓一样的麦仙翁时，他虔诚地屏住呼吸，不再做声了。然后又发现了第二个、第三个麦仙翁。这些麦仙翁在北国的寒夜中瑟缩，它们身上披起了一层雾凇，但它们最终还是克服了自然界的坏天气，每株麦仙翁都有一绺白色的额发，从它们的壳壳里钻出来。小男孩禁不住地又叫了一声“哎呀！我的老天爷！”震惊之余，小男孩还是经受不住诱惑，在一株麦仙翁的“身”上抠开了一个小洞，发现了一个挨一个挤到一起的颗粒。他眯缝起眼睛舔了舔其中的一个颗粒，嘴里满是又甜又苦的奶味。这样奇妙的经历不能不同别人分享。别人，就是邻居家的男孩子们。他们不容分说地也品尝了这种宝物，连同麦仙翁白色的一层层皮、脆生生的小茎一起吃掉，这小茎是生长在中间的。

到了苞米处处扬花的季节，我们的小男孩又疑惑地了解到，在他的家乡，在这个有些时候夏天还有寒流摧残马铃薯花的时候，竟把最好的地块给了所谓的“大地女王”——种植了可爱的麦仙翁，就是有一次无心栽种竟然生长出来的麦仙翁，它们只来得及活到灌浆的时候，那浆像酸奶酪一样稠。

战争中，一条条大路小路驱使我们的小男孩来到了一个被烧毁了的农家宅院。被洗劫后的被烧光了的菜园，又经历过几场大雨浇淋，面目凄惨，看上去像是在地球以外的非现实的环境一样，荒凉、冷漠、死寂，让人心灵受到无比的震荡。

烧焦的马铃薯秧上拖带着些不死不活、零零碎碎的东西；萝卜和芜菁甘蓝上全是一些黑色裂纹；甜瓜变得软塌塌的，像凝乳一样；向日葵已经是面目狰狞，叶子打起了卷儿，卷成了一个个团团。总之菜园里的一切一切全都蒙上了暗淡，笼罩着夜的沉寂。烧黑了的圆白菜，好似一个个埋在地里的人头；腐烂的西红柿流淌着汁液，有些像是没有炸熟的肉，上面还带着肌腱，由于没有烤熟，有点点血斑；被烟火炙烤过的一绺绺葱，似乎是一束束可怕的蛔虫。

一具女尸横卧在菜畦里枯萎的黄瓜秧上。她身上的亚麻布衬衣已被扯乱，她张开的呆滞不动的眼睛里闪烁着仇恨的光芒，呻吟和痛苦全都给牙齿咬碎了。一个乳儿被用刺刀钉在了母亲的胸前，像是一个小小的粉蝶。当我们的战士从乳儿软弱无力的后背拔出刺刀，把他从母亲尸体上抱走的时候，孩子那张像老者一样饱经风霜的小脸，使所有的人都惊呆了。这一切即将结束时，不知从哪里跑来了一只跛腿的小鸡。小鸡儿叫声喑哑，由于小爪子被打断了而常常摔在细枝条上。它急匆匆地向人们奔来，似乎是在宣告：我们的人、俄罗斯人打回来了。这个小鸡雏是被摧残毁坏的院落里唯一的一个活着的生物。它在欢迎人们，也向人们诉说苦难。

我们的小男孩曾经掩埋过火车厢里垛在一起的列宁格勒的孩子们的尸体，他们从被围攻的城市撤退出来，因为极度衰弱而一个个死在旅途之中。我们的小男孩到过死亡营，但是他无论如何也不能够理解死亡营里犯下的罪行，因为如果真的能够彻底了解全部罪恶，人也许会发疯。他见到过成千上万战士、老人、儿童、妇女惨死在战争中，他见到过许多焚毁的城市和乡村，还有被折磨死去的无辜的牲畜。但是那座菜园，那满是灰烬的土地上的黑糊糊的卷心菜，像蛆虫一样卷曲着的白色的葱被钉死在母亲胸前的婴儿，拼死抗拒凌辱的年轻妇女被毁了容颜的脸庞，还有残废的小鸡雏，它一跛一拐地用纤细的小爪子走路的样子——小男孩即使是忘掉了战争中的所有其他事情，也是不会忘记这一切的。这最初的震撼直到离开人世的那一天，都将一直凿刻在他的记忆里，永不泯灭。

在丰富多彩的乌克兰的菜园里，西红柿不是在家里焐熟的，不是在旧毡靴里或者火炉旁边的吊板床上的篮子里焐熟的。在乌克兰，西红柿就是在菜畦里自己成熟的。这里的洋葱头不经过苗栽就能够长成拳头一样大小。皮肤光滑的深颜色的茄子快要压弯了茄秧，战士们叫不出这种蔬菜的名字，就按照它们的形状自己给命了名——洋姜。在乌克兰，漫山遍野都生长玉米，秸秆上的苞米穗成熟的时候，一片金黄，当时就给它们脱粒，发白的苞米秆和苞米棒是不吃的，要用它们取暖烧炉子，因为那里没有泰加林，烧柴不足。向日葵也是成片生长，起风的时候，大地上浮泛起黄色的云团。这里不必要偷窃向日葵头，愿意折多少、拿多少一任其便，可以尽情地嗑瓜子。西瓜就散乱在地上，没有人看管，从远处望去，它们并不是长在西瓜秧上，似乎是从飞机上抛撒下来的一样。

对于这西瓜，小男孩可毫无嫉羡，他甚至以一种潜在的愉快心情回忆起了他和自己的那一伙村里的小哥儿们的狗刨式游泳，回忆起他们如何一起游到河里的木排跟前去，木排常常从暖和的地方载着各种货物顺流而下经过他们的村庄。他所亲近的这一条大河横穿整个国家，如果河口地区还是永冻的冰层，那么河源地区的西瓜已经成熟了。这一群男孩子们过度紧张，没腰深的水也使他们感到害怕，他们一个个瞪大眼睛，牙齿不住地敲击着，“达、达”地响个不停。

放排工从小山一样高的花哨的西瓜堆里把烂掉的瓜和不好的瓜扔到河里，男孩子们在水里冷得很，可是又想交好运，激动得直发呆，于是你推我搡，用鼻子、额头、嘴巴把西瓜推到岸上来。西瓜像皮球一样在水里旋转，荡来荡去，惹得他们一会儿心情紧张，一会儿又欣喜欲狂。终于这些力竭神疲的游水者泅到了岸边，他们开始像药剂师称药那样把这暖和的地方出产的水果均分成若干份。可是从木排上往河里甩西瓜，这是很不常见的事，可以说是稀罕事。扔到河里的经常是吃剩下的瓜皮。但是小孩子们对于瓜皮也是很欢迎的，他们连好看的带条条的瓜皮也一起吃光吃净，他们以为，这样宝贵的水果肯定是全部都可以吃的。

各种水果、西瓜，各种含糖分的果实和食糖，在小男孩的故乡都是由芜菁甘蓝、甜菜、胡萝卜熬取糖浆来代替的。方法十分可靠。这里还有许多浆果，多得难以悉数。有的夏天，每一家的家人倾巢出动去采集浆果，根本不是用篮子，而是用大筐把浆果运出泰加林。奶奶时常说起，当小男孩失去了双亲没有人抚养的时候，把他放在摇篮里带进了泰加林，就把摇篮挂在松树枝杈上，放在露天地里。小男孩呼吸着泰加林里的空气，心神安然，往往不自觉地入睡。采浆果的人们采光了一处之后，又把摇篮挂在另外一棵树杈上，而他这个傻孩子，甚至没有觉察到这种“转移”。有的时候，忽然一觉醒来，哭上两声，人们便把浆果碾成碎末，塞他的嘴里，他心满意足地有滋有味地吧嗒着小嘴巴。有时候，黑果越橘弄得他满嘴满身，让人看了哭笑不得。

我的小男孩曾经和部队一起到过国外，见识过侍弄得很好的小型菜园，那些地方每寸土地都派上了用场，使用得恰到好处。有时候，是用有益的灌木代替护墙。那是些野生的苦柑橘，籽实像俄罗斯悬钩子一样的石榴、瓜子黄杨、有斑点的黑葡萄。在高耸入云的山崖阶地上，也会看到另一类的“菜园”。那里的土是用袋子和篮子运上山的。也有这样的事情发生：黑心的歹徒趁着漆黑的夜色，把这样的“菜园”完完全全一点儿也不剩地偷走，包括可怜的收成和全部的土壤，使得山民一家人面临被饿死的威胁。

在那些遥远的地方，那些大得如同球一样的罂粟头，足有一普特重的芜菁甘蓝使他吃惊非浅。他从一棵马铃薯秧下掘出来的马铃薯足足装满一小桶，他就着一种人称“夫人的手指”的细长型西红柿喝光了每天发给战士的一百克烧酒。他吃过辣得眼睛流泪的紫葱。这种葱能够给马铃薯烘饼当顶好的作料。恶作剧的时候，他用自动步枪向抱不动的大西瓜射击过，他也欣赏过万紫千红的花园美景，甚至亲眼见识过黑玫瑰和木兰王开花。也还有过这样的经历，现在已经无须再加以隐瞒了：他曾经匍匐前进爬到比萨拉比亚的葡萄园里，不知为什么在那里停留了一整夜，同一位黑皮肤的摩尔多瓦女人在一起榨制一种令人头晕目眩的甜葡萄酒。

但俗话说：身在顿河纵然好，总还不如自家强。小男孩的眼前总是浮现出那个菜园，那个被长木杆和野蒿草隔离起来的菜园，那个蔬菜很难成熟的菜园——早来的霜冻总是沿着峡谷袭来，令蔬菜不寒而栗。就在这个菜园里，小男孩看见过彩虹。彩虹的一端起于绿色的菜畦地里，另一端夹在岩石壁立的峡谷中。彩虹全是由五颜六色的粉层组成：有罂粟红、葵花黄、胡萝卜缨绿，还有一种颜色是捉摸不定的和难以分辨清楚的。当小男孩睁大眼睛潜水的时候，他看到过这种颜色，这是无声王国的颜色，是娇嫩的淡蓝色，蓝得透彻晶莹。是的，就在这个魔法笼罩的王国里居住着无固定形体的人鱼公主和一批天真无邪的长着翅膀的小天使，它们都是绘制在奶奶的圣像上的。

小男孩并没有感受到自己这是激情迸发，他径直向彩虹跟前走去，响应着彩虹的呼唤，但是迷惑住了他的彩虹却向地界处逸去，落在了野草里。小男孩被荨麻刺伤了脚却全然没有察觉，他来到了地界旁边。这时候彩虹已经退到了栅栏后面，跌入宽谷里了。伤心的小男孩收住了脚步——他永远也追不上彩虹，他也触摸不到彩虹。彩虹，这是一个美丽而又不可能实现的梦幻。

村里菜园也发生过这样的奇迹：奶奶带回来的菜子长出了一种植物，开出了橘黄色的湿润的大花。这种植物像条绿蛇和荨麻纠缠在一起，然后又越过荨麻爬上了围墙，再从围墙上沿着澡塘的一角爬到屋顶上，已经快蔓延到烟筒上去了。还能够爬到哪里去呢？只有上帝能知道。这时候夏天结束了，出现了第一次夹着冰霜的朝寒。这个善于钻营的怪东西停止了生长，枯萎了，顷刻间变得死气沉沉，长满了皱纹，毛茸茸的花茎冻得像凝胶一样透明。曾几何时簌簌作响的成了要不得的碎片。这时候，一个黄肚皮的圆东西被从深垄沟里发现了，它像澡塘里的锅一样大小，身上起着棱。小男孩和成年人们全都大吃一惊，一个个兴奋得不得了。小男孩又在菜畦的叶子底下偶然发现了两只大南瓜，它们是椭圆形的，也有棱突起，就好似洗衣板。小男孩吃力地把这两个白皮的脏东西夹在腋下向家里走去，活脱脱是采到了大金块的幸运的淘金者。深秋时，当苍耳变得稀疏并且落到地界上的时候，在菜园外面，快要到宽谷的地方又找到了另外一颗南瓜，但是这颗南瓜瓤子已经被到处钻来钻去的小鸡给叼空了。

从那个夏天起一直到现在，在这个遥远的村子里，南瓜便流行起来。因为它们大腹便便，奶奶也把它们叫做“不顾不管”

的家伙。奶奶对这些讨人喜欢的黄腰身的圆家伙爱不释手，她还说，应当为市场上那位不熟悉的小贩祈祷，感谢他把这样稀罕的种子卖给了她。“让它生长吧！让它撒欢地长吧！”老奶奶把这种能长出大南瓜的种子分赠给乡亲们时这样高声说。

战争期间，南瓜粥着实地搭救了村里的乡亲们。曾经把这种粥当作甜食给孩子们吃，给自己的孩子和疏散来的孩子们吃。南瓜粥可以帮助病人复壮。直到现在，小男孩的劳动家庭还不时到市场上去买两只南瓜，为了调节一下饭桌上的花样，做上一锅加了牛奶、玉米和南瓜的粥，一面吃，一面回忆起奶奶。“她可是一位种菜的能手！”村里人都称她为“菜把式”。不时有人托她去栽种一些特别难弄的蔬菜。村里没有人能比得上老奶奶，她最懂得哪些菜能够在一起生长。

如果菜园仅仅是养育了小男孩，让他吃饱喝足，给了他力量和生活乐趣，给了他初步的劳动技能，因此菜园才令人难忘，那么小男孩当时就会怀着崇高而圣洁的感情记住它，他的心会像现在一样激烈地跳荡。而现在，在整个伟大的俄罗斯，只要是有人群居住的地方，在积雪消融，大地袒露出胸膛之后，院子后面、村子四周、田边地头、郊外空地、山脚下、铁道旁、沼泽地和沙壤土里、江河湖泊四周便到处都有被剖开了的方块地。

现在，农忙开始时，已经不再举行祈祷仪式了，也不再从丰收女神得墨忒耳的圣像旁取圣水浇洒土地了，更不借助于在菜畦里偷偷放上一根小木棍来对黄瓜使用符咒了。现在的菜园本身已经变成了令人疲乏不堪的生活的附属物，特别是对于那些城里人。拿着铁锹、草耙，背着口袋，乘坐挤得满满的电气火车、公共汽车或者步行，城里人不得不去郊外耕种分给他们的那一小块土地。

但是，人们是不能丢掉土地的，土地有一种伟大的习惯力和吸引力。对土地怀有一种信念：要是忽然发生了什么灾难该怎么办呢？歉收？干旱？或者又发生了战争该怎么办呢？（但愿不要如此！）那时能够依靠谁？依靠什么呢？依靠土地。土地从来不出卖我们，从来不欺骗我们。它是我们的乳母，它宽恕一切，它也从来不记恶仇。

小男孩在挖掘菜园里的土地，使劲嗅着草茎淡雅的香味，烤马铃薯的味道和其他草的种种气息。他依稀看到了河岸边似乎是在飘摇的小屋、小屋后面的菜园，还有被严冬的酷寒和劲风摧残得枝条褴褛的野蒿草。澡塘后面的深谷下面的积雪仍然泛着淡灰色，草全都变成了“无花果”，连瞎子也知道这是荨麻。菜园里身穿白衣服的老妇人、孩子、姑娘们散散落落，正在把去年的秸棵茬子搂到一起，把冬天的垃圾秽物扫到已经快填满的坑里去。他们唱起了歌，可歌声又戛然而止。他们朗声笑着，讲述着什么事情。春之大地散发出淡蓝色的雾霭，还不时有热气和绿颜色伴随着呛人的烟气升腾。

早在二月份就把菜子种到了小草房的箱子里。籽种还要先在旧的容器里浸湿，要把土豆先种在土地，让它们长出苗来再移栽；奶奶也还把蒜种分成一瓣瓣的，这样便于栽种。葱也要分出不同的等级——奶奶失明了，腿脚也不好使了，她用手摸着做事情。她的生活里不能没有劳作。

爷爷坐在杨木杆上，杨木杆的砍伐断面渗出了湿乎乎的黏液，它们是从森林里运来的，要用这些木杆补一补坏了的围墙，替换已经糟朽了的小横杆。爷爷就坐在杨木杆上，手里捻着已经稀疏了的小胡子，这把胡子是他在前线作战时蓄下来的，他同时还吸着烟。他非常喜欢这样：一面吸烟，一面观赏马儿。也许他并没有观赏马儿，而是在瞭望顿河左岸的故土。当他还是一个年轻的剽悍哥萨克的时候，他从顿河驰骋而来，和部队在一起，本来的目的是想要征服什么人，但是他自己却被一个快活能干的西伯利亚女人给征服了，永远地留在了这块北国的土地上。

浑浊的溪流从山顶上分不同层次奔泻下来，刮破了冰块，而冰块被底部的污浊吮吸过之后，已经是遍体疮痍、萎靡不振了，好似存放时间过久的发面团。宽沟和缓坡里银莲花花开遍地，洁白一片；紫堇草毛茸茸，黄花九轮草伸展起金色的触须呼吸春天的气息。而猪菜花和百合花，你可以任意采集许多，尽情享受它们的富于脂肪的鳞茎。自家的和别人家的孩子都聚集在爷爷的周围。他们在挑选杞柳树条，割好之后编筐用，他们还用柳树条削哨子，吹起来发出吱吱的响声。小鸟儿也不甘心落后于这些小孩子，它们也各自啁啾鸣叫，好不热闹。

男人们在修理栅栏，孩子们和妇女们把垃圾扫成一堆堆。整个俄罗斯大地，处处都点燃起了春天的篝火，和以前一样，这是在整理土地，就好比是盛大节日到来前收拾正房。怀念牧场的牛群哞哞叫着，在撒娇。在雪融后露出地面的上空有雄鹰翱翔。云雀发出脆铃一样的叫声。鸭子笨拙地跌入宽谷。

爷爷和奶奶早已不在人世。他们的菜园可能也已不复存在了。房子也没有了。桃花汛到来时，把房子冲到了悬崖里，房子那满是皱纹的正面撞到了被河水冲刷过的石头上，到头来只剩下了一些破旧的碎片。牛群不再撒娇。小猪也不再在草地上撒欢。马匹也不再在田埂里蹒跚了。村子里没有马匹了，机器取代了它们。

可为什么过去的一切都历历在目，都音犹在耳呢？为什么印象竟如此清晰呢？心儿为什么飞呀飞，飞向难以忘怀的远方呢？……一生一世地飞翔，尤其是在春暖花开的时节，无论如何也不能降落到大地上，时时处处觉得是在经历着生活中的某种变故。尽管本来已经知道，世界上的一切都是在轮回，在这个圈圈里的一切都是由合理的顺序所安排决定了的：春天的篝火和整地后，接下去就开始了田间劳动：人们耕地、耙地、种庄稼、种菜。随后就开始出苗。于是刚刚进入发育期的土地，一次再次地用创造出来的奇迹使世界震惊，它吃力地呼吸着，平静地生育果实和粮食。

小鸡雏在院子里唧唧叫着，通过它们的鸡妈妈还是鸡雏的时候就已经熟悉了的秘密通道钻到菜园里。妇女们凶狠地叫骂，习惯地追赶它们，弄得这些小鸡到处翻飞。钻到衣服下摆里的黄蜂在姑娘们播种或者薅草的时候，咬了某位姑娘一口，姑娘在菜地里到处跑，把菜全踩烂了。一位爱开玩笑的小伙子死皮赖脸地要把蜂刺从黄蜂蜇过的地方给拔出来。和女孩子开玩笑是会招灾的。由于开了这样的玩笑，上帝专门惩戒了这个小伙子：割草的时候，让一只凶恶的胡蜂落到了大钐刀上，由于割草人的罪过而落得走投无路的胡蜂把这个爱开玩笑的小伙子的脸蜇了一下。于是，姑娘们排队前去亲吻这个小伙子，总算是用这种久经考验的方法治好了蜂蜇的毛病。所有别的年轻人都非常羡慕被胡蜂咬了一口的同伴，幻想着有朝一日也被什么甲虫瓢虫之类咬上一口。

是啊，如果命运也赐予我们小男孩这样的喜悦，该有多么好啊！他会一躬到地的！但是命运对他更大度一些。他在童年时已经感受到了一种别人在成年生活中也不一定领略到的幸福……

小男孩蹲在地上，透过地界间的草丛窥视着自己最主要的秘密。草丛像是密密麻麻的陡直的雨帘，中间透出了一丝光亮，那是通向邻居家的小径。野蒿之间有一条通道，上面已经封了顶。暗淡的光线反射出来，有许多条条反光。

就在那里，在邻家小屋的窗子里，在灯光照耀下，有一个小女孩正在梳头，头发泛着白色、蓬松，像是蒲公英绒毛。看不见小女孩，也看不见窗子。但小男孩知道，这是刚刚给小女孩洗过澡，她正对着一面旧的大镜子梳头。镜子几乎占据了两个窗户间的一面墙。镜子静止的深处有繁星游动，那是像蟹子一样的甲虫。蜘蛛在角落里翻动着，如同是在微霜扫过的草上爬行。

从那里、从不可测及的深处、从植物丛中、从那些白色的和不动的植物当中，有一个小女孩在接近。她额头很高，身材清瘦，嘴角开阔鲜明，一双大眼睛，略微有些突起。长这样眼睛的孩子多半是天花在手上留下了印记。小女孩在用梳子梳理头发，头发披散在瘦削的肩头，在突出的弧形锁骨上，头发闪烁着星光，简直能够把人的魂儿给勾了去。

这位小女孩出现在小男孩的生活中，纯粹是一种令人惊愕的意外，就好像是有魔法的女人迷惑住了他一样。有一天，他正在菜园后面做事情。就在深坑旁边，可能是在挖百合，也可能是在削哨子，也许是在薅肺草，也许是准备去捉梅花鲈，把麻纤维拴在栅栏上想捻成钓鱼线。忽然间，他听到了什么，感觉到了什么。

他停下了手中的工作，抬起头，看到了她。

一个身穿蓝连衣裙的小女孩在宽谷的那一边站立着，哭泣着；宽谷里浑浊的水已经快漫到了谷顶。小女孩的脚下枯草衰败，已经有新草萌生了。一股忽然穿透了全身的怜悯使小男孩的心收缩起来：小女孩脸颊流下的泪水珠实在太大了。泪水全都集中在皱起来的红嘴唇上，显得不太美观。而且小姑娘长得精瘦，实在太瘦了。她大概有病吧？小男孩就是对病人充满恻隐之心，因为他自己整整一个冬天病得不轻。小女孩手里捧着一束和她的连衣裙颜色相同的蓝色花朵。花儿有些白色斑点。小男孩仔细看了看，分辨出了小女孩的连衣裙上也有一些小碎花，而且有白滚边，只是洗褪了色，白颜色也被染蓝了。

小女孩站立在两大块厚冰之间，她的面前尖尖的红柳树梢刚刚露出水面。柳树处处抛洒柳絮，沿着桦树林处处泛起绿色的泡沫。山楂树在缓坡上开花。桦树林里冬天曾经有过一条通道，雪橇把桦树皮都给刮破了。小女孩的头顶上阳光照耀。有一只小黄鼠直立在一旁，它对着小女孩吱吱叫着，也许是在咒骂她，也许是想吓住她。被运到谷地里来的粪肥已经被水冲刷过了。粪堆上一群麻雀在斗架，它们扭做一团，一起滚落到冷冰冰的水洼里，又马上分别飞向各处，像是什么事情也没有发生过一样，各自晒干自己的小喙。一个小伙子和一位农夫在深谷里缓步徐行，拖着一张单网。农夫喝醉了，东摇西晃，摔倒在水里，像被烧伤了一样大声号叫。深红色的衬衣好似血污的皮囊晃动着。小伙子不连贯地吼叫着："使劲，往下拉！沉底！别弄乱了网！喝多了，真糟！快，往下拉！"

宽沟里面灌了浅浅的一层水，从山上不规则地流下的水流，旋转着泡沫，夹杂着垃圾。在嫩草丛生的地方许多拟鲤鱼产了卵，农夫和小伙子想要用一张小网捕鱼。小女孩不清楚他们的意图，哭了起来，不住地央求说："好爸爸，别掉到水里去！亲爱的爸爸，千万别淹着！哎呀，我的好爸爸呀！……"

农夫和小伙子是不是捕到了拟鲤？他们是不是到了宽沟顶？还是弄乱了网，把渔网挂到水下的树干上撕破了，小男孩已经全然记不得了。但是他却铭记住了穿连衣裙的小女孩，她手里拿的是一束鸢尾花，这些花生长在宽沟那边，在蚂蚁窝旁边；他铭记住了小女孩涕泪涟涟，反复重复着一个词："好爸爸"。村里的人们都不使用这个词儿，听起来不习惯，甚至有点儿可笑，但是这样的称呼包含着善意和亲昵。总之，这个小姑娘在小男孩的心目中占据了永恒的位置，而且整个一生都和他在一起，和那些触及他视力、听力的细节一起存留在他的记忆深处：大冰块上部肮脏不堪，往下滴着水珠，把一个个玻璃似的铅笔形状的水柱摔落到地面上，发出清脆的响声；水流奔向河口，冲刷着疏松的深谷；手搭凉棚的放牧人也在观看打鱼人；山楂树在小女孩头顶上盛开着鲜花；黄蜂把她的头和小白花混同了起来，蜂刺一个劲地在小女孩毛茸茸的头发上绕来绕去，还有小男孩卡在喉咙里的呼喊："当心叮着！"

小女孩是和父母一起来到这个村里的。她父亲承包了烧石灰的工作。他们的家就住在小男孩家隔壁。小女孩自然是要和一群小男孩在一起玩耍的。但她既没有洋娃娃，也没有其他玩具，只有一条洗过多次的蓝色连衣裙和褪了色的玫瑰色丝带，扎在蓬松不整的头发上。小女孩在河边捡了些小石子，向小石子吹吹气，用舌头舔了舔，然后展示给大家看：瞧，多么美丽！村里的男孩子们还不善于理解他们周围的美学范畴，更不必说石头子儿有什么美妙可言了。不是每天脚底下都踩着石子嘛！于是他们赶开了小女孩，把她叫做"小瘦丫头蛋子"。小女孩低垂着扎了蝴蝶结的头，自己一个人去了宽沟，采集了各种各样的花，编成了花环，把花环戴在自己的头上试来试去。人们知道，试戴花环的孩子不会活得很久。小女孩总是唱些悲伤的歌曲，本地人不会唱这样的歌。她的歌声动听极了。小女孩幽怨的歌声，小女孩的"不抵抗邪恶"，还有她的那些被认为是不祥的花环，那些却是像天使一样圣洁的花环，打动了村里人的铁石心肠。“看来这是个不幸的孩子！”村里的小姑娘们同情地说，像婆娘一样叹着气。她们接受了这个新来的小女孩玩两口子过家家的游戏了。

小男孩当然马上就想到了他肯定是给这位新来的小姑娘当“丈夫”了。她也是那样瘦削、病弱、不幸。小男孩表示反抗，坚决拒绝了“小瘦丫头”。小姑娘一下子变得无依无靠了，她简直不知道该怎样生活，因为没有“当家人”，世界上任何妇女都生活不下去。小男孩虽然固执，爱争辩，但是却很善于体恤人。他不会长久地折磨人。他叫了一声表示同意，便吩咐“女主人”赶快去干家务活，还告诉她不许和别人家的“男人”胡闹，不然就会给她好瞧的……说完他自己拿起镰刀——实际上那只是玻璃瓶子碎片——去“割草”了，并且垛了一个“柴火垛”。

女孩子们在废弃的房架子里玩过家家的游戏，俄罗斯的每个村庄里都有这样的房架，它们是被什么人遗弃不用的，好像是故意留着让孩子们捉迷藏或者做各种儿童游戏似的。女孩子等待“当家人”“下工”回来，她们用泥巴做了“油炸饼”和“奶渣饼”，用草做了“被褥”。小男孩的这位“家里人”幸福得发了疯，把各种各样的事情安排得妥妥帖帖，井井有条，使得其他的女孩子们全都吃惊地大叫，并且开玩笑说，她的“那口子”可比不上她，说她的小男孩长得太干瘪，不水灵，“既不出毛，也不产奶”。“这有什么？这有什么？”她在为自己的“当家人”辩护：“但是他人特别老实，不胡闹……而且不喝得烂醉……”

为了她讲的这些疯话真该揍她一顿，但是，当小女孩真正在手中握住了权力之后，她就表现出了前所未有的顽强性，小男孩被管束得既不能喘气也不能叫喊，就是再坚强一点儿的“当家人”也得告饶。她不让自己的“丈夫”干重活，强迫他休息，保养自己，她呢，瘦得浑身上下只剩了一把骨头，身子轻飘飘的，却到处跑来跑去，又照料“牲口”，又看护“孩子”，“烧火做饭”，哼着歌儿，唱着小曲，高高兴兴，还时不时地开个玩笑。当别人家“妇女”的“小丈夫”们回家来的时候，小男孩生活中的这个“伴儿”便显得更胜别人一筹了。那些“小丈夫”根本迈不进门槛，东倒西歪，磕磕绊绊，他们粗声粗气地叫骂，非要把酒喝足喝够，死乞白赖地让亲吻他们，安慰他们，因为生活实在是太可恶了！

姑娘们拍手打掌地大喊大叫：“你可回来了，看不厌的美男子！”她们一起扑向自己的“美男子”们。“你这吸血鬼，又喝了些黄汤？！你这该死的！可把我给害苦了！你怎么不喝毒药呢？你吃的不是小菜而是锈钉子该有多好！”这时候，这些“小妈妈”们，狠狠地揍着“丈夫”们的后脖梗子，而“丈夫”们气急败坏地吼着：“我的枪在哪儿？我的老洋炮哪儿去了？我把你们全都打死！我的上帝啊！……”

“可是我的当家人不喝酒也不抽烟！那可是我的好保护人！”小男孩的这位“屋里人”手托着脸蛋儿，很同情她的女友们，她在夸奖自己的人呢。小男孩忍受不了她的这种善良，为自己这种类似残废人的地位感到屈辱，这种保护使他感到了束缚，受到禁锢，他不想服服帖帖地屈从于命运的安排。于是，终于有一天小男孩大喊了一声："烦死人了！干吗总是缠着我！"他绝望地跑到宽谷去了。

宽谷里的水还没有退去，土地仍旧冻着，没有融化。小男孩感冒发烧，又病倒了。

在恍惚中他似乎看到了一种水下生物，拖着很大的泡囊。这个泡囊以前曾经是籽，甚至是籽的外壳，它帮助水下生物脱离了籽的状态，从压力很大的水下深处奔向有空气的地方，奔向光明，奔向岸边水温比较暖的地方。但是不知为什么，泡囊并不脱离开这种水下生物，这种生物更像是蚊蚋幼虫，而不很像鱼类，它让泡囊泡在水里，自己也备受折磨，用两腮很窄的缝隙抽搐地呼吸着。

这些小小的水下生物连成一片，已经不再是盲目地游动了。它们因预感到有危险临近而四处躲避。它们学会了自己采食。这些水下小生物团结一致地行动，也许是为了寻求折磨，它们像箭一样向上飞腾，扯住小鱼的泡囊。耗尽了精力的水下小生物，侧身躺在水底，水流冲过，它们像银币一样翻转。这时候小男孩才忽然有所彻悟原来，生活从痛苦开始，并且以痛苦结束。但是在两种痛苦之间应当有某种东西，这些东西能够使不明事理的小鱼儿也不知疲倦地反抗带给它们无限烦恼的安谧。

小男孩在反抗死亡，他被拴在一个泡囊上，被高挂在无底深渊上面的天空里，相距弥漫着轻柔的长眠只有一步之遥。他抵御死神，试图打破闷人的泡囊，不再被它粘住，而是尽快回到自己家的屋檐下，就算这个家是那样的不让人安生，难以忍受，缺少情义，闲散懒惰，争吵不休，尽管如此家里的生活仍然是毫无羁绊而且具有无比的诱惑力。

泡囊很薄，并不结实，但是小男孩剩下的气力也太小了，他没有能够扯破这个泡囊。泡囊把小男孩吸进令人窒息的黏液当中，把小男孩生命中最有用、最有趣的一切全都吮吸干净，用淡而无味的空泛包围着小男孩。这空泛哑然无声，不见天日，平淡，没有任何特色。很少有这样的时刻，觉得是有什么东西在穿过浑浊的沉淀物。此时好像有一只小燕子在小男孩头顶上盘旋起来。“唱起歌来像纤夫。哭起来像士兵……”还是那个老曲调。沉郁而单调的声音通过泡囊的薄膜传送过来，传到了小男孩的耳鼓里。他猜到了，这是他自己的呻吟。他呻吟着、祈求着、渴望在游荡的热雾中能够出现一些足以把他从窒息人的泡囊里解脱出来的力量，哪怕就只有一口清新爽朗的空气吹拂过来，哪怕就只是一张什么人的脸颊出现在他眼前！

他，终于呼唤到了。

柔软的头发上扎着蝴蝶结的“妻子”来到了他的面前，用一种忏悔的微笑欢迎他，这莞尔一笑呼唤他摆脱使人烦闷的孤独和衰弱的身体形成的顺从。

“握住！握住我的手！”这声音似乎来自遥远的地方。小女孩摆了摆头，于是小男孩的眼前又扬起了一团团蒲公英绒毛。小女孩活脱脱如一个女医士，信心十足地握住了小男孩无力的手指，不知为什么目光非常锐利、非常威严，同时又非常亲昵地望着他。只有在这时，小男孩才忽然懂得了：妇女是世界上最有能力的人，比医生们的能耐要大得多。医生们照着书本学习几个冬春，而妇女们几千年来就创造生命，用善良的心肠来医好人们的病痛。虽然这位小姑娘年龄还很小，其貌不扬，但是她已经会照料病人、帮助病人了。她让小男孩的手贴在她冰冷的突起的额头，她由于心中充满怜悯而抽搐战栗，她悄声说："叫我一声'瘦女孩'，好吗？"

除了母亲外，没有人、没有任何人能够做出这样前所未有无私的建议。谁也不会这样做！小男孩早年丧母，他甚至记不起母亲的容颜。现在，出现了一个女人，一个能够如同母亲一样自我牺牲的女人。尽管现在小男孩疾病缠身，衰弱不堪，他还是感觉到自己是一个男子汉，他没有享用女性给予他如这片刻的眷爱，没有享用这感人肺腑的高尚。女性的丰功伟绩在于建树神圣，小男孩为此受到了鼓舞，他怀着受难者的情感拒绝了小女孩的奉献。小女孩也为男性的这种骑士风度所振奋，一种可以把女人的心灵融化干净的感情，一种令人头晕目眩的感情使她心潮难平，于是她使劲地、忘情地让小男孩皮包骨头的瘦手叩打她狭窄的胸膛，急切地、上气不接下气地叨念着，生怕被人打断："瘦女孩，瘦女孩……"

小男孩的眼睛里涌出了泪水。泡囊被冲破了。他把手掌贴到眼睛上，为的是不让小女孩看到他的软弱。而小女孩却装作什么也没有发现。她强忍住使她浑身感到灼痛的女人的眼泪，平平常常地，同时又以一种难以察觉的怜惜，一种只有成年人才会有的怜爱之情，控制住了自己，一本正经地像是保护人一样对小男孩说："算了，别这样？这是干什么？上帝保佑，会好的！"

小男孩的病慢慢好了起来，后来婶婶们、奶奶还有邻居家的妇女们坚持说，这是由于喝了圣水，由于奶奶日夜祷告和饮用了具有复壮作用的浸剂。但是，只有小男孩一个人真正知道，他是怎么样战胜了疾病的。病是痊愈了，可是从此后他却开始躲着这个小女孩了。小女孩也觉察到了他们之间有了什么突发的秘密，而这种秘密剥夺了他们的自由。小女孩耐心地等待着，希望小男孩能够像男子汉那样，首先走到她的跟前，主动对她说："来，让我们再在一起玩吧！"等呀等，等待了很久很久。等得她的身材比小男孩都高了，等得她开始回避男孩子们了。她现在已经不再在废弃的房架子里玩"过家家"游戏了。她现在只和女伴们一起去林子里玩，而且不再光着身子游泳了。

这段时间里，石灰工在岸边挖好了炉灶，烧好了石灰，熄了火，然后大手大脚地、痛痛快快地玩闹了一阵，搅得全村都不得安宁。他把领到的工资喝光后，就把一家人装进小船里，悄然离去了。谁也不知道他们去了什么地方。

小男孩生就怀有一种信念：周围的一切全都稳如磐石，常在常存。不论什么人都不会离开这里的生活圈子走开。现在这个信念破灭了！他的心灵受到了震荡，以至于一连几天没有离开河岸，他眺望着空寥的河面，哀叹着："小女孩漂走了！……

小女孩漂走了！……”

许多年来，他心头总积郁着一种不安和怅惘，他一直等待着小女孩，希望忽然有朝一日她会来到他面前。她会穿起另外一件连衣裙，容貌焕然一新，但是她终究到来了。长久的分离和痛苦的等待折磨得他疲惫不堪，他幸福地长吁了一口气，伏到她的跟前说：“我的小女孩！”

但是童年时医治好了他的疾病的小姑娘永远留在了他的心中，其形象鲜明无比，熠熠生辉。时至今日，伫立在他眼前的仍是那个小女孩，身上穿的还是那件蓝色连衣裙，手里捧的仍是一束鲜花，那是一束野鸢尾花。

周围的一切依然如故。一如往昔，只不过是辽阔的远方更加明亮、色彩更加鲜艳、阳光更加娆媚。肮脏的冰块碎裂成了一块块小的宝石；躁动不安的宽沟呈现出蔚蓝色；驴蹄草的黄颜色为宽沟的四面镶上了金边；家雀幻化成了快乐的翠鸟，在红柳柔弱的枝头安了家；山楂树枝梢舒展，香气宜人，已经不再是山楂树而是变成了一种舶来的植物了；曾经因为寒冷而大喊大叫的醉酒的庄稼汉和少年、咀嚼着牧草把口涎流到地上的母牛、身穿白桦树皮靴的放牧人，以及谷顶上的粪堆，一切一切都已成陈迹，不知去向了。小姑娘不会再是“瘦女孩”了，不会再是灰牙齿的姑娘了，她也不再长着一双婴儿的眼睛，那是双多少有些野性的眼睛，向外鼓出来的眼睛。她变得挺秀多了。眸子是蔚蓝色的,头上扎的发带是野蔷薇色的,粉红粉红的。连衣裙洁白如雪，是全新的，衣襟一直拖到草地上。那时，在宽谷那边他们第一次偶然邂逅时，小姑娘并没有哭泣，她在笑，笑声清脆，有如小铃铛。太阳在她的头顶上和煦地照耀着，天空高远辽阔，深不可测，清澈洁净，一尘不染。天，全然是蔚蓝色的，恰似她的一双明眸。这一点，小男孩记得非常非常清楚。

小径上的灯光没有了——邻居们把灯从正屋里拿到了靠近炉子的最里面的地方，他们会在那里久久地喝茶，在感到困倦去睡觉之前起码要喝光五茶炊水呢！

田埂上的野蒿颜色已经变深，长合了缝，有如一堵墙；冰草似乎是一条条雨丝细瘦而且衰败。小男孩正在复原，挺直了身子，只是膝盖仍在咯咯作响，穿着裤子的一双腿像是有无数根针尖在扎着。哈欠驱走了原先游动在脸上的笑意。追赶着金龟子的一只夜莺在小男孩头顶上飞过，盘旋了一会儿，如同一片影子落在了地界那边。栅栏外面的草场上，牛项铃响声四起，和这铃声遥相呼应的是山中的一只鸮鸟在从容不迫地鸣叫。小男孩还从来没有看见过这种鸟，一听到它的号叫，他就吓得半死。在小男孩的梦境里这猫头鹰是一只长着鬼头牛角的大老鹰。洁净的雾霭在菜园上空浮荡，恰是一个个漩涡，真像是湖面上烟波浩渺。阵阵寒意从深谷里滚滚卷来，游动在田垄上、在黑暗中看去是白斑点点的向日葵上、在豌豆地上。料峭顺着宽谷降临到河边，凝聚在深沟下面，而深沟已经被灰沙燕掏出了一个个小洞。但是在菜畦里，白天浇灌过水的蔬菜里还积存着白天的温暖。凌晨时山里的鸮鸟不再打点报时，鵪鸟也不再鸣叫，冷气流从山里顺着树林袭来，这时节，田垄上的一切都披上了一层露水珠，菜园犹如在梦

里 一样宁静，菜叶低垂着头，俯首向大地，在昏暗的沉寂中蕴含着湿气。菜园在等待温暖，等待太阳。

小男孩没有听到过植物生长的声音，而且没有人听到过；他也没有看到过任何一种植物是怎样生长的。“也不应当看到。”要知道小男孩自己也没有发现他是怎么样长高的。这就是说，秘密，不仅在创造生命的时候存在；在生命的运动和发展中也有秘密。

小男孩理解到了生活的范围，是用智慧理解的，不，甚至可以说不是用智慧，而是用自然赋予的灵感理解到了，生活的范围，那是一个封闭式的无限循环。虽然，他还什么都不懂得，也不会解释，但他总还能够感知到：世界上的一切都不是平白无故生长的，一切都值得尊重，甚至是尊敬。就连小而又小的苍蝇也不例外，看，它们灰土土的身躯，架着两只翅膀，翅膀上有些略能看到的小斑点。就连这些小苍蝇也在地球上占据着自己的地位，有它们自己的秘密。

小男孩去澡塘洗澡，婶婶们很不高兴，因为是硬让她们照顾这个小家伙。她们催促他，扯他的胳膊。在这个时候小男孩才发现了在蛹床上盘旋的苍蝇。小山谷把晚霞播撒进菜园，在落日余晖里，灰蒙蒙的一群小苍蝇聚集在一起，像是民间所说的粘在长长的擦鞋布上一样。小男孩伸了伸头，担心苍蝇会落到他的身上，会叮咬他，但苍蝇只是微微挪动了一下，退避到了一旁，重新粘到了有光线的地方，从那里反射出一个个小星星。

一群群小苍蝇与谁都不相干，它们全神贯注地跳着诚挚无限的爱情之舞，这舞蹈像是毫无意义的趺趺撞撞。这种短暂的足以致命的情欲已经使它们耗尽了精力，但它们仍然庆贺自己的节日，经历自然奖赏给它们的瞬间欢乐，在即将熄灭的光线下翩翩起舞，这爱的舞蹈就是生命的一刹那。小苍蝇像罂粟籽一样掉进草丛，一切就结束了。但是它们毕竟领略到了自己的幸福，它们并不贪求其他。在灿烂的光照下，对着灼热的太阳，小苍蝇已经目眩神迷默默死去。它们小得不能再小的心脏也许经受不住其他的更为巨大的幸福，也许会在小得不能再小的躯体里爆裂呢……

小宽谷里漆黑。潮湿使菜园的栅栏杆好似镀上了一层锡，它们一个个孤单地挺立在那里。围墙和山冈上的树木投射的影子泻洒在林中空地上。被群山挤成细条条的小河有节奏地喧嚣着，不，它不是喧嚣，而是在深沉地呼吸，能够听到它呼吸的声音。河水折射出变幻的光线，像明亮的镜子一样这光束直奔天空，而天空里繁星点点，夏日的星辰，那颜色好似没有成熟的西红柿，显得苍白无力。

而小苍蝇，却一个个地接连掉到了地上，落入白菜丛里。它们已经都是无精打采的样子，对一切全然无所谓。有两三只碰到了小男孩的脖颈，钻进了粗麻布的硬衬衣里，贴在了汗涔涔的皮肤。视力敏锐的鹟鸟在白菜上寻找，啄起一个个小苍蝇，把它们一撮撮地送进小鹟鸟张大的嘴巴里。小鹟鸟加强了营养将会很快地成长，变得羽翼丰满起来。摆脱了蚜虫困扰的白菜忽然快速成长着，好比是一个五短身材的教士尽管矮小却穿起了一百层道衣。掉进河里的小苍蝇将为水下生物充饥，它们可能由于吃了这种食物而变成了鱼。就连死后的小苍蝇也在为更强大、更持久、更稳固的生命献身。这就是说小甲虫、瓢虫、蛾子、金龟子和由于潮湿而只能匍匐在芜菁甘蓝上的螽斯，它们都不是平白无故存在的，它们都在完成自己担负的使命，它们都在大地上做些事情，最主要的是，它们都生生息息，欢呼生活。

可是，苗圃里的莠草呢？这可恶的荨麻呢？还有偷吃鹟鸟蛋的喜鹊，爱咬人的盲蝽和牛虻又怎么样呢？小孩子们有时候用牛虻做游戏，它们给牛虻臀部插上稻草，让牛虻带着这样的标志在空中飞来飞去。还有，躲在醋栗丛中发出咝咝叫声的蛇呢？还有蚊蚋？还有林中的蜱螨呢？这些吸血的败类，这些迫害和吞食一切有理智的和有益的东西的下流动物，难道它们也在胜利和欢呼吗？唉，我的天，真奇怪！而且没有人可以去问个明白……奶奶待在家里，爷爷已准备去洗澡，婶婶们还没有洗浴完毕，叔叔们把马群赶到草场放牧去了，大地呢？大地在沉默。能够去问谁呢？

自己去考虑，自己去寻求答案吧！既然你给自己提出了这样问题。可现在太疲倦了。想去睡觉，什么也不想考虑了……

所有这些提问、这些疑团都甩到一边去吧！以后再说，以后再说吧！长大以后一切都会得到回答，什么问题都能够解决。现在突然涌来的睡意使小男孩浑身酥软，他向栅栏门走去，心中饱含着恬静，他一面抵抗瞌睡，一面不连贯地低声重复着：“瞌睡虫，远点走，快到沼泽地里去！”

小男孩摸索着找到了拴栅栏门的绳子，把绳子从木销上解了下来，他又一次把脸转向了生意盎然的菜园。菜园外面的草场上嚁嚁地叫个不停，正在举行友好的“音乐会”——螽斯的鸣叫连成一片，这声音同夜的声音结合在一起，同大地的静谧融为一体。这声音甚至使夜色更加浓郁了。把白菜穿成不少洞的那只螽斯已经觉得身子暖和些了，情绪更加激越了，它似乎在补偿自己的疏漏，起劲地在菜园里嘶鸣，那声音直冲云霄。这眼球突出的鼓噪鬼叫到陶醉之处竟然眯缝起了眼睛。

果实和色彩的精髓吸取了小男孩熟悉的种种气味。它们在一起信心十足地停留在菜园的绿茵之中，把森林、杂草和野蒿的气味全都排挤掉了。就在这种气味里似乎有浓重的烟气蒸腾，散发出刺鼻的曼陀罗味道。这是苦涩的罂粟气味。这种花耷拉着一对大耳朵，好像是戴起了一顶灰帽子来掩护自己过夜一样。小小的罂粟头中间长着仍然发白的罂粟籽，它们被粘在一起的花瓣保护着，这样是不会受冻的。罂粟头和莳萝的味道让人不舒服。但忽然之间纵情开放的油质极多的大麻花味道压过了一切。风儿吹动大麻，大麻波浪起伏，被摇落了整整一大筐。尽管如此，每天早晨的时候，所有田园里的劳动气息还是盖过了散发出乳香味的大麻，盖过了不新鲜的莳萝。太阳升起后，这种劳动气息又盖过了小松树、红松、落叶松和云杉树枝上被烘热的香味，这些气味从山上刮来，如同强劲的浪峰一样。

经过人类耕作，土地已经变得蓬松柔软，覆盖着厚厚的一层绿衣。这样的土地如果有风儿游荡而过，会显得更加肥沃丰腴，可有的时刻土地也是难以忍受的，如同永世沉沦一样难以忍受。这就是菜园变得荒凉一片的时刻，那可以说是经历了一场战争的磨难，受过无数次洗劫，遍地都是坑坑洼洼。这时候的菜园像老人一样悲惨地在凄风苦雨中瑟缩。

……一堆堆土豆秧胡乱地扔在菜园各处。穿堂风里多刺的苦苣菜摇动着胡须。涕泪交流的蜘蛛网悬挂在破烂不堪的病态的柳叶菜上。山柳菊散散乱乱地抛洒肮脏而又质量低劣的种子。遍地都是野茴芹、黄鼠狼花、滨藜、艾蒿的莲座叶丛，它们被风刮得随处都是。苍耳也无处不在，就像是爷爷发了脾气，纠缠住了奶奶，狗尾上、牛尾上、马鬃上、衬衣上、裤子上甚至脑袋上、头发上都粘上了苍耳，很难扯下来。有时候甚至会揪下一绺头发来。当然，也有的东西给予你乐趣，这就是洋姜。这个流浪汉变绿了，显得精力充沛，年轻有为。它在偏僻的野蒿丛里崭露头角，似乎是刚刚从监牢里被释放了出来，见到了升平世界，欢呼自由！

一片片乌云聚集到了一处，林中低处的白桦树叶已经枯黄，牛、马、狗全都背向北方躺卧，候鸟结队飞向远方——他们是些可靠的占卜者：很快就将阴雨连绵，今年秋天来得早……

留下来过冬的小鸟情绪消沉，竖起羽毛。吃饱了肚子的乌鸦闷闷不乐地待在澡塘屋脊、悬垂在稠李枝头或者在摇晃的木桩上一动也不动。它们死气沉沉，无限伤感，正在考虑日子如何过下去，陷入了乏味的悲哀之中，或者是正在昏昏欲睡。蜘蛛网已不在阳光闪耀的空中浮荡，蜘蛛网用霉层裹着散发出酸味的野蒿叶子。老鼠洞和鼹鼠洞 全都裸露了出来。在澡塘后面，在将要寿终正寝因而怒发冲冠的荨麻丛里发现了一只小鸡雏，整整一个夏天一直在寻找它，始终也没有找到。它已经死去了，睁着无神的眼睛。不知为什么无论是老鼠，无论是狗都没有触动它。大翅蓟张开了刺果，抛出含纤维的绒毛。绒毛在菜园的周围，在菜园的上方，在空地上纷纷扬扬，也跌落到草丛里，或者让河水追迎着漂向下游。从水很浅的小河沟里跑来过冬的鲴鱼，把这些绒毛当成了苍蝇或者螟蛾，于是就浮上水面，把它们叼住，随后又气恼地摆动着头，把这些黏糊糊的坏东西从嘴里吐了出来。

水，依然晶莹，空气也依然透明，但困顿已从河底向河面袭来。空气里蓝色的成分一天比一天减少。黎明时雾霭更加浓密，房间里点灯的时辰也愈来愈早了。熟透了的荨麻，其叶子依然是深色的，微风掠过，它就不停地晃动，发出深重的响声。孩子们把荨麻卷成一个个长卷，像敲打棍子一样使劲地摔。他们又迎着风扬过这些荨麻籽，一把把地往嘴里扔。嚼起来香甜酥脆，弄得没有牙齿的老头子们忌妒地生气发火，把孩子们赶得远远的，不让他们在自己的眼前添乱！

红脖颈的金翅雀、黄鸫、黄雀、山雀从树林里飞聚到菜园里，嗑掉了苍耳和荨麻皮。麻雀吱吱叫着，也集结在一处，掀起了一场大的争斗，搅得整个村子鸟声嘈杂，田埂上鸟羽毛飞上了天。被搞得羽毛蓬乱的去年的家雀在诉苦："我们，我们做了些什么坏事呢？叫我们偷食，我们去偷了！叫我们鸣叫，我们鸣叫过了！我们做了什么事情让爸爸妈妈不满意了！”老麻雀的脊背是灰褐色的，生活的折磨使得它的胸口和肚囊儿已经变成了灰白色。它透过牛蒡草的叶子看着这群灰色的小家伙，心里充满了说不尽的忧患：“看，我的这些不争气的孩子！”

它煞有介事地尖叫了一声，飞向了干枯的野蒿丛。小不点儿的家雀们也战战兢兢地尾随着它一个个地潜入到田埂深处。它们从饲料充足的草丛里发出了激动的叫喊。那是对父亲的夸奖。老家雀听到了对自己的赞美不禁非常感动。原来，吵架争斗只不过是一种演练。靠这样的演习不仅要训练勇敢精神，反应能力，而且还要看会不会随机应变：“荨麻籽儿就在那边，全都抖在了地上，去啄吧，孩子们！使劲去啄好了！”觅食的小家雀们动听地歌唱着：“爸爸，你可太好了！上哪儿能够找到这样的好爸爸呢！”

秋日牵动愁思，黄昏过早降临。太阳不知所措，怀着一种负罪感，露面不久后便宣告隐退。黯然神伤的土地上新萌生出一种难以名状的小灌木丛——这是再生草，它孱弱，苍白，潮湿，一天天地渐渐变绿；秋狮牙草花是一朵朵地开放；蝴蝶在菜园上空慢吞吞地飞动；无精打采的雄蜂嗡嗡叫着，盲目地碰撞着；小蜥蜴从老稠李树里跑了出来，钻到澡塘温暖的圆木里去；螽斯像是要试着磨一磨长把镰刀；黄瓜地里，瓜秧似乎被摧残得早已死去，但是在黄色的黏液里却又升起了一两条瓜藤。病态的小黄瓜花朵像是一个个香烟头，生出来的也是病态的癞黄瓜，屁股瘦小而且长出了粉刺，或者是佝偻着隆起来的肚子，或者像是一个个蝌蚪，或者是小瓜长得弯弯曲曲，有条纹，有的甚至就是畸形的双胞胎……

小黄瓜纽儿、小草、凋零的小花、菜园上空飞行的萎靡不振的蝴蝶，还有螽斯的阵阵嘶鸣——这全都是金秋的最后呐喊。不需要多久，可能很快很快土地就会因为夜里寒气逼人而变得僵硬，黎明前澡塘的薄板棚顶会铺上一层白色，老稠李树会闪烁发光，野荞麦还会在脚下发出清脆的响声，洋姜叶子会变得极易破碎，深水洼也会浮起一层有皱纹的薄冰。方圆之内是一种袭人的静寂，遥远的清晨，用难以听到的白颜色的叹息来排遣预感到的悲哀。冬天已经近在咫尺，这是预感所略能捕捉到的。谢肉节前，有人已经开始拔鹅毛了，恬静平和的大地上覆盖了一层白色的绒毛。

不，小男孩不考虑寒冷和冬天，他也不愿意去考虑这些事情，这就如同他还不善于和不能够考虑老年或者某些生活中的艰辛一样。秋天的景象在他的心灵中转瞬即逝，一掠而过，随后便全然消失了，他的心正被柔顺祥和的温暖烘烤着呢。

小男孩关上了栅栏门，像当家人一样，认真地缠绕上了门上的小绳。他浑身上下浸透着菜园子里才有的芬芳。鼻孔好痒，要打喷嚏。嘴里苦涩，似乎是吃了没有熟的稠李果。真想喝上一点鲜牛奶。小男孩知道牛奶就放在厨房桌子上的一个白瓷杯里，一块黑麦面包盖在了杯子口上。

木栅栏门附近有一双破烂鞋子，不知是谁扔下来的。院子里到处是牲口踏过的脚印。小男孩用脚试穿破鞋子的时候，看到了厨房小窗子里透出来的光亮，他的心里快活多了："偶然"看到家里的灯光，这是好兆头哩！遮阳棚下锁着大狗皮拉特，铁链在叮叮当当响，皮拉特抖动着身子。这条狗现在算是臭名昭著了。新来了一位女医士，住进原来石灰工人住的房子。皮拉特发现了女医士有一只像跳鼠一样的日本种小狗。皮拉特错把这只小狗当成了林中的什么小兽，给吃掉了。从此之后，大狗皮拉特便被终生锁在了铁链上。因为爱犬遭难而痛不欲生的女住户非常可笑地把皮拉特叫做"生番"，她就是穿过院子去取牛奶的时候也是侧着身子溜边走过，虽然大狗由于难为情和挨了揍不仅不再咬人，甚至连吠叫也不会了。这个外国的小狗比一个小猪崽要贵得多，它只吃加了香料的蜜糖饼干。残害这样的稀罕物，皮拉特可是实实惠惠地挨了一顿揍。

小男孩把脚伸进冰冷的破鞋子里，走进了遮阳棚，他拍了拍受难的皮拉特的脊背，狗身上泛起了灰尘。这只狗一生中仅仅只有这么一件过失，人们却不能原谅它，而人们自己却能够一次再次地宽恕自己，别说宽恕多少次了！皮拉特感激涕零地舔着小男孩的脸蛋儿，像老人一样叹了一口气，又重新回到窝里去了。

小男孩充溢着善良和温暖的胸膛里，柔情和怜悯在一起躁动，接着又忽然全都停止了。他真想去拥抱一下什么人。去拥抱，去搂紧，去说上几句贴心话。他还想……还想痛痛快快地哭上一场。真是想不到的怪事！想用双手搂抱住大狗皮拉特，不仅仅只是皮拉特，凡是能够活动的、闪光的，能够歌唱呼哨的，能够生长开花的，能够连珠炮似的说个不停、吵吵嚷嚷的，能够叮当响、嗡嗡叫、扑拉拉摆动的，能够跳跃、能够鼓噪，能够开口大笑的一切一切，他都想要用脸去贴近，然后痛哭一场，哭出声音来！……

蜘蛛网已经腐烂，飘逸而去，被撕扯得七零八落，只留下一点点银色的余光。我试图只把这种奇妙景象的反照存留在心间，好使我有可能在一段时间里用赤裸的心去体味触及到远方光辉的感觉，能去观赏一下烟波浩渺的远方。这时候记忆带给我的声响、气味、色彩便全都会在我的心中复活。

我可爱的土地入睡了，它睡得很沉很沉，由于过分疲劳而大声喘息，鼾声不止。灾难和欢乐、爱情和仇恨都飘荡在我可爱的土地上。我的银色的蜘蛛网却仍在闪闪发光，仍然没有消失。但是它的光辉已经太遥远了，太孱弱了。往事的声音在我胸中逐渐止息，斑斓的色彩已经黯淡。当生活使我再也难以忍受的时候、当我忽然渴望获得安谧的时候，声音、色彩会全都重放光辉的。而我，只需要些许的宁静……

小男孩深深地叹了一口气，把温暖的小手放在了热乎乎的脸颊下面。让他去做自己的梦吧！做些轻松的梦、五色缤纷的梦吧！

噩梦，还是由我来替他做下去吧。

1972 年

译后记

《阿斯塔菲耶夫散文选》是由《树号》、《俄罗斯田园颂》和刊登在报刊上的一些作品精选而成的。

阿斯塔菲耶夫的创作始于40年代末50年代初。他的第一部长篇小说《融雪》并没有使他在文坛上获得殊荣。相继出版的《隘口》、《老橡树》等才让他获得了一定的知名度，跨越过了他创作道路上的"隘口"。60年代是作家创作的多产时期，发表了《陨石》、《盗窃》、《战争在某处轰鸣》、《最后的问候》等作品，这些作品使作家获得了广泛的声誉。70年代有三部重要作品发表，它们是:《牧童与牧女》、《俄罗斯田园颂》和《鱼王》，其中《鱼王》获得了1978年度苏联国家文学奖金。进入80年代作家的创作体裁进一步拓宽，先后发表了文学评论集和政论集《在战壕里》和长篇小说《忧郁的侦探》等。90年代初《树号》续集又与读者见面了，我们也从其中选择了若干篇收在这本散文集中。接着作家又相继推出了长篇小说《珍藏隐秘的书》、《受诅咒的和被杀害的》。据作家本人说《受诅咒的和被杀害的》共分三卷，仅头两卷就有六百五十页之多。书名本身就是作品主题的概括。作家解释说："所有在地球上引起骚乱、煽动同胞自相残杀、制造死亡的人们，都必然会受到上帝的诅咒和惩戒。"当问起他为什么要写这么长的作品时，他说："我的内心灼热，在燃烧。"有的从战场上生还至今仍然健在的老战士写信给阿斯塔菲耶夫，一位叫别克托夫的人在 1993 年初写信说："我不信仰上帝，但是至高无上的上帝会要求您，维克托·彼得洛维奇完成这部长篇巨制。如果您不完成，还有什么人能来完成它呢？……看来唯有您，能够创作出那些久已不在人世的普通士兵的故事……您一定会挑起这副重担的，因为几百万士兵的精神和灵魂在向您呼唤，在给您以帮助。您是知道的，那些被打死的士兵，他们连一个简陋的棺木都没有……"。

1990 年秋末冬初，阿斯塔菲耶夫作为文学界代表团成员之一访问了北京、上海和南京。我们相约在北京见了面。这是一次难以忘怀的会见，译者与这位作家神交已久，早在 80 年代初阿斯塔菲耶夫的作品就深深地吸引着我，我曾为他笔下普通人命途多舛而洒下同情泪，他塑造的众多平凡人物所具有的朴素而高尚的道德力量也强烈地撞击着我的心灵。我发表过探讨阿斯塔菲耶夫早期道德题材作品的文章《天生的道德探索作家和人性诗人》，发表过评论他的力作《牧童与牧女》的论文《故事 · 重唱 · 彩绘》。阅读他的作品时，提笔评论他的作品时，我能够感应到他那质朴淳厚的品德、直抒胸臆的风格和对大自然博大而深沉的爱心。尽管如此，在等待会面的时刻，我仍然有些紧张。可是当作家缓步走来时，我看到的是一位慈眉善目的老人。他的皮肤粗糙,脸上印满了深深的皱纹,身材虽然魁梧,却多少有些病态，上楼时气喘吁吁。他的服饰极其普通，完全不像是大作家的打扮,说话时嗓音浑厚,略带喑哑。他平易近人,和蔼可亲，活脱脱是一位好心肠的西伯利亚大叔。我们很快便像久别重逢的朋友一样交谈了。我向他说明了来意，转达了出版社和译者希望他为中译本写一篇序言的愿望。听到我的介绍,他脸上的皱纹舒展开了，眼睛里闪烁着兴奋的火花，从作家说话的声音里听出了难以掩饰的激动。他欣然应允了我们的要求。接着我们谈到了两国文学的交流。他很高兴中国出版了他的《鱼王》、《牧童与牧女》、《忧郁的侦探》等作品，他感到更为兴奋的是中国有人研究和评论他的创作。他谈起了他非常喜欢中国唐代伟大诗人杜甫，他曾经为本国的文学爱好者开设过杜甫诗歌的讲习班。当然，话题更多地集中在这本散文集上。作家特别介绍了《树号》的创作情况，并且表示他赞赏我们敢于翻译这部作品的勇气。他指出《树号》断断续续地写了将近三十年。在创作其他作品的间歇或停顿的时刻，在他有感待发，如骨鲠在喉不吐不快的瞬间,他写了一些短篇作品,收集在《树号》中。《树号》内容广泛，体裁多样，寓意颇深，他还告诉译者《树号》的文字比较艰涩，如果有什么问题，他愿意帮助解决。我们分手时他表示希望很快见到中译本的散文集。

阿斯塔菲耶夫实现了自己的许诺，甚至可以说超额兑现了原来的诺言。他回国后立即通过莫斯科的一位来中国访问的作家给我们捎来了他特意为散文集中文本写的序言。但很遗憾，转寄过程中中译本序言原稿丢失了，我们没有收到。后来我们在乌克兰访问时，从基辅给居住在克拉斯诺亚尔斯克的阿斯塔菲耶夫寄去了一封信。作家又寄来了一份序言。而且又是命运巧合，在我们离开基辅回国前两个小时收到了它。同时还收到了作家作品书目索引。

《树号》是一部比较特殊的作品，树号，是在原始森林中行走的先行者们在树干上砍出的长方形痕迹，砍掉树皮后，露出树木的本色。两个树号之间的距离，大体上是从这个树号可以肉眼看到另一个树号那么远。在莽林中只要循着树号向前走，就不会迷失方向，就会最终到达目的地。

阿斯塔菲耶夫各个创作阶段有比较集中的题材，有自己创作的里程碑和时代的烙印，但《树号》是一个幸运的例外。作家本人证实，几乎他刚一走上文坛起就开始写作《树号》了，他在文学的莽林里一面探索，一面砍下自己的“树号”，而这些“树号”又引导他向创作的原始森林的纵深前进，向陌生的领域开拓。如果说其他一些作品有其阶段性特征，那么唯有《树号》贯通作家整个的创作历史过程；如果说其他一些作品有各自的体裁和风格特征，那么唯有《树号》的体裁兼容并包，融合多种体裁于一体；如果说其他一些作品有其独特的调性，那么唯有《树号》是由多种调性构筑而成。谈到《树号》的体裁，评论界一直众说纷纭，诸如说是散文诗、抒情哲理微型作品、微缩劝谕篇、自由联想、回忆录、游记、短篇小说、自省……

阿斯塔菲耶夫自己则称《树号》是作家与读者沟通、倾吐积愫的一种文学样式。我们着手翻译时，在选材过程中注意到了《树号》多样性的特点。我们既选择了《月影》、《芍药》、《古老的、永恒的》等抒情哲理散文，也选择了作家访问中国、法国、希腊、南斯拉夫等国时写下的异国情调浓郁的游记性文字；我们既选择了自述体回忆录《迟说的谢谢》，也选择了几篇只有几行字的微缩劝谕篇。

包括在这部散文集里的另一篇作品是《俄罗斯田园颂》。它是作家呕心沥血，剖露精诚，倾注全部情感，伴随着苦涩与甜美的回忆，运用颂歌这种古老的体裁写就的一部赞美俄罗斯大自然和普通人性格的颂诗。

颂歌，产生于古希腊、罗马，是抒情诗和音乐的一种体裁。颂歌是庄严热情的颂扬性作品，多用来讴歌崇高和英雄，但是在《俄罗斯田园颂》里，作家却平中见奇，曲径通幽，他歌颂的是俄罗斯人几乎家家都有的早已司空见惯的菜园子。他赞美的不是挺拔俊秀的参天大树，也不是罕见的人参花，而是平平常常的小黄瓜、黄耳朵的向日葵、俄罗斯人每餐都离不开的马铃薯。在这部别具一格的颂歌里描写的蔬菜、草木有一百二十种，家畜、家禽、飞鸟、昆虫、鱼类也有七十余种。不言而喻，对这样绚丽多姿的田园，任何画家都难以调制出恰如其分的颜料绘成反映天然本色的图画。在阿斯塔菲耶夫笔下，有二十多种颜色；这样的田园里，任何音乐家都难以模仿或弹奏出天然的音乐声，可是阿斯塔菲耶夫却描写出了十三四种声音，甚至写出了鱼的声音。俄罗斯有一句谚语，叫做“像鱼一样默不做声”，而在作家笔下鱼和鱼之间或嬉戏或追逐，都有人们难以描摹的音乐。作家热情歌颂一切生命、一切善良、一切光明。这也是他一贯的创作主题:生战胜死,善击败恶,光明逼退黑暗。

《俄罗斯田园颂》里作家没有着力刻画人物，但是有一个小男孩贯穿在整个作品之中。这个小男孩早年父母双亡，身体孱弱，由爷爷奶奶抚养，他虽然瘦小，却具有男子汉的性格。小时候被婶婶阿姨们拖到农村澡塘里去给他洗澡，他认为是男子汉的屈辱。稍大一些时候,乡下的男女小孩子们在一起玩“过家门”游戏,他给一个瘦女孩当“当家人”,他也忍受不了“妻子”的体贴,而离“家”出走了。作品中小男孩无处不在,若有似无。忽而飞腾在天空，忽而在梦幻中与水生生物搏斗。作家塑造的小男孩是一种命运的象征，是俄罗斯性格的微缩。

作家把极平常的动植物、极普通的人容纳在颂歌这样的崇高体裁之中，内蕴深刻，匠心独具。正是普通的人和物才是人类赖以生存和繁衍的基础，只有平凡，才能汇聚为高尚。

尽管《树号》和《俄罗斯田园颂》各自具有特点，但是它们也有许多内在的共性，它们都离不开作家创作的总的轨迹，它们大体上具备以下主要的艺术特色：

首先，作家完美地继承了民间诗学传统——通过拟人观描写大自然。他笔下的自然界是活灵活现的，富有强烈的动感和灵性。絮絮叨叨的溪水、呻吟啜泣的暴风雨、哀叹命运不济的一片落叶、忍辱负重的老骗马……作家描写大自然景色时不是静态写生，而是动态地连续“抓拍”。他一连几个小时观察花蕾慢慢绽开、怯生生地望着世界的过程；他仔细描述一片秋叶从枝头脱落、飘零到地面的短暂旅途；他欣喜地看着黄瓜怎样开花、怎样结出小黄瓜纽儿；他怜悯地写出小苍蝇在获得结合时一刹那的快乐之后留下后代而死去……在作家看来，大自然是人物性格的有机组成部分，与人的心态、情绪，与人的道德密切不可分割。他常常直截了当地让“景”与“情”贴近、靠紧。狂风骤雨过后黑麦倒伏在地上，虽然很吃力，但是却仍然能够从地上站立起来。作家赞美麦穗顽强的生命力意在称颂人，显扬人经过磨难之后会更加成熟、坚毅。阿斯塔菲耶夫有一句名言：“烈火锻冶好铁，磨难造就强人。”在作家娴熟的笔下，自然与社会也是血脉相通的。在描写了自然景色之后，作家并不穿凿附会地信口说教，也常常不在文章结尾时用“添足”之功，施“点睛”之笔。他放手让读者自己去意会。几百字的《小阵雨》描绘的是纯自然现象，却留给人们充分联想和思考的余地。天空里突然落起了雨点，狂风卷着雨滴吹打树叶和庄稼幼苗，吓得鸡鸭东躲西藏。但是，一阵小雨过后，地表面也没有被打湿，干旱燥热丝毫不减，一切一切依然如故……

其次，阿斯塔菲耶夫散文艺术的另一个特点是自述体叙述风格，强大的主观抒情激流在作品中汹涌澎湃。作家往往使用第一人称手法，直率真挚地表达对生活的热爱，对大自然的赞美，讴歌人的善良和纯洁，贬斥丑恶现象。作家敞开心扉，倾听大自然和人世间的欢笑和哭泣，以他人的欢乐为自己的欢乐，以他人的痛苦为自己的痛苦，在作品中宣泄个人的情感和体会，有独到的感染力，能够在读者当中引起共鸣和反响。阿斯塔菲耶夫散文作品中的“干预效应”异常强烈，人们会随着他的诗意的目光看待世界和人生、大自然和万物，也会切实地感受到他的爱与恨、喜与怒，甚至他积淀在心底的忧愁和悲戚。作家为人类破坏自然、滥捕滥杀鸟兽、肆意砍伐森林而大声疾呼。在铺满死鸟羽毛和残骸的林间小路上，他一边行走一边哭泣，他悲愤地请求人们仁慈些、再仁慈些；他无限同情一个断了腿的姑娘；他怜悯一株被冻死的天竺葵；他为一个蒙冤受难的天才医生而愤愤不平；他作为一个参加过反法西斯战争的老战士呼吁反对新的战争；他无情地针砭时弊……

如果说第一个艺术特点——拟人观表明了作家是一位天才的写生画家和浪漫诗人的话，那么，这第二个艺术特点则说明他在人生和社会舞台上纵横驰骋，是一位具有高度社会责任感的公民作家。

第三个特点，是作品具有鲜明的色彩感和音乐性，具有浓郁的西伯利亚地方特色。阿斯塔菲耶夫的艺术调色板上色彩纷呈，应有尽有，他运用笔墨的功夫别具匠意，浓淡相宜。他所描绘的大麦田、小麦田和黑麦田，在同一时间各有不同的颜色。不同的季节里亚麻田上或是蓝花漫漫，或是黄花灿灿。读着这些篇章，脑屏上会叠化出一幅幅柔媚的田园风光，给人以赏心悦目的视觉形象。阿斯塔菲耶夫的作品中还能够听到令人心醉神驰的音乐。胡蜂、熊蜂、野蜂、黄蜂的四重唱，夜莺和云雀各具特色的独唱……有时候，一篇散文就好比是一部动人心弦的乐曲。《多姆大教堂》、《亘古哀音》里浑厚的教堂钟声，响彻大地的慷慨悲歌，从字里行间飘溢而出。在展示其他主题时，一些语句也同样充满音乐感。无论是小鸟的啁啾、螽斯的鸣叫，无论是遣词造句时行云流水般的和谐畅达，也无论是一段段一行行文字中的节奏和表现出的力度，都仿佛是优美的音乐。色彩感和音乐性使作品具有“声”“像”并茂的艺术感染力。

这里还要指出，作家多年来植根于西伯利亚的文学沃土，他笔下的人物、山川河流、花草树木、飞鸟野兽……都散发着浓郁的西伯利亚气息。阿斯塔菲耶夫刻意雕琢语言，恰如其分地运用了民间口头文学词语、西伯利亚方言词，使之与规范的文学语言融为一体，文通字顺而且丰富多彩。坚实的生活基础，过细的洞察力使他有可能积累起难以悉数的词汇，心手相应地加以熟练运用。他写雾时，那并不是单调乏味的一团云烟，他笔下的雾形状多样，颜色不同，甚至有动作和感情，雾是栩栩如生的。他写鱼时，鱼的个性跃然纸上，活灵活现：鱼儿有恭顺听话的、专横霸道的、恃强凌弱的、机灵狡猾的、憨头憨脑的……

概括起来说，可以毫不夸张地认为，阿斯塔菲耶夫的创作扎根于俄罗斯文学丰腴的土壤之中。他娴熟自如地运用自述体叙述，可以追溯到果戈理、列斯科夫自述体作品的复调和多功能性。他的散文诗体裁使人联想到屠格涅夫和普里什文。他的童年题材作品又有列·托尔斯泰和马·高尔基同类题材作品的影响。阿斯塔菲耶夫在继承俄罗斯文学优秀传统的基础上又有所创新，他善于细致入微地观察，勤于深沉的思考，对生活中的某些现象能够进行哲理性的综合和概括，以压缩的篇幅，囊括大量的内容，蕴蓄充实。他的许多散文作品具有弹性、可移性，但是作品中共同的主旋律是对人生意义的探讨和求索，对人类命运的思虑和卓见。这一切使阿斯塔菲耶夫不仅在俄罗斯文学界，而且在世界文坛上也占有一定的地位。

1992 年的日历撕下了最后一页，我们也在散文集的译稿上点上了最后一个句号。这一年多时断时续的翻译过程，也是我们对作家的作品进一步加深理解、努力探索准确表达的过程。阿斯塔菲耶夫的有些作品并不是只靠字面理解就能较好地翻译出来的，往往需要寻觅一种感觉，捕捉一种情绪。为了做到这一点，有的时候一个句子有几种方案，一篇短文要推倒重来，反复重译几次。当夜半更深，万籁俱寂，搜尽枯肠却又找不出自己满意的译法时，面对案头摊放的参考书、词典，望着眼前的一盏孤灯和窗外黑黢黢的楼房、树木，真觉得译事太艰难、太清苦了。每当这样的时刻，作家的精神便来提示我们，作品的“魂”便来紧紧地牵系着我们和这位老作家，于是我们又感受到了鼓舞，只能向前、向前。于是困惑的情绪为之一扫，笔下仿佛又有了八面来风。

“深深的鞠躬”，这是作家阿斯塔菲耶夫致译者信中的一句话。在俄语中，“深深的鞠躬”或者“一躬到地”是一种敬辞，作家以此表示出了他对中国人民的友好感情。1991 年 2 月 11 日他在致译者的另一封信中说：“我以极为满意的心情回忆起我在中国的访问。这是一个令人难以忘怀的劳动者的国家！我获得了永不泯灭的印象！让上帝保佑，你们国家的一切都好上加好！……让我们两国人民的友谊永远如晴空万里！”

译者把这位老作家的散文作品和他的友好祝愿一起奉献给我们的读者。

译者也愿意以这本书作为对作家1994年七十寿辰的一份薄礼。

陈淑贤

1993年3月于天津

2016年8月北京

图书在版编目(CIP)数据

树号 / (俄罗斯) 维克托・阿斯塔菲耶夫著；陈淑贤, 张大本译.
-- 桂林：广西师范大学出版社, 2017.4（2017. 6 重印）

ISBN 978-7-5495-8655-4

Ⅰ. ①树… Ⅱ. ①维… ②陈… ③张… Ⅲ. ①散文集
-俄罗斯-现代 Ⅳ. ①I512.65

中国版本图书馆CIP数据核字(2016)第196127号

广西师范大学出版社出版发行
桂林市中华路22号　邮政编码：541001
网址：www.bbtpress.com

出 版 人：张艺兵
责任编辑：李恒嘉
装帧设计：陆智昌
内文制作：龚碧函
全国新华书店经销
发行热线：010-64284815
山东鸿君杰文化发展有限公司　印刷

开本：880mm×1230mm　1/32
印张：9.625　字数：185千字
2017年4月第1版　2017年6月第2次印刷
定价：49.80元